# 龍馬行

司馬遼太郎

8

李美惠 譯

# 目錄

# 月黃昏

龍馬乘船溯淀川而上。

在那艘三十石船上，陸奧道：

「最後定是讓後藤成了名吧。」

陸奧陽之助推測，後藤象二郎定會將此巨案當成自己的構想，然後若無其事地上稟容堂。言下之意是，以土佐上士性格看來，想必不會說出鄉士龍馬之名。

「一定是這樣。」

陸奧道。

陸奧個性就是這樣，對這方面有潔癖又帶點囉嗦，不免予人肚量狹小的印象。

龍馬很清楚陸奧這缺點。

「咦？」

他故意發出怪聲望著陸奧。

「這不是理所當然嗎？他是參政，又深得容堂公信任。若能藉此功績在藩內飛黃騰達就好了。」

「那坂本兄將如何？」

「傻瓜！」

音量大得幾乎足以激起川面波紋。

「難道你以為我想在那小不拉嘰的土佐藩得到什麼

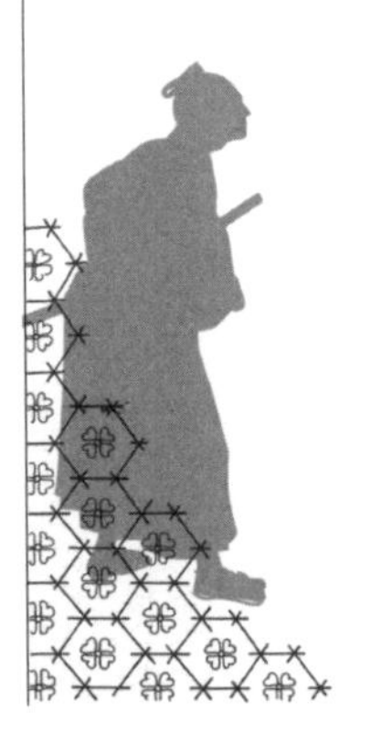

地位嗎？」

「哎呀，沒……」

「即便是容堂公，我龍馬都看不起，幾乎不想理睬，更別說容堂公手下區區的後藤象二郎了。我龍馬哪管他將藉此功績在藩內如何高升呀！」

「好大的氣焰啊。」

一旁的文官長岡謙吉苦笑道。

「那是理所當然呀。」

龍馬道：

「我出身土佐藩的輕格，還是次男，但內心掛念的卻不是土佐藩，而是日本。若收拾好日本，就進而關心世界。」

「佩服。」

長岡謙吉輕聲笑道：

「您就因有如此氣焰才能每天隨性悠哉吧。」

「嗯。」

龍馬望著河岸上的蘆葦點點頭，突然又道：

「容堂公雖為二十四萬石領國之主，但左右稍具能耐的大概也只有後藤象二郎和乾退助罷了。我雖是天涯浪人，左右卻有陸奧陽之助和長岡謙吉相隨。一旦事成，陸奧應能主宰一國之外交，長岡亦足可主管一國之文教。」

船終於駛抵伏見寺田屋的海灘。

上岸後隨即穿過薄暮的道路，走進寺田屋。

「龍馬來啦。」

他在土間喊道。

這是龍馬自前文提及的寺田屋遇難以來第一次回到此地。

登勢從屋內衝了出來，望著龍馬的臉，癱坐在門檻上。

對登勢而言，要讓龍馬在此住下必須有相當的覺悟。

她領龍馬等人上二樓後，就到樓下集合店裡的人慎重囑咐：

「萬一有可疑的人來打聽，立刻通知我。」

樓上的陸奧陽之助問道：

「坂本兄，這裡是昔日的古戰場吧。」

說著又是抬頭又是左右環視看著天花板、壁龕及隔壁房間，且一直面露微笑。

「阿龍小姐是從哪裡衝進來的？」

「後面的樓梯。」

「從那裡爬上來的？」

「嗯，爬上來後穿過這道走廊，然後衝進房間。接下來我就不太記得了。」

「聽說她當時全身赤裸呀。」

老實的長岡謙吉稍稍壓低聲音問道。

這時登勢上樓來了，茜草染的紅色圍裙中似乎包著什麼東西。

「什麼東西？」

「信。」

「啊，老是麻煩妳，真不好意思。」

龍馬曾通知家鄉的人：「要寄給我的信就請寄到寺田屋。」

包在油紙中的信有三封，都是乙女姊寄來的。

「簡直就像情人呀。」

陸奧調侃道，同時和長岡迴避到鄰室。

打開一看，每封信都毫無要領，依然多在吐苦水。

信裡寫的都是每天在家無所事事好無聊，要不就說很想死，或說乾脆逃離家鄉上京去，或說想住到長崎開開眼界之類的。總之就是想住在龍馬身邊的意思吧。

龍馬露出罕見的抑鬱表情。乙女這些心境曾是龍馬生活上的唯一懸念。

龍馬並非不了解乙女的心情。乙女不喜歡丈夫岡上新輔，而自作主張跑回娘家。這對女人而言或許是不幸，但在龍馬眼裡根本沒什麼大不了。

乙女的不幸應該是她天生多才多藝，獨缺女人該會的才藝。她書讀得好，表演起謠曲及淨琉璃，水準也超乎一般業餘者，還懂刀術和馬術。不僅如此，最重要的是她有男人般的氣概，一心想為國事奔走。她就是具有如此特質的女性。

「真不幸呀。」

龍馬心想，指的是乙女的抑鬱寡歡。她那麼有才幹卻沒能以行動表現自我，只能關在老家深處的一個房間虛度光陰。這一定十分痛苦。

「真是生錯性別了呀。」

龍馬心想。再沒有比女人天生多才多藝更不幸了，因世上根本沒她們表現的舞台。

「真討厭呀。」

龍馬把信扔在一旁，倒頭躺下。

……無論如何就是無能為力。

龍馬少年時期一切教養的基礎都是乙女傳授的。

龍馬一向認為，再沒有比這個大他三歲的乙女姊更優秀的女人了。

即使長大後，龍馬也以這個姊姊自豪。和同志喝酒時老是提到乙女，因此在朋友間她也很有名，龍馬還曾半開玩笑地寫信告訴她，同伴之間盛傳她「比龍馬還強」。

「當時乙女姊真的是英氣勃發呀。」

龍馬心想。這一、兩年來乙女已今非昔比了。

「愈來愈消沉。」

可以這麼說。也可說是苦無發揮自己熱情的場所，導致熱情攻心而逐漸自體中毒吧。

對乙女如此自暴自棄似的心境報告，以前龍馬也曾半調侃地寫信勸慰。

「又得再寫了嗎？」

龍馬起身喚來女侍，要她準備紙筆。

「妳真教人操心呀。」

就是這封信的主旨。

「聽說妳病好了的話，也有意到各藩遊歷。」

龍馬如此寫道。

「關於此事我有意見。」

亦即對乙女離開故鄉一事有異議。

「事實上，龍馬之名在諸藩已無人不知無人不曉，妳若現在離鄉，世人會說其姊因故離家，那我也羞於面對天下之人。若三、四年前龍馬還是個名不見經傳的傢伙就算了，如今可不能如此了。」

他如此寫道。

「要是妳真的出走，我也不能置之不理，非照顧妳不可。」

龍馬邊寫邊笑出來，轉念一想又覺得這樣很可憐，反而想不顧一切把她帶來長崎——好吧，好吧，照顧就照顧吧。長崎只有妻子一人獨自在家，我正為此心煩，妳就來幫幫她吧。「不管妳願不願意，近日內我就親自搭蒸汽船順道去接妳。」他寫下這些與開頭立場完全不同的句子。

另外，乙女向他提出：「想要一把手槍。」對此龍馬也回覆道：「我長崎家中就有。」龍馬又寫道：「長六寸（編註：一寸約三公分）餘，可裝五發子彈，較懷劍小，但隔著五十間（編註：一間約一．八公尺）射人即可致對方於死地。但我不會給妳。」

原因是，天下事並非靠一、兩把手槍就能平定的。正因我如此認為，所以才不希望妳離家。如此又回到開頭的文意。總之整封信就像漫無邊際的姊弟拌嘴似的。

翌日龍馬進京。

依然不以藩邸做為在京的落腳處。

他選的是一家名為「酢屋」的商家。這是往來土佐藩的木材店，龍馬決定以此處為海援隊的京都本部，地點在距河原町三條不遠的車道。

再翌日，海援隊駐兵庫之駐員野村辰太郎與白峰駿馬也馳往京都會合。

龍馬開始展開積極行動。

不僅去見土佐藩邸的諸幹部，也上薩摩藩邸找西鄉並徵得同意。

西鄉大吃一驚。

「那種事可能嗎？」

要將軍奉還政權，以西鄉的觀察，這種事不透過武力是不可能成功的。

「不可能成功。」

西鄉如此確信。西鄉是徹底的武力討幕主義者。不單是抱持如此想法。

透過薩、長兩藩武裝起義的計畫已日漸成熟，如今水到渠成，即便明日起義也能順利發動。

「因此那件事想請你稍候。」

龍馬道。「那件事」指的是發動討幕之戰的計畫。

「這話真教人為難。」

西鄉心想。

但這位巨漢並未面露難色，只說：

「我要給你引見一位優秀人才。」

說著擊掌喚來中村半次郎，命他：

「領品川爺到這裡來。」

一會兒便進來一名年輕人。龍馬也見過，是長州藩的品川彌二郎。

「哎呀，是坂本兄呀。我是品川呀。」

那年輕人坐了下來。品川彌二郎是長州藩松下村塾派的人，雖不似高杉或桂為第一級人物——不，其實人品遠在他們之下，但能說善辯及處世圓融之特點在同儕間相當出眾，與他藩周旋或交際的工作就屬他最合適。

「為何品川彌二郎會出現在這薩摩藩邸？」

其實他一直潛伏在此。

自元治元年（一八六四）夏天的蛤御門之變以來，京都本應連一名長州人也無。若不巧潛入而被發現，定早被幕府的軍事警察新選組及見迴組毫不容情地殺掉了。

「品川為何……？」

龍馬努力思索。西鄉之所以把品川叫過來，定是刻意要龍馬針對此「謎題」自問自答吧。

「品川爺最近就要返鄉了。」

西鄉一說，龍馬立刻恍然大悟。

原來品川是長州的祕密連絡官。一旦差不多要決定起義之日，就必須召長州軍進京。

「言下之意就是已做好戰爭的準備了。西鄉是對我如此暗示，他定是想說『別提出以和平手段解決之類的方法』吧。」

龍馬進京翌日，中岡愼太郎就回京都了。

中岡立即到二本松的薩摩藩邸與西鄉密議。

「龍馬來了。」

西鄉隨即劈頭說出眼前時勢中的最重大事件。

「大政奉還？」

中岡大吃一驚。一時之間無法領略龍馬的真正心意。

西鄉說明後，中岡沉思了片刻，好不容易才以自己的方式理解了。

一旁的大久保一藏道：

「中岡君，那種事怎麼可能嘛，你說對吧？幕府怎會答應呀？可能嗎？」

語氣十分尖銳。

「也許會吧。」

「為何？」

「因為是龍馬說的。他從不曾說過空理或空論，應該是判斷『行得通』才說出口吧。」

「若真的實現了，那咱們的計畫將功虧一簣。這可麻煩了。」

薩摩的吉井幸輔道。因薩、長的軍事革命方式也將瓦解。

接著討論一番。

最後決定由龍馬老鄉中岡挑起重任，要他充分和龍馬溝通。

中岡走出薩摩屋敷。

「龍馬這傢伙究竟在打什麼主意啊？」

他愈想愈氣，費盡苦心累積至此的計畫竟將因龍馬的出現而瓦解嗎？

「他到底在想什麼呀？」

他曾是那麼激進的討幕主義者，不可能現在突然變了性子想留住幕府吧？中岡邊想邊頂著毒辣的陽光走在路上。

從河原町通往東折，然後進入車道。木材行就位在車道北側。

「這就是海援隊的祕密本部嗎？」

中岡站在店門口，屋簷下堆著舊的原木。

「我是土佐的石川。」

中岡道。石川是中岡的假名。

「才谷在吧？」

這是龍馬的假名。中岡一如此道，夥計就立刻進到屋後。

過了一會兒，一位令人眼睛為之一亮的美麗姑娘來到土間。

「才谷爺不在。」

那姑娘謹慎地道。

「妳是？」

「我是這醋屋老闆的女兒千代。」

「我要等他回來。」

「不行！」

這姑娘似乎個性很強悍。

「真為難呀。我和才谷可是情同手足。他不在，要是妳叫我回去的話，才谷會生妳氣唷。」

無奈之下只得讓他在土間等龍馬回來。

入夜了。

中岡一直坐在土間的木材上等著。

「好怪的姑娘。」

他之所以這麼想，是因老闆女兒千代也一直坐在土間的門口。有時會起身進屋去，但辦完事就又匆匆忙忙跑回來。

「是在監視我吧。」

肯定是，中岡心想。那姑娘一定擔心中岡是幕府的刺客，那麼要是讓他進屋，責任可大了。除此責任外，又想說萬一中岡真是刺客，就打算自己撲到他刀下，所以才坐在這裡的。肯定是這樣。

「龍馬又收服一名奇怪的姑娘了。」

根據中岡的觀察，龍馬和這類型的姑娘似乎不可思議地特別有緣，且這類型的姑娘似乎也奇怪地特別喜歡龍馬。

天黑後不久龍馬就回來了。

龍馬一打開便門走進漆黑的土間，千代立刻移動手上的燭光照亮龍馬腳邊。

「有個……」

千代踮起腳尖耳語道：

「奇怪的人。喏，在那裡。」

「在說不中聽的話了。」

中岡依然坐著不動。

龍馬這才走上前來。

「怎麼，是慎弟呀！」

說著拍拍中岡肩頭。

「你怎麼坐在這裡呀？」

「這房子真討人厭，有個看門狗似的怪姑娘。」

「哦，那姑娘叫千代。因為她每天都很無聊，所以覺得你很新奇吧。」

「無聊？姑娘家應該很忙呀。學裁縫，學手藝，要不就幫忙做飯之類的。哪個姑娘家有時間像她這樣盯著客人的。」

「那個姑娘不喜歡做那些呀。」

「跟你有緣的姑娘還真相似呀。從乙女大姊到千葉道場的佐那子、寺田屋的阿龍，還有這個醋屋的千代，每個都很相似。」

「喂喂，人家可是黃花閨女呢。」

龍馬連忙要中岡閉嘴。因為千代又走上前來了。

「千代，麻煩妳在房間備酒。」

龍馬說著率先起身穿過土間，請中岡進到裡面房間。

「坂本，你聽說了吧？幕府的刺客已聽到你上京的風聲，似乎正想取你性命呢。」

「他們就是靠這吃飯的呀，總不能阻止他們忠於職守吧。」

「千萬別掉以輕心，幕府緊張的模樣已近乎瘋狂。幕府已督促會津藩、桑名藩、新選組及見迴組等，要他們不分晝夜大肆在京都街上巡察。」

「你今天來有什麼事？」

「我是特地來看你心裡在想什麼的。」

中岡扔下佩刀，一坐下就道：

「這樣不成呀。龍馬，你怎會說出那種異想天開的事呀！」

「哦，你是說大政奉還嗎？」

「是呀。別做那種把大圓棍丟在時勢車輪前的事。舉兵時刻迫在眉睫，你那個計畫會使得好不容易前進至此的車子突然翻覆，要不就改變方向。」

「那你的意思是該如何？」

「撤回那個計畫。」

「中岡呀。」

龍馬道：

「你冷靜點。你和西鄉滿口『舉兵、舉兵』的，但真有打贏幕軍的把握嗎？」

「你是說沒有嗎？」

「在京的薩長之軍有幾人？」

長州是零。

薩摩則不足一千。以如此兵力要在京都擁天皇進行軍事政變根本不可能。

京都光是京都守護職會津藩的藩兵就有千人以上。京都所司代的桑名兵有五百，大坂還有一萬名將軍最引以為豪的幕府步兵。此外，新選組、見迴組及其他佐幕派諸藩之兵合起來，幕府在此京坂之地可動員的兵力約有一萬二、三千人。

相對地，將掀起政變的反叛軍卻僅有目前屯駐於京都的薩摩千名駐軍。

「這樣是打不贏的。」

「不，打得贏。到時候乾退助會親率千名以上的私募義兵上京來。」

「你太天真了。」

龍馬道：

「從土佐上京需要時間。在此期間，京都的薩摩軍將被幕軍包圍、殲滅。」

「龍馬，你不知道，西鄉正準備從領國調派千人以上的兵力上京，以加強京都藩兵之陣容。」

「不是聽說薩摩領國內的守舊派反對出兵嗎？」

「西鄉和大久保都說沒問題。」

「既然他們這麼說，那應該是沒問題吧。那麼要以什麼名目叫長州兵上京來？」

長州藩於法是「朝敵」，也是幕府之敵，他們的藩兵是不可能出兵藩外的。

「喔，其實有個計畫。」

說來正是好機會。幕府為收拾征長之戰的殘局，剛好下令要長州藩的岩國城主吉川監物以代理藩主身分，偕一名家老上大坂來。趁此大好機會，可以護衛藩使名義派兩千名左右之武裝藩兵上京。西鄉大久保及中岡如此計畫，長州藩也有此意，正進行準備。

「這樣還會輸嗎？」

「我還是不放心呀。」

龍馬道。

龍馬擔心的不是兵力問題，而是兵力若無法同時會合，將無法集中戰力的問題。

「龍馬，我想以佩刀之名問你。」

中岡慎太郎突然正色道。

「太小題大作了吧。」

龍馬突然拱起背輕聲笑了。他一向覺得中岡慎太郎這死心眼的模樣很靠得住，現在竟不由得同時感到滑稽。

「有什麼好笑的？」

「你的表情很好笑，哪有人那樣板著臉孔說話的？」

「你這傢伙真討厭，馬上就開起玩笑來了。」

「這可不是開玩笑。我從未拿人或事開玩笑，這點是我唯一可取之處。」

「龍馬，聽著，你是真的有心要推翻幕府嗎？」

「我一向就是為此甘冒生命危險，答案不言自明吧。」

「既然如此，為何還提出大政奉還的天真方案？且還是唬弄人的、根本不可能成功的騙術——龍馬，我可是把話說在前頭，要推翻幕府，除硝煙之外無他呀！」

「世上沒有什麼『除此之外無他』的事情。若從較常人高一尺的地方觀察事物，就會發現總有好幾條路可走。」

「大政奉還就是嗎？」

「對，是其中之一。不過，中岡，大政奉還也正是武力討幕的必勝之道呀。」

「哦？」

中岡屏住呼吸。因他原本以為那只是在會議上通用的、矇騙婦孺的和平解決方案。

「什麼道理？」

「是這樣的……」

就是要將大政奉還之案當成土佐藩公論，設法推動薩摩藩，然後取得薩摩藩的贊同。

——如此，再以此為薩、土兩藩之動議，向人在京都二條城的將軍慶喜正式提出。並以上呈此動議之名目陸續派出藩兵。

「哦，原來可以當成藩兵上京的理由呀！」

「當然。將軍慶喜若不答應，便立刻加以討伐，此案本就有此含意。若無兵力，此案必無法通過。」

「嗯……」

以此動議為名目可讓兩藩大舉調派藩兵上京，這點似乎讓中岡感受到無窮的魅力。若如此，那麼土佐的乾退助就能大搖大擺率他引以為傲的洋式陸軍上京來；不僅如此，薩摩藩也不必權宜地將藩軍化整為零分批上京了。

「大軍幾乎同時集結京都，長州軍也前來集合。如此，維新回天之戰才有可能勝利。」

「嗯，嗯。」

中岡點頭如搗蒜。

「不過，德川氏若和平地將政權奉還天皇，就能遠遠避開戰爭。如此一來應為日本國之幸。還有，中岡慎太郎……」

「嗯？」

「此動議將由土佐藩提出，因此，一向屈居薩、長下風的土佐人也將令人刮目相看。正是所謂的一石二鳥之計呀，不是嗎？」

中岡信服了。

「果然愈聽愈有道理。」

說著點點頭。因這乃是稀世之妙案。

「你真如此認為嗎？」

龍馬忍不住探出身子。

不過龍馬的大政奉還案其實含有某種戲法般的性質。無論對討幕派或佐幕派都能權宜解釋，讓他們理解。好比後藤象二郎理解的是「不僅是為德川家著想，也是為天朝好」，是一種統合矛盾的方案。由此點看來，這對陷於勤王或佐幕矛盾的山內容堂而言實為絕佳方案。

另一方面，對中岡這種激進的討幕派而言，也可藉著高揭大政奉還之旗幟而合法地將討幕兵力集中至京都。

總之，再無其他方案能如此案般帶有政治上的魔法吧。

創案者龍馬真正心意為何，中岡自然毫不了解。但為能將土佐藩全藩拉進討幕勢力，就得多包含對幕府重情義的要素，一如讓後藤理解的那般，必須特別強調此點。

好比一帖藥方，開給某些患者是當成通便劑，而給另一些患者卻是當做止瀉劑。且開出此處方的醫師龍馬卻預期「雙方都能完全康復」。完全如中岡所言，是帖「稀世」妙藥無疑。

此外，中岡之所以如此興奮，是因透過提議此案土佐將一躍成為時勢之主流。

中岡的土佐人意識遠較龍馬強烈。當龍馬對藩表現得漠不關心時，中岡雖為脫藩之身卻仍在藩內尋求同志，設法接近他們，教育他們，寫論文要他們傳閱，總之就是一直想盡辦法要讓這個因循固陋的藩成為討幕藩。

以中岡的角度看，藉著將此案投入時代潮流之中，「土佐藩將贏得面子」。這就是他興奮的原因。以中岡的角度看來應該是這樣吧。

他自脫藩以來陸續幫助長州及薩摩，成功促成兩藩合作，一直以兩藩軍師般的姿態多方奔走，但這期間也會有無法為外人道的落寞吧。因為中岡本是土佐人，雖得薩、長厚待，但定也偶爾會有自己才了解的屈辱和彆扭感覺。

「龍馬，一如之前促成薩長聯盟那般，我們兩人就聯手實現此案吧。」

「哎呀，慎弟，真是太好了！」

龍馬舉起雙手。只要有中岡幫忙，有如得到千萬之軍。

「我去說服西鄉及大久保，我有自信。不過還有另一位不得不說服之人。」

那就是岩倉具視。

中岡開始行動。

「要贏得勝利除此案之外無他。」

他如此說服西鄉及大久保。

西鄉等人也有此意。他們雖嚷著要討幕，但其實以目前在京之兵力，能否占領宮廷並將幕府勢力逐出京城還頗堪慮。

西鄉本就因此而正感苦惱，但只要龍馬此案順利進行就有十足的勝算了。

「了解，就依龍馬之案進行吧。」

他就此決定方針，但問題出在長州藩。

「他們一定不會同意的。」

大久保一藏道。

長州人如今已迫不及待想開戰。「還沒嗎？還沒嗎？」地一再催促薩摩，正因如此，品川彌二郎才會以連絡官身分潛伏於薩摩藩邸，且最近除品川之外又有兩人自長州上京來。

那就是山縣狂介（有朋）和伊藤俊輔（博文）兩人。

對他們長州人而言，進京就是抱著必死覺悟的行動。若在京都街上被人發現是「長人」，立刻會被新選組、見迴組、會津藩巡察隊或桑名藩巡察隊等包圍，恐怕要被碎屍萬段吧。

他們這些密使甘冒如此危險潛入京，都是為了敦促薩摩。

「長州人我也會去說服，但他們一向認為薩摩人城府深，恐怕不會就此完全接受。中岡君，你也幫我去說服吧。」

大久保一藏道。

「我當然會去說服他們。」

中岡接著就拜訪潛伏在薩摩藩家老小松帶刀家的諸位長州人。

眾人都是舊識。

中岡說明事情的緣由。

這幾位長州人沒那麼容易接受。

「腦袋是了解了，心卻沒法了解。」

這麼說的是三名長州人中年紀最小的伊藤俊輔。

「中岡兄，請恕我冒昧……」

伊藤說著把手伸進下腹部，扯開衣帶接縫處並從中掏出一包紅紙藥包。

「長州人要踏出藩外一步時，身上就帶著這東西。」是在長崎弄到的嗎啡。打算萬一被幕吏逮到無暇切腹時，就服下此藥包自盡。

「薩摩人卻能悠哉游哉地在京都正常行動，想出來的方案應該也很悠哉。但我們可就不同了。」

長州藩雖為停戰，於法卻仍與幕府處於戰爭狀態，且被朝廷視為朝敵。再這樣下去必將愈來愈窮，而不得不走上毀滅之途。為了起死回生，自然想放手一搏挑起討幕戰爭。全藩幾乎焦急到要跺腳。

這時中岡卻又來勸說。

中岡以「賭博一定要賭贏」說服眾人，最後他們也都被他說服了。

⋯⋯⋯⋯⋯⋯⋯⋯⋯⋯⋯⋯⋯⋯⋯⋯⋯⋯⋯⋯

過了幾日。

其間的奔走應該都歸功於中岡吧。中岡說服薩摩及長州後，又計畫進一步統一土佐藩在京官員之想法，且大致已取得他們的同意。

龍馬也出沒於京都各處。兩人連袂上洛北岩倉村是在一個悶熱的雨天。

「必須去說服岩倉卿。」

因中岡如此道。中岡說，目前的討幕計畫是以西鄉、大久保及岩倉具視三人之想法為中心進行的。

「他是位稀世的謀略家。」

「究竟是什麼樣的人呀？」

龍馬對他很有興趣。

龍馬和中岡戴著薩摩藩邸借來的菅草笠，穿著蓑衣往北走去。

雨勢不小。

走到京都北郊田中村不遠處時雨終於停了，卻開始起霧。

這路簡直和田埂小徑相去不遠。

「野草在京都和在土佐都長得一樣。龍馬，很懷念吧。」

中岡邊說著這些無聊話邊走在霧中。好久沒和龍馬走在一起了，中岡似乎正忘情地享受這段時光。

「龍馬，到了岩倉卿的退隱之所，你可要注意禮貌呀。」

中岡如此提醒：

「龍馬呀，再怎麼說，岩倉卿之前畢竟也是中將，官位還在土佐藩主之上呀。」

「喔，是喔。」

龍馬不太關心位階。他認為位階之類的東西只是太平盛世的裝飾物，一旦進入亂世反而顯得滑稽。

「岩倉卿他呀……」

中岡似乎很擔心龍馬的不懂禮數。

「是個不似公卿的勇敢人物，容貌乍看像個海盜頭子。為人磊落，個性上甚至還可能找農民下棋。但也不可掉以輕心，他畢竟是名門貴族出身，對禮儀吹毛求疵。」

「你別擔心啦。」

斗笠下的龍馬輕聲笑道。

然而到了退隱所與岩倉一對坐，反而是岩倉率先不拘小節地盤腿而坐且劈頭就道：

「坂本嗎？我早就聽過你的名字了。」

大概是不想被看見光頭剛長出來的頭髮吧，他頭上戴著大黑天那種頭巾。

「聽說你組了個什麼海援隊、類似海盜集團的組織，在瀨戶內海橫行無阻呀。」

岩倉似乎對龍馬很感興趣，追根究柢問著龍馬的經歷、工作內容及抱負。

起初一臉冷漠坐著的龍馬也漸覺對方有趣，開始侃侃而談。

龍馬說話有他獨特的幽默感，惹得岩倉幾度張大嘴巴高聲哄笑。

岩倉也在會談的最後，積極贊成龍馬的大政奉還案。

「大政奉還」之發端及途徑，可說是幕末千鈞一髮情勢中上演的最大齣史劇。雖然才剛揭開序幕，此時卻不得不讓一名重要配角登場。

佐佐木三四郎。

他是土佐藩的大監察。所謂的大監察是司法最高長官，可謂僅次於仕置家老的高官。

龍馬沒見過他。在長崎時，有人向他報告領國情況時曾提到：

「佐佐木三四郎最近已勤王化。」

龍馬覺得這報告有些好笑，便道：

「三四郎是哪根蔥呀。」

說著還呵呵大笑。

其實並不好笑。

恐怕連龍馬也想不到這名佐佐木三四郎在維新後改名高行，並陸續擔任維新政府顯職，最後甚至獲封侯爵吧？

「情勢才稍好轉，那個因循固陋之藩的上士之中竟然就冒出勤王家了嗎？」

龍馬覺得好笑。因為在慘澹的彈壓時代，上士皆以幕府為重，把勤王派的鄉士和輕格都說得像盜賊似的。

「如此懂行情的買家可得好好接待，這就是順時勢以致勝之道。」

龍馬道。

佐佐木三四郎高行究竟是否為「懂行情的買家」不得而知。

三四郎家祖先的故事也十分有趣。

先祖中有個名叫玄蕃的人，戰國時期仕於德川家，於姉川之役立下戰功而獲家康賜予總青貝柄之長矛。此長矛一直是佐佐木家的傳家之寶。

玄蕃死後，其子十兵衛開始四處流浪。其生母之故鄉為伊賀，因此他就到那裡學忍術。此事家中有所流傳。

成人後流浪至遠州，透過門路而得以仕於遠州掛川六萬石城主山內一豐。當時似乎是豐臣時代末期。說好「以五百石聘用」。這故事有些不合常理，區區祿高六萬石之大名不可能只因對方懂得忍術，就以五百石之高祿聘用一名籍籍無名的浪人。

但關原之戰爆發，一豐一躍而獲封二十四萬石之領並成為土佐藩之祖。當時十兵衛較晚抵達土佐，不知出了什麼差錯，俸祿竟成了五十石。

但一百年來佐佐木家竟一再對藩主張：

「我家應為五百石之待遇。」

故到了自玄蕃算起的第八代當主就當上勘定奉行了。

那位勘定奉行算起的第三代當主，就是這位三四郎。

他特別學過刀術及國學。刀術雖是鄉下刀法，但在上士中算是高手。

總之，雖不具什麼特別值得一提的長才，卻生性機靈、多少有點骨氣且能說善道，故逐漸受到提拔。

繼續聊聊佐佐木三四郎。

他之所以突然以勤王派官僚身分出場，不僅是因他對時勢走向特別敏感。

他少年時期師事高知城城北福井村的國學者鹿持雅澄的經驗，應多少有助於形成其思想之源流吧。

鹿持雅澄是名俸祿微薄之士，終其一生過著貧窮的日子，學問成就卻不小。他以《萬葉集》之研究獨步江戶及京都學界，其大作《萬葉集古義》至今仍是這方面研究的重要文獻。

鹿持並非思想家，也不是教育家，更非警世家，只是位質樸之人。他自四十六歲喪妻之後就未再娶，自己煮飯並養活老父及幼兒，且著破衣，他不過是名極適合這一切的質樸學究。

但弟子中卻有多位思想家。

「若未曾師事鹿持老師，或許就無自己的思想吧。」

已故的瑞山武市半平太經常如此道。武市似乎就是透過鹿持淵博的學識，以此為基礎而發展出自己的思想。順帶一提，武市之姑母即鹿持雅澄之妻，兩人之間有著親密的姻親關係。

其他知名門人，以政治家來說有吉田東洋，革命家除武市之外還有大石彌太郎，學者有松本弘蔭、宮地守達、別府安宣、南部嚴男及橫山直方等。

佐佐木三四郎即師從這位鹿持。

但其國學似乎不適合三四郎之個性。

《佐佐木老侯昔日談》中有段三四郎的回顧談：

「無奈自己不才，與我同時入門的渡邊禎吾等人都日漸長進，我卻進步得極慢。我通學時期，老師正好在進行《萬葉集古義》的修正作業。我看了還心想『當今時勢，老師竟還在做《萬葉集》研究這類旁枝末節的瑣事』，另一方面又因覺得有必要了解自己國家的過往，故仍繼續學習。不過，因老師家實在太遠而沒能如願持續通學。」

大意如此。對具有實際政治才華的三四郎而言，解釋古代和歌詞句之類的學習大概真的很棘手吧，他幾乎未習得此學問。

但「出自鹿持老師之門」的學歷，卻為日後成為勤王家的他帶來莫大好處。

人們都很相信他的看法。

佐佐木三四郎逐漸受到藩的重用。

原因之一是當時土佐藩的上士階級中並無任何特出人才。

缺乏人才之際，三四郎的存在便散發出超乎實力的光芒。

可說十分幸運。

筆者似乎對佐佐木三四郎的人品不懷好感，寫著寫著就逐漸發現此情況。

其實此人並不會惹人厭。大概正因如此，佐佐木才會具有飛黃騰達型官僚的特質。

不過這部長篇小說進行至此，已描寫過無數性格偏差的人物。稜角過多、特立獨行，或個性上有某種致命缺陷的人物都曾陸續登場，可說所有登場人物皆如此。這些人究竟是因稜角過多、特立獨行或個性上有某種致命缺陷而總是暴露出自己真實的一面？還是因暴露自己真實的一面而導致稜角過多、特立獨行或個性上有致命缺陷呢？其中的相互關係我也不十分清楚。

不過自安政年間以來，奔走在日本史上最大混亂之中的這類型男人，都因其稜角過多、特立獨行或個性上有某種致命缺陷，以及顯露於外的真性情而死於非命。

從他們的類型看來，佐佐木三四郎可說完全迥異。

他凡事表現得相當適切。

也具有最低限度的反骨精神。一如佐料，這是為了展現自己的才智。若顯得過度叛逆就會成為志士型，但若只是為了妝點「意氣風發之新進官僚」的才能，那就不可過分。

他具有待人處世不可或缺的包容力。不是薩摩西鄉身上可見的帶有哲人色彩的包容力，而是極富技術性、純為處世而為的表現。他與藩內頑固的佐幕派也頗有交情，常一起喝酒；而像乾退助那樣的過激派勤王份子，他也能與之附和。

「屁一般的男人。」

有人如此批評。

「不，是有手腕的人。」

也有人欣賞他的政治能力。但至少他並非「殺身成仁」類型的人，而是處心積慮希望不殺身就能成仁的類型，且始終盤算著透過成仁之舉能否讓自己飛黃騰達。

總之，所謂有才能的官僚，指的應該就是這種類型吧。

土佐之王容堂擁有堪稱過度敏銳的詩人式直覺，正因如此，他不太喜歡佐佐木。他反而欣賞個性叛逆的乾退助及一如有破洞大方巾的後藤象二郎，但他也不至於意氣用事而不重用對現實有所助益的佐佐木三四郎。將家世不甚顯赫的佐佐木提拔為大監察的就是容堂。

話說這位佐佐木。

容堂逃也似地離開京都返回領國後，佐佐木擔心京都政局的土佐色彩將褪去，因而自告奮勇駐派京都。

容堂也賦予他重大的權力。

「當地的一切全權由你處理。」

對佐佐木三四郎而言，上京是他一生中的重大工作。

主要任務是「以大政奉還案統一京都藩邸之意見」。

京都藩邸，其他藩也不例外，是一藩的主要外交機構，應該相當於現在的大使館吧。以現代語彙來說，佐佐木三四郎的職名就是特命全權大使。

京都藩邸的上士幾乎全為佐幕派，三四郎得設法說服他們。

老藩主容堂也了解三四郎的工作有多困難，離藩之前曾道：

「你一上京，就同時要福岡藤次返回領國來，不能讓他待在京都。」

福岡藤次是容堂栽培的少壯官僚之一，最近似乎也已漸了解勤王理論，但畢竟是臨陣磨槍，要是告訴他「大政奉還」之類的事，恐怕會翻臉大吵，最後將成為統一藩論之阻礙。容堂如此評估。

不僅如此，容堂最近也愈來愈討厭福岡藤次。

「他會說好朋友的壞話。」

此即箇中原因。福岡藤次是後藤象二郎的好友，且兩人同為容堂親手栽培之官僚。然而當後藤因內政出紕漏而逃往長崎時，福岡卻在背後說了不少壞話。此事容堂也有所耳聞。

容堂是位與眾不同的藩主。

「會說友人壞話的傢伙不可信任，福岡藤次是個不能與朋友共立誓死之盟的人。」

容堂看人的眼光出眾，此話透出其眼光之銳利，同時亦可見其栽培青年官僚之方針與此相去不遠。以容堂個性，一旦討厭似乎就無法再喜歡，維新後即便藤次以福岡孝弟之名當上太政官之高位，容堂也刻意疏遠，根本不想見他。

佐佐木走進京都藩邸。

也見到福岡了，卻完全沒提「老藩主叫你即刻返回領國」的事。由此可見佐佐木絕非普通官僚，還想到要盡量避免遭福岡討厭。

福岡也很怪。

不知何時起其勤王色彩就愈來愈濃厚，對大政奉還之案也表示：

「這事我已從一、兩名鄉士那裡聽說了。這方案不錯呀。」

他所謂的「一、兩名鄉士」指的應該是坂本龍馬和中岡慎太郎吧。福岡藤次也和佐佐木三四郎一樣，開始注意到時勢走向了。

不過，有個出身名門、名為寺村左膳的官僚卻十分頑固，他質疑「你們是想背叛幕府嗎」，堅持不改變佐幕論。

即使後來鳥羽伏見之戰都揭開序幕了，此人依然不改主張，還打算處罰參加作戰的隊長及手下兵士，因而成為當時另類的話題人物。

總之，佐佐木穩當而巧妙的統一意見活動就此展開。

佐佐木三四郎的遊說工作漸獲成功。

「順利進行，萬事順利進行。不僅是為了德川家，更是為了天皇陛下。」

他以如此語氣遊說。對佐幕家就加強「為了德川家」這句話，對已逐漸傾向勤王者就加強「天皇陛下」一詞。

「何況，藉著向列藩提出此案，土佐藩亦可取得時勢之主角地位。」

實為一石三鳥之策，他如此勸說。

遊說之際，佐佐木自己也逐漸對此案之細節產生疑問。因他並非立案者。

「恭助呀……」

他把派駐在京都藩邸且與龍馬及中岡熟識的毛利恭助叫到房間來，拜託他安排自己與龍馬會面。

「他是叫坂本龍馬沒錯吧？」

「這還要確認嗎？真奇怪呀。」

毛利恭助覺得十分掃興。

「說到坂本龍馬，乃名聞天下之士，是薩、長兩藩最倚重之人呀。」

「真的嗎？我真糊塗，因我無法一一記住鄉士的名字呀。」

「鄉巴佬！」

毛利恭助暗想。一直守在領國的佐佐木三四郎終究無法完全拋開藩內那種階級意識。

「您要是露出那種態度，坂本恐怕不會見您唷。」

「不，不會，我知道。我幾時對人露出驕傲自大的態度啦？」

佐佐木拍拍毛利肩頭再度說：「拜託你了。」

當然是要以藩費招待龍馬到一流的料亭。

場所也決定了，是位於東山山麓的料亭「會會堂」。此店因料理美味而深獲好評。

為了代傳此命，毛利特別來找龍馬。

「那個姓佐佐木的是做什麼的？」

「他可是藩的大監察呀。」

毛利接著道出佐佐木之略歷、目前職位、在藩內受歡迎的程度、思想傾向以及這回上京之目的。

「是名可堪對話之人，但仍不脫上士習氣。席上可能發生不順眼之事，但還是見見他吧。」

「當然見啊。」

只要是為了此案，龍馬誰都願意見。

「佐佐木是抱著相當覺悟上京來的，似乎把性命都賭在這大政奉還案之上了。」

「不會吧，藩的官員不可能把命給賭上吧？」

「說他把命給賭上是有些誇大，但以佐佐木之立場，此事若成，他在藩內即可平步青雲。他打的似乎就是如此算盤。」

「這樣我就能理解了。」

真怪，龍馬心想。革命一旦到了一觸即發的階段，以往不理不睬的官僚竟也絡繹不絕出現了，定是把這當成飛黃騰達之最佳良機吧。

龍馬和中岡連袂前往東山山麓的料亭會會堂。

他們被領至面向庭院的房間。

不一會兒大監察佐佐木三四郎就帶著毛利恭助出現了。

「哎呀，二位……」

佐佐木頂著不似開玩笑的笑臉道：

「請上座。這是非正式密會，故與藩內序列無關。你們已是名聞天下之士，故請上座。」

「怪人。」

龍馬暗想。因為龍馬打從一開始就坐在上座。

其實佐佐木似乎也是一進房間就發現龍馬坐在上座。佐佐木身為藩之重臣，要他默默坐到下座，當然嚥不下這口氣，所以才故意大聲嚷著「請上座」，希望藉此假裝自願坐到下座吧。

「話雖如此，這人竟然會演此等教人一眼看穿的戲啊。」

龍馬觀察著對方。

佐佐木三四郎頭大手腳也大，頗有壓倒他人之威嚴。笑臉也頗討人喜歡，不至於令人不快。

「倒是頗有一套。」

佐佐木能言善辯，他提出兩、三個無關痛癢的話題。龍馬一直板著臉，但多少有些失望。

「腦筋不好。」

佐佐木說話流暢而帶勁，卻缺少獨創性。龍馬認為說到一個概念時，若內容或呈現方式不具獨創性，那麼男子漢就應該保持沉默。他一向以此自律。

「薩摩的西鄉及大久保都不似眼前這個佐佐木。」

龍馬多少有些失望，轉念一想，除乾退助及後藤象二郎之外可說毫無人才的土佐藩上士中，佐佐木也算是上等貨色了吧。

「不過，大監察以上的職位對他來說大概就太勉強了。」

哪會勉強？這位佐佐木後來陸續擔任維新政府顯職，最後甚至位極人臣，就連此時的龍馬也無法想像得到。

「這人究竟只是單純表面上裝成勤王份子，還是真有心討幕呢？」

龍馬慢慢地試探。不了解這點，就沒法向他說明大政奉還論，因原案本身具有不可思議之特質，可就勤王及佐幕兩面說明。

「似乎二者皆不是。看來若轉為討幕情勢，這人就會隨之傾向討幕。」

龍馬如此判斷後開始說明。佐佐木雖不具獨創性，卻具備清晰的理解力。

「了解了。如今藩內雙方人馬皆為此案而興奮不已，總之戲該怎麼演就走著瞧，暫時別擔心太多吧。」

佐佐木如此道。龍馬覺得佐佐木脫口而出的「演戲」一詞實在貼切。

「沒錯，演戲。以土佐藩之立場看，無論何者皆無所謂，所以就是演齣戲罷了。接下來就開始著手進行吧。」

龍馬道。

西方遠處傳來雷聲。

才一眨眼工夫，雷聲就到了近處並兜頭落下，幾乎讓人以為會會堂的茶屋風構造都為之震動。

「下雨了嗎？」

龍馬將視線移往庭院。

「這夜正逢大雷雨。」

佐佐木三四郎日後在速記中記下如此回憶。他說連舞台裝置都極具戲劇性，速記中如此道：「大家都說這是好戲之前兆而彼此敬酒，接著又開懷暢談。」

龍馬雖討厭官員，卻難得沒對佐佐木三四郎心生反感，與他聊了許多。

「佐佐木君，你很不錯。」

龍馬一再誇獎。誇獎佐佐木有部分理由是因他話語之中完全看不出對薩、長有任何偏見。

當時土佐藩士上士的口頭禪就是：

「鄉士和輕格之所以嚷著要勤王，是為了一掃三百年來的積怨，而如此積怨正好被薩、長利用了。」

關於這回龍馬的大政奉還案，領國內的固陋派並未爽快接受，也是冷言冷語的。

「最後還不是中了薩、長的圈套。」

然而佐佐木三四郎卻比這些傢伙好太多了。

「這傢伙或許是假貨，卻是能當成真品使用的假貨。」

龍馬如此判斷。

既然如此，只能把他當真品。

「佐佐木君，自安政年間以來，為數眾多的草莽之士就積極活動且死於非命。他們雖曾讓時勢糾結不清，卻也使之大步躍進，其功勞與犧牲應受日本人永遠傳頌並紀念吧。但接下來的好戲卻不是那些草莽志士的戲份，該換官員出場了。官員掌握著藩，藩若不動，大戲就演不成了。」

「我雖不才……」

佐佐木為這話而開心道：

「也必竭盡全力。」

接著又談及集結在京都的諸藩脫藩者，亦即那些草莽志士。

「必須設法救助他們。」

提出此意見的是中岡慎太郎。其實，正如龍馬所言，往後那些「草莽志士出場的戲份將愈來愈少。何況從安政文久年間一路觀察下來，他們的格局也已變得相當小。

「且經常暴露在危險之中。」

中岡道。最近新選組及見迴組等動作極為猖獗，故幾乎每天都有志士橫屍京都大街小巷。

「希望能一併救助他們。」

這是中岡的主張。

他有他的構想，要實現此一構想，必須靠佐佐木三四郎的努力。

「其實是有關陸援隊的事。」

中岡對佐佐木道：

「目前海援隊已成立並開始活動，而海援隊長就在眼前。但陸援隊尚未實際成立。就是關於此事。」

陸援隊是以海援隊之規約為範本。換句話說，是不希望在性質上隸屬土佐藩的藩組織，保有獨立性，並與藩維持「契約」關係，萬一發生戰爭就與土佐藩並肩作戰，是支半公半民的軍隊。

它並非單純的軍隊，還具有政治軍之性質。部署於京都，萬一京都爆發革命戰，就為天皇效命。講得露骨一點，可說是叛軍之預備軍。

兵士並非單純之兵士。

全是諸藩脫藩志士組成。當然，既然中岡是土佐人，土佐脫藩鄉士應占多數。

「關於陸援隊一案，閣下應該也聽說了吧。」

中岡刻意若無其事地說。當然，中岡並未明白提及陸援隊具有叛軍預備軍性質之事。

「不過京都卻無合適的房子，其實就是因無合適的房子才遲遲未成立。」

「恐怕沒有呀。」

佐佐木也道。

京都市內並無空地。德川幕府自家康以來深怕諸侯在京都會與天皇及公卿有所往來，一向禁止諸侯因輪駐江戶之義務而往來領國與江戶的途中經過京都，更不喜諸藩在此設藩邸。但允許大名僅限商業需要在此擁有小型屋敷。

好比必須賣木材給京都商人的土佐藩等，自古就有背對著高瀨川的藩邸。出產工藝品的加賀藩、出產砂糖的薩摩藩及出產紙張的長州藩等也一向設有藩邸。

其他小藩亦在此租間房子好有個設置留守居役的地方，但多是為了在京都給江戶或領國內的女眾買衣服而設。像戲劇《元祿忠臣藏》中出現的小野寺十內就是赤穗藩的京都留守居役，就住在小小的租處做著諸如此類的工作。

以往京都藩邸就只是這樣的用處。

然而到了幕末……

京都突然成為決定外交問題之府，諸藩藩主及藩士的來去也日漸頻繁，甚至不得不設置藩兵，藩邸自然變得極為重要。大家四處搜購土地，但都找不到合適的。

像薩摩藩原本只有錦小路的小藩邸，如今已無法容納駐京藩士，因而買下普通的町區長屋（譯註：多戶相鄰而建的長型屋），又於東郊的岡崎村整農地建屋，買下皇宮北側二本松的近衛家別館，另在西郊衣笠山山麓的田野買了二萬坪左右的土地，建操練所甚至設置火藥庫。

土佐藩僅靠一處河原町藩邸委實太小，故又在北郊的白川建了第二藩邸。

中岡就是要與佐佐木交涉，要求借用白川藩邸。

「佐佐木君，若將白川藩邸借我，好處可不僅僅是陸援隊得以實現。」

中岡「喀」地放下酒杯。

「你的意思是?」

「還可讓在京受幕吏追捕而如影子般流浪的眾志士住在白川屋敷,藉此幫助他們。」

這是中岡最重要的目的之一。

「浮浪處境那麼危險嗎?」

佐佐木不假思索說出「浮浪」一詞。諸藩脫藩之士在勤王派稱為「志士」,但到幕府和佐幕派口中就成了「浮浪」,甚至連公文中也使用這字眼。佐佐木是官僚,故不小心就脫口說出。

「浮浪嗎……」

中岡苦笑道。

「哎呀,失言了,是『志士』。」

「實在危險。最近幕吏瘋狂搜索的模樣簡直是井伊安政大獄以來首見。舉個例吧,這是前天晚上發生的事。」

中岡目前以「薩摩藩士橫山勘藏」之化名,住在町人密集的柳馬場蛸藥師的租處。

中岡平常用的假名是石川清之助,但此名已太多人知道,故向屋主登記實用的是上述之名。

鄰家住著一名叫立花某的對馬藩脫藩浪人,亦即所謂的「浮浪」。前天夜裡中岡回家晚了,立花竟遭所司代官差闖入,激鬥之下負傷而被帶回。

中岡想救他,便向幾已成為自己門人的土佐藩駐京上士毛利恭助道:

——想請你代表藩向所司代打個招呼,就說立花是土佐藩陸援隊隊士就沒事了。

他這樣說,並以此展開談判中。

「這只是冰山一角,同樣的事件幾乎天天發生。佐佐木君,只要把白川屋敷借我,就能拯救他們了。」

中岡說的一點也沒錯。就德川時期幕藩體制的法規而言,幕吏不能闖入諸藩屋敷,亦即享有治外法權。

白川屋敷是土佐藩邸,若讓眾浪士住在裡面,哪怕是新選組或見迴組也不敢造次。

「你是官員，以官員立場能為天下盡心之道就是此事了。」

中岡如此敲邊鼓。

佐佐木爽快答應並道：

「正好參政由比豬內爺也上京來了，我去說服他。」

翌日，佐佐木前去遊說由比，得到他的認同，但由比似乎很怕擔責任。

「萬一老藩主怪罪下來，你會擔起責任吧？」

他如此道。言下之意是：「到時該切腹的可是你佐佐木三四郎唷。」佐佐木點頭了，這麼點膽識他還是有的。

土佐藩提議的大政奉還案若不能獲得其他雄藩的一致贊同，就無法向幕府施壓。中岡為此四處奔走，龍馬有時也會出馬。

薩摩已諒解。

其他對時勢較敏感的雄藩包括四十二萬六千石的藝州廣島淺野家，此藩目前有位名叫辻將曹的家老駐在京都。

他是位非常聰明的人。

總算也取得辻的諒解，將以土州、薩州、藝州三藩贊同之由，朝天下投入震撼彈。總算進行到此階段了。

其間土佐參政由比豬內及大監察佐佐木三四郎也和薩摩的西鄉及大久保、藝州的辻將曹等人以各藩代表身分會談。

佐佐木三四郎向上司由比豬內道：

「藝州的辻表示他雖贊成此案主要內容，但對枝節部分的字句卻略有異議。這樣反而教人放心，倒是薩摩的西鄉和大久保比較難對付呀。」

這是他的感想。

薩摩的西鄉及大久保對來訪的由比和佐佐木道：

「那事已聽坂本大師及中岡大師詳細說過，實在是內容相當不錯的方案，薩摩藩也同意。」

完全未提出異議或質疑而全面贊同，在他看來這樣才可怕，此即佐佐木言下之意。他們似乎想把改變政局之重責推給主導者土佐藩，藉著讓以往動輒逃避時勢的土佐藩因提出此動議而捲入時勢之漩渦，無法繼續逃避，進而共同響應薩、長企劃的軍事起義行動。這才是薩摩的真正心意吧。

「手段較之藝州的辻將曹還要高上幾段。」

佐佐木道。

「你說的沒錯。」

多少尚未完全脫掉佐幕色彩的參政由比豬內，也因此對薩摩保持警戒。

但不管怎麼說，薩摩的贊同對土佐而言的確是一大助力，故仍決定舉行聯歡酒宴。

時間就訂在龍馬、中岡及佐佐木雷雨交加那夜在會會堂會談後的三天。

「場所設在三本木的柏亭，你會參加吧。」

佐佐木專程到龍馬租處邀他，龍馬卻拒絕了。

「即使出席聯歡之宴也沒什麼用處。」

中岡也未出席。

佐佐木等人邀請了薩摩藩在京要人，當然也邀了西鄉，但他卻因感冒缺席。

薩摩藩有家老小松帶刀、僅次於家老之重職的近臣大久保一藏，以及吉井幸輔、內田仲之助。

土佐方則有正好上京來的後藤象二郎、由比豬內、福岡藤次、寺村左膳及佐佐木三四郎等人。喜愛酒宴的後藤機靈地把年輕女說書人叫進包廂，她的表演無比差勁卻反而討人喜愛，就連生性嚴謹的薩摩大久保都忍不住低頭偷笑。

暫且歇口氣，說點閒話吧。話說祇園有名名叫加代的藝伎。

「山貓」。

她一向使用此藝名。她是獨立開業的藝伎且自尊心較強，不僅姿色才藝兼具，還是個典型京都美女，五官分明，臉型小巧而圓潤。

土佐藩的福岡藤次對這位加代深深著迷。

無奈，他雖為土佐藩高官卻只是名鄉下武士。以福岡來說，更應稱之為鄉下秀才吧。

他難以自拔地迷戀著加代，幾乎每天晚上都點名要她到料亭會會堂來，既不喝酒也不唱歌，只是一個勁地握著加代的手。

「好色喲。」

加代心裡暗想，但對方畢竟是大藩高官，故也不能太過冷淡。

福岡還以為高知的上士意識在祇園也行得通。加代在其他包廂表演時，他就吹鬍子瞪眼地斥罵會會堂老闆娘。加上他生性吝嗇，從不給女侍或下人小費，故在會會堂若聽說「福岡爺來了」，大家都要皺眉。

倒楣的是，偏偏還有其他人迷戀加代，那就是薩摩藩的年輕家老島津伊勢。

加代似乎把福岡藤次是個多討人厭的男人一一告訴這位島津伊勢了。島津伊勢起初只是笑笑當耳邊風，後來竟也開始擔心：

「土州人都是這副德行嗎？」

並對手下西鄉及大久保道：

「要和土州合作可以，但連冶遊都會讓藝伎討厭的男人終究不可靠呀。」

大久保也對此感到困擾，於是將此事告訴中岡。

「大事當前，若因微不足道之事而壞了好不容易促成的薩、土合作，那可就麻煩了。」

中岡聞言不禁面紅耳赤：

「土佐上士皆夜郎自大，即使上京都來還是這樣丟人現眼的。」

話雖如此，福岡藤次最近好不容易才拋開佐幕色彩換上勤王色彩，若毫不掩飾地當面質問，難保他不會轉回原來的佐幕立場。

中岡想到一計，他對福岡說：

「那女人暗中有個恩公，就是島津伊勢。你擺明了是暗戀薩摩藩家老之妾，這樣你還要執迷不悟嗎？」

他如此婉言相勸，卻也暗示著：「這事若傳入容堂公耳裡，你就別想升官啦。」

福岡臉色慘白道：

「我根本不知情呀。我已死心，之前的事就請你別傳出去。」

中岡內心暗笑，沒想到除了促成薩、土合作，自己竟連這種雞毛蒜皮也得管。

# 陸援隊

土佐藩第二藩邸白川屋敷位於京都東北，大約在今京都大學本部的校園北端。

中岡慎太郎的時代，向東走過今出川通再渡過鴨川，就是綿延直抵吉田山山麓一望無際的田地。樹林也很多。

就在這片樹林和田地中，有棟通稱「白川陣營」的土州屋敷。此營區距都心相當遠。

去年冬天才完工。

理由是因藩主即將親率藩兵上京來，蓋這營區就是為了給這些兵士當做宿舍，因當時找不到合適地點，最後才蓋在如此不便之處。

「這地點真怪。」

完工不久，在河原町藩邸內就風評不佳。不僅地處偏遠，防守更是困難。周遭都是田地，萬一京都發生戰爭，很容易被敵人攻陷。

相對於此，會津藩等則是借用淨土宗總院之一的黑谷金戒光明寺，地點高而乾爽，可俯瞰都內，寺院本身又是城郭式建築，由巨石堆疊而成，故無法輕易攻破。

「竟做出這等蠢事。」

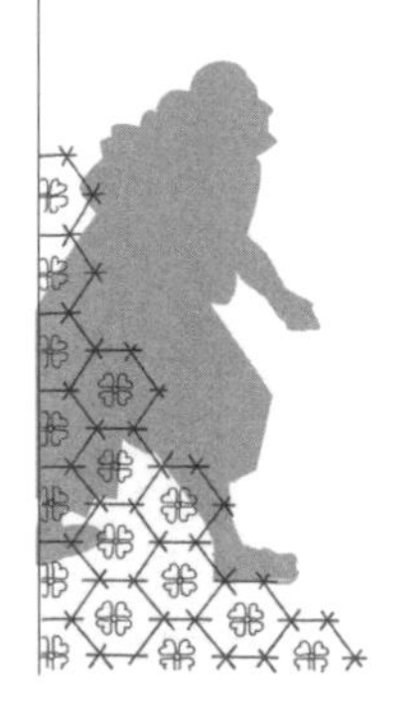

駐派京都的人一想到黑谷的會津本陣，兩相比較之下都忍不住如此暗中批評。找到此場所的是福岡藤次，福岡老愛擺官架子，而對他的批評也直接影響了對第二藩邸的批評。

更糟的是，老藩主容堂十分反對像薩摩藩那樣在京都屯駐武裝部隊，故領國也未派兵士上京來。

蓋好後自然就此閒置。

「把那營區借給陸援隊吧。」

中岡慎太郎如此著眼點可說十分聰明。京都藩邸的官僚也無理由強行反對，最後決定讓中岡使用。

白川屋敷做為陸援隊之營區是再適合不過了。其建造方式並非所謂的大名屋敷樣式，而是兵營的形式。

並無御殿之類的建築，也無庭院，更無裝飾性的書房，全部都是長屋。

門簡單以粗木頭組成，屋敷四周圍以長屋做為屏障。

故能容納很多人。

「實在很大，給我們陸援隊住綽綽有餘，一個人甚至可獨占一間八疊榻榻米大的房間。伙食是在河原町藩邸煮好後，再由幾個僕人裝進便當送來的，便當裡只有白飯和醬菜，故其他配菜得由隊士自行想辦法。」

因仰慕中岡而投入陸援隊的大江卓在維新後曾如此道。

大江卓是土佐宿毛的輕格武士，維新後曾擔任神奈川權令等職，後來辭官參加自由民權運動，以明治時期代表思想家之身分在歷史上留下深刻的足跡。

在一個炎熱的日子，中岡慎太郎搬離柳馬場蛸藥師祖處，移居白川陣營。

最先與中岡一同投入此隊的浪跡京都浪士共有十一人。

後來陸續增加，很快就超過百人。

我想多少介紹其中幾位。

剛剛提過的大江卓，最著名之事蹟應該是維新後擔任神奈川縣權令時發生的「瑪麗亞·露絲號」事件吧。駛入橫濱港的這艘南美祕魯籍船上載著從清國買來的二百三十二名奴隸。奴隸中有兩人脫逃並向大江求援，大江說服新政府並取得外務卿副島種臣的了解，斷然解放所有船上的奴隸。他晚年又致力於部落之解放。但這位大江卓與薩長系志士的情形不同，大江受龍馬自由思想之影響極深，維新後又對法國革命深感興趣，因而成為自由與平等思想之宣揚者。可謂土佐系志士的一位典型人物。

投入陸援隊的志士中，除大江這型人物之外，多為日後加入薩長藩閥政府者。

由這點看來，維新志士的兩大類型（其中一型是坂本龍馬及大江卓型，雖然極為稀少）同時混雜在陸援隊之中。

維新後踏上宦途而飛黃騰達者有伯爵田中光顯、伯爵香川敬三（水戶脫藩者）、男爵岩村高俊、男爵片岡利和及男爵中島信行等人。

以出身藩國之別看，土佐最多，有十八人，接著是水戶，有十四人，三河九人，京都八人，此外肥後、薩摩、豐後、伊予、武藏、對馬、甲斐、備中、出羽、近江、伯耆、尾張、大和及河內等也各有幾人參加。

……

陸援隊雖然實際成立了，中岡慎太郎卻無法以隊長身分坐鎮於白川陣營。

「我和龍馬若不四處奔走，天下大事終難成。」

他心想。事實上，正如他所言，嘉永六年（一八五三）以來時勢一直陷於混亂且動盪不安，而今正值推出壓軸妙招「大政奉還案」的節骨眼，倡議者龍馬及中岡自然不能單是安坐在壯士團的隊長寶座上。

尤其是中岡。

「薩、土已團結，接著就是藝州藩了。」

他如此計畫，為了說動四十二萬六千石的藝州廣島淺野家，他與該藩志士船越洋之助取得聯繫，正逐步進行中。

插句題外話，船越後改名衛，維新後陸續擔任各縣縣令及知事等職，最後升為樞密顧問官並獲封男爵，大正二年（一九一三）十二月以七十四歲高齡過世。

總之，中岡希望找位有統率力的人擔任陸援隊的代理隊長。

中岡在白川陣營創設陸援隊後立刻邀龍馬前來。

龍馬到此環視整個營區，甚至看看隊士的伙食，試吃後大笑道：

「太窮啦！」

中岡苦著臉不發一語。往後隊士若逐漸增加究竟該如何經營的擔憂正困擾著中岡。

土佐藩只提供白飯和醃蘿蔔，光是如此支出，就無法再負擔購買武器的經費，遑論隊士的零用金了。

一方面也因土佐藩之財政實在負擔不起。即使有此財力，握有藩會計權的領國佐幕派上士，也不可能明目張膽拿錢給公認的討幕結社陸援隊。

且龍馬自身也認為：

「若財政不獨立，則思想亦不能獨立，就連行動上都沒有自由。」

故海援隊從未向土佐藩會計要過一文錢，一直是自給自足。

關於這點，龍馬當時在長崎與藩之官僚福岡藤次交換規約時，特地註明一條細則：

「不仰賴藩提供錢糧，藩不提供這些，全任海援隊自給自足。」

反過來說，海援隊所得之利益也不會轉給藩，詳見這句：

「其營利所得亦無益於官。」

至於獲利方法，規約中也以如詩的表現方式載明：

「其所得多由海所生。」

透過此規約，海援隊成為獨立的自營單位。

「但陸援隊卻無法如此。」

此即中岡言下之意。中岡既無龍馬那種經濟構想，也不具營利事業家之機敏和知識。

「我沒法像你這樣做生意。」

中岡道。的確，換成別人，在陸上也很難做生意吧。

「雖然在白川村設了營區，也不可能學白川女那樣，把柴薪頂在頭上到京都大街小巷沿路叫賣吧。」

龍馬愉快地笑了。

中岡臉色愈來愈難看。

「龍馬，幫幫陸援隊吧。」

中岡道。

就因這句話，龍馬二話不說就答應了。他要隨行的海援隊文官長岡謙吉起草規約。

「兩隊雖分海陸且作用各異，但彼此須相互支援，互通有無。」

寫的雖是相互扶助之意，事實上既然海援隊有營利部門，往後應該是海援隊單方面提供援助吧。

「這樣就行了。」

龍馬要長岡謙吉寫成三份，一份給土佐藩的佐佐木三四郎保管，另由海、陸兩隊各執一份。

「還有一事商量。」

中岡說的是代理隊長人選。若無適合人選，中岡就會被綁在隊上無法動彈。

「海援隊真是人才濟濟。」

中岡一臉羨慕，這話一點也沒錯吧。

龍馬有很多優秀的幫手。

首先是隊上的文官長岡謙吉。他出身土佐藩村醫，以如此出身階級卻沒能出人頭地，可說是龍馬之幸。以長岡之文才、學識、英文及荷蘭文之讀解力來說，不管受雇於哪個藩，應該都能獲得五百石之領吧。具有如此能力的人，卻甘為龍馬的一名小小祕書。

陸奧陽之助也是。其缺點是個性有些偏激且欠缺協調能力，但理解之迅速及洞燭機先之敏銳甚至遠在學者長岡謙吉之上。

「咱隊上拿掉大小佩刀還能有飯吃的，就只有我和你了。」

龍馬曾給他如此高的評價。

因船難而去世的池內藏太也是令人欣賞的人才，他具有協調眾人的奇妙能力，就連年紀最輕的中島作太郎也曾說：

「即便坂本兄不在，只要池兄在，我們也可遵奉其命。」

中島作太郎如今也已成熟，目前擔任隊上的商務部門職務，正發揮其頗為出色之能力。

「為何那麼多人才都聚集到你手下呢？」

中岡實在覺得不可思議。

「大概因為我是個閒散的人吧。那些傢伙似乎怕不來幫我會一事無成，於是就統統聚集過來了。」

「一開始你是怎麼找到他們的？」

「就只是說：『喂，來吧。』」

龍馬的話實在不得要領。

「總之，我正傷透腦筋。有沒有具統率能力的人呢？」

「有。」

龍馬舉出兩人。

田中顯助（後來的光顯）

那須盛馬（後來的片岡利和）

兩人皆為土佐輕格出身，身分還在鄉士以下。

兩人都出生於土佐藩家老深尾鼎家臣之家，在高岡郡佐川度過少年期，田中顯助過二十歲後不久就與那須一起脫藩，同行的還有橋本鐵豬（大橋慎三）。後來他們渡海至長州，與長州人共患難，元治元年九月潛入大坂，藏匿於在松屋町筋經營紅豆湯圓店的志士本多大內藏（公卿武者小路家的雜掌）家二樓，打算火攻大坂並殺死將軍。

僅寥寥數人，首領為大利鼎吉。慶應元年（一八六五）正月，藏匿處被新選組的谷萬太郎查出，而遭五十餘名奉行所人馬襲擊，大利鼎吉因而戰死。此事曾於前文提及。

田中顯助、那須盛馬及橋本鐵豬三人正好外出，故倖免於難。他們事後藏身大和山中的十津川村，但田中及橋本不久便逃離山中，如今只剩那須盛馬獨自留在十津川村。

「有道理，田中顯助及那須盛馬的話，應可放心委任為代理將領，管理全隊。」

中岡道。田中顯助並無特殊才能，卻有統率之能力，那須盛馬則生性勇猛而有軍才，當可妥善配合而成為陸援隊之雙輪吧。

「田中顯助近期將進京，到時再找他就成了。」

中岡自言自語道。田中此時已形同歸化長州，負責長州藩的外交工作。前些天也為了與薩摩連絡，而與長州人山縣狂介、品川彌二郎、鳥尾小彌太及興膳五六郎四人一同潛入京都。如今身在大宰府（今太宰府），為的是向三條實美等流亡大宰府之五卿報告以大政奉還案為中心的新情勢。

「問題在於那須盛馬。」

中岡擊掌喚來名叫山崎喜都真的年輕土佐人。

「喜都真」。

同志都這麼叫這年輕人。他什麼才能都沒有，唯獨精於使用諸藩方言，喝酒時總是維妙維肖地表演模仿，逗人發笑。

尤其精通京都方言。在當今情勢下，會說方言常可死裡逃生。

舉個相反的例子。長州的高杉晉作偕其情人卯乃潛入大坂時，因過於無聊而至道頓堀的書店去。

「給我一本《徒然草》。」
他只說了這麼一句話。但口音為長州腔，書店老闆因而起疑，家人便從後門溜出去向町會所報告。不過當幕吏來時高杉早已逃之夭夭。
總之喜都真就有這才華。
「你闖進大和的十津川村去找那須盛馬。」
中岡拜託他。
喜都真接過盤纏後，立即變裝木材行夥計。十津川位在奧吉野，京都木材行的夥計深入當地也不至於起人疑竇。
「千萬別露出土佐口音呀。」
中岡如此叮囑。以當今時勢，只要露出土佐口音及長州口音，就會遭幕吏捕殺。
「沒問題。」
喜都真故作詼諧地以京都腔道，然後趁夜離開陸援隊本部。
離開京都之前，先去海援隊京都本部所在的木材商「酢屋」要來通行證明，然後前往奈良。
奧吉野的十津川說來是位於人稱近畿祕境的山岳地帶，光是要闖進去就非易事。
喜都真從五條進入。從五條至十津川連日野宿，這段山路竟花了三天時間。
「只要能到十津川村就行了。」
喜都真邊趕路，滿腦子邊這麼想著。十津川村自古以來就是著名的特異勤王村，在這幕末風雲中，此山村之鄉士也與天誅組一同作戰，並出動皇宮守護軍至京都。喜都真應該安全無虞吧。
接著稍微介紹一下那須盛馬吧。
他是名肩肉隆起的彪形大漢，還待在故鄉佐川的鎮上時就已被認為：
「盛馬若生在戰國，說不定早就靠一支長矛而成了大名。」
他有豪膽又有出眾的臂力。

在故鄉時，曾到同為深尾家部屬的堀見家玩，主人請喝酒，他酣醉之下竟當眾試起自己的力氣。他把將棋盤疊在圍棋桌上，上面再疊上一個約兩人合抱的陶製大火盆，然後抓住圍棋桌腳，輕而易舉地上下抬了五十次。

「真是個笨蛋呀。」

他被在座眾人如此嘲笑，酒醒後覺得丟臉而好一陣子不敢出門。後來到高知城下拜入自江戶返鄉的武市半平太門下，學習鏡心明智流刀法。

當時龍馬三天兩頭就到武市家玩，故他也曾與龍馬練習對打。

武市半平太組織土佐勤王黨時他立刻加入，後來在元治元年八月十四日與田中顯助等人翻過黑森嶺成功脫藩。藩吏得知他脫藩，派了持矛及槍的追擊隊隨後追捕。途中，同志井原應輔突然腹痛無法行走，最後忍不住坐在草叢中道：

——我切腹。你們別管我，快逃吧。

這時，那須盛馬無言地走上前去，冷不防抱起應輔，揹到背上，一路快跑到伊予邊境的險路。順利穿越伊予邊境後，盛馬才放下應輔道：

「怎麼樣？蠻力也能派上用場吧。」

因眼前的應輔也是當年笑他笨蛋的其中一人。這位井原應輔日後在美作遊說（譯註：作州，今岡山縣北部）時，遭關卡官差指揮的百來名鄉民包圍，而與同志島浪間互刺身亡。

那須盛馬準備火攻大坂城而潛居在大坂松屋町一帶，某日遭新選組襲擊時碰巧外出而倖免於難，此事前文已提過，但後來通緝的人相書已四處廣傳，故走投無路。

他與田中顯助一同逃往大和十津川的山裡。一路闖進山裡後竟迷了路，而對前途感到絕望。

這事說來很沒志氣，但眼淚竟不由自主地淌了下來。男兒有淚不輕彈，但這時兩人真的大哭

了起來。（田中光顯談）

也曾有過這種時候。最後終於找到路而進入十津川村，並走到上之湯一名名叫田中邦男的同志家。潛伏十津川期間，盛馬就教鄉士子弟刀術以打發時間，但後來鬱積的滿腔熱血漸趨沸騰而忍不住道：

「我去查探一下京都的情勢。」

於是大膽下山去了。同行的還有十津川鄉士中的第一刀客、人稱居合道天才的中井庄五郎，還是名二十歲不到的年輕人。中井於維新前夕在京都的花屋町與新選組激戰身亡。

此二人在這場「京都偵察」中，也曾與新選組展開激戰。

京都木屋町再下去一點有家叫浮蓮亭的酒館，正門就對著高瀨川。

……………………

某日，那須盛馬在此浮蓮亭二樓的小包廂內，與十津川鄉士中井庄五郎對飲。

席間提到龍馬的話題。

「聽說他在長崎呀。」

中井庄五郎道。中井年紀雖輕卻是人稱的居合術名人，故對北辰一刀流龍馬的刀名景仰已久，老想打聽龍馬的事。

「是個高頭大馬、態度冷漠的傢伙。」

那須盛馬道。仔細想想，那須只記得曾在武市的道場請龍馬指導過兩、三回刀術練習，並未與他當面促膝談心。

「刀術方面真的很厲害，似乎連武市老師也甘拜下風。」

那須聊的話題就只有如此程度，根本無法滿足中井庄五郎的好奇心。

「這回他上京來時就為你介紹吧，但他是個教人生氣的人喔。」

「為什麼？」

「他自己不想說話時就把頭撇開。」

兩人已是酩酊大醉。就連那須盛馬酒量這麼好的人也踩空兩階樓梯而重重跌坐在土間。

「那須兄，你還好吧？」

連中井都忍不住擔心起來。「沒問題啦。」那須說著站起身來，付過錢後走出店門。店門對面有株柳樹。月亮高懸在東山之上，照亮了路面。

田中光顯《維新夜話》的速記中有如下記載：

走到四條橋畔時，突有數人大搖大擺昂首闊步迎面走來，幾乎占滿路面。不必說便知是新選組的健將沖田總司、齋藤一及永倉新八等人。

當時潛伏京都的浪人，只要在路上遇見新選組總是拔腿就跑，這是常識，沒有人會笨到拔刀與他們正面衝突。至於新選組方面，就算被對方脫逃，也會不死心地持續搜索，直到查出對方所在之處，然後再次發動攻擊。諸浪人早就知道，故很怕被他們記住相貌。

但那須盛馬一向目中無人，中井庄五郎也極愛打架。更糟的是，兩人都醉了。

路很窄，雙方中必須有一方讓路，否則無法通行。新選組硬是走了過來。

「無禮之徒！」

那須盛馬大喝。

三名新選組成員往後跳，並拔出刀來。

此三人似乎也已在木屋町某處喝了酒，身上都帶著酒味。

那須抽身上前，中井卻衝入雙方之間。中井的豪膽就不用再說了，他未拔刀就衝至齋藤一身邊，然後迅速拔刀砍去。

——中井的閃電絕技。

十津川鄉士中井庄五郎出手之神速甚至博得此稱。

但刀法畢竟仍嫌生澀。

這招危險度相當高。對方齋藤一已將刀完全拔出，他卻仍不顧一切施以居合術的攻擊，這樣應該很冒險吧。

衝上前去的中井眼前「鏘」地一聲火花四散，齋藤一接住這招了。但齋藤一刀法之純熟可不僅止於此，接下這刀的同時身體也向右大幅拉開，然後朝中井攔腰砍去。

可惜沒砍中，因為中井往後跳開了。

但這已是中井庄五郎的極限。

他醉得厲害，開始喘不過氣來。如此一來就無法展開攻擊，頂多只能接住齋藤一步步進攻的大刀了。真刀對決的情況下，除非是頗有程度的高手，否則一味防守的那方終不免被砍得節節敗退。

較此更激烈的是那須盛馬這邊。他在路上不斷咆哮，同時衝來衝去。

對方有兩人。

沖田總司和永倉新八。沖田是公認的刀術高手，永倉在隊上則是頂尖巧手，有突擊高手之稱。不僅如此，兩人還有過無數次的實際殺人經驗。

那須盛馬從未殺過人。

只是仗著固有之氣魄及出眾的體力使勁揮著大刀。

「當時究竟是如何移動身體的，已記不清楚。只覺自己好似拚命在地獄之火中衝來衝去。」

維新後，成為男爵片岡利和的他如此回憶當時。

新選組方面也看出與刀客中井庄五郎相較之下，體形壯如相撲力士的那須盛馬——

「更是個高手。」

因此才由沖田及永倉二人同時對付他。應該算那須倒楣吧。

他們十分冷靜。

觀察那須大刀的動靜，適時上前攻擊。那須每次總有某處被砍中。

但都不是致命傷，或許沖田和永倉兩人也都有些醉意吧。況且盛馬的刀法又是所謂的「難劍」，動向毫無規則可循，根本不知他將瞄準何處、又將如何攻來。沖田和永倉也對此十分頭痛。

即使如此，那須卻一刀都沒能砍中對方；對方的刀卻在那須的左肩及右大腿劃下頗深的傷口。

又因方才喝了酒導致嚴重出血，簡直讓人想不透他怎麼還能站著靈活移動身體。

中井見那須如此狀態便道：

「那須兄，快逃吧。」

說著拋下眼前的齋藤，改朝沖田及永倉這邊殺過來。中井就以殺過來的氣勢掩護那須朝北逃走了。

還好四周一片漆黑。

兩人一個勁地逃，直跑到錦小路才放慢腳步。

「順路到池久去吧。」

中井道，他指的是麩屋町姊小路那家叫池村屋久兵衛的書店。當時京都市內輿論都偏袒過激勤王派，主動掩護他們的俠商也很多，池村屋久兵衛正是其中之一。

兩人敲敲遮雨窗，久兵衛起身應門，立刻請他們進入，一見到那須的模樣忍不住驚道：

「傷得好重呀！」

說著親自跑去請醫生。

醫生來了，看了傷口道：

「這是外科問題呀。」

他本來大概以為是來看內科患者吧。但久兵衛熟識的醫生就只有這名內科醫生了，現在再去找外科醫生，不知他會如何上哪去密告。

「我也懂得一些外科方面的知識，只是這究竟怎麼回事呀……」

醫生嘟囔著，同時叫久兵衛的妻子把水煮開，並準備燒酒、粗針及漂布。

可是沒有藥。醫生親自跑到富小路的藥店買回藥膏。

「會有點痛，忍耐一下。」

說著開始以燒酒清洗傷口。劇烈的疼痛幾乎讓那須昏過去，那須卻連哼都沒哼一聲。這或許就是所謂武士的痛苦吧。

維新後那須多次提到：

「總之，說到被那個庸醫洗傷口時的痛楚，我到現在想起來都還忍不住打哆嗦。」

醫生將傷口一一縫合，以繃帶充分固定後就回去了。翌日一大早，京都市內就灑滿兩人的人相書，不過這醫生雖是庸醫，口風倒是頗緊，完全未洩露出去。

但搜索行動愈來愈嚴密，兩人怕給池村屋久兵衛惹上麻煩便連夜離開。

後來租了下御靈社後面的舊衣鋪二樓，在此藏匿一陣子。

——我們是醫術修業生。

起初他們如此誆騙舊衣鋪一家人，但舊衣鋪老闆似乎漸漸隱約察覺了。

「您所需的傷藥就由小的家人去買吧。」

他好心如此道，有時叫妻子去，有時叫女兒。她們每次都換一家藥店買，最遠似乎還曾走到本願寺那一帶。

那須似乎是屬於傷口好得快的體質，大約一個月傷口就癒合了。雖尚未完全痊癒，但繼續待在京都實在危險，謝過舊衣鋪老闆後，便拄著枴杖離開京都了。

「我要留下。」

因中井如此道，那須便單獨上路，進入大和的吉野，再繼續往裡面走，一直走到十津川並再度藏匿於該處。

中岡的使者山崎喜都真，就是要去將這位那須帶回風雲之中。

進入這片廣大的山岳地帶，旅人就好似駛進大洋的孤舟一般，必須靠天上星星指路，一步步走在岩石和樹海中。

十津川鄉。

雖以此一詞統稱，但面積約有六七〇平方公里，是奈良盆地的兩倍。被淹沒在樹海中，有五十餘個「字」（譯註：行政區單位）散佈其中，房子就如鳥巢般高架在山坡上。

山崎喜都真繼續前進，終於走到目標，名為「小井」的字。感覺是羚羊會在村裡跑的地方，山崎簡直覺得自己像是迷失在雲端的世外桃源。

「我想去清昌寺……」

他向伐杉木的樵夫問路，樵夫沒告訴他怎麼走，而是親自帶路，走了二里（編註：一里約四公里）路。

因為該處雖稱為字，卻非聚落，各家散佈於各山上，要上鄰居家去得走個兩、三里路的例子一點也不稀奇。

「那裡就是清昌寺。」

樵夫以莊重的方言指著山門道，語氣幾乎讓人聯想起室町時代的狂言（譯註：偏重科白表現的喜劇）用語，接著就消失在樹林中。

山崎爬上陡峭的石階，總算進入狹小的庭院。右手邊是住持及其家屬之居處。

「打攪了……」

山崎道。從剛才爬石階時就似乎一直監視著山崎的寺裡小僧應聲出來，滿眼戒備。

山崎喜都真首先說明自己是什麼人，然後問道：

「那須盛馬在嗎？」

小僧眼裡更多了一層戒備，然後默默縮進屋裡去。

過一會兒，出來了一名頭幾乎頂到門框的彪形大漢。

「哎呀，哎呀，喜都真！」

他舉起雙手喊道。他穿著神官般的白棉衣及皺巴巴的小倉裙褲，還帶著短刀。腿有點瘸。

「請進請進！你也是在京都被追殺，才逃到這裡來的嗎？」

「別開玩笑啦！京都如今正處於回天或敗北的關鍵時刻呀！」

「這樣嗎？看來我不在的時候風雲大變囉。」

那須盛馬把山崎介紹給和尚，太陽一下山，兩人就單獨喝起酒來。

「這寺院的小僧對你很忠實，對來訪的我投以戒備的眼神。」

「那名小僧嗎？」

那須盛馬絲毫不覺感激反而咂舌道：

「那傢伙老是跟我吵架。昨晚也是，燒了洗澡水就算了，竟搶在我前頭進了泡澡桶。我氣不過就把他連人帶桶舉起來往外丟。」

盛馬神力依舊，但並不是在炫耀自己的神力，言下之意似乎是：

「正因如此，那名小僧現在才對我表現得如此老實。」

盛馬的山中生活就像這樣充滿童話色彩。

「上京去吧。」

提出此建議就是山崎喜都真的任務。他說完這句話，又詳細解說京都情勢，對那須盛馬即將擔任的陸援隊代理隊長的工作也加以說明。

「如何？你願意下山吧？」

「當然願意。」

盛馬開心道：

「我的傷也大致痊癒了。我雖不才，但也希望能在此風雲時期貢獻一點力量。」

「太好了。」

「不過，龍馬也很了不起啊，他不是正一手逐步收拾著風雲嗎？」

接著就比較起龍馬與中岡：

「龍馬這人就像把閃電包在一條大布巾走在路上似

的。乍看之下並不引人注目，可一旦打開大布巾就電光四射，白光滿佈天下，風雲驟起而降下豪雨。」

「沒錯。」

山崎喜都真點頭道。這兩個未與龍馬有什麼直接接觸機會的同鄉友人，簡直把龍馬視為那種堪稱神祕的天才。

「中岡在這點上就比較平凡。」

那須盛馬道：

「但他強烈個性中蘊藏的犀利及縝密卻是大而化之的龍馬所無。中岡總是精巧而正確，一如鐘錶。若由他帶領土佐藩，定能成就無比的天下大事。」

「龍馬應無帶領土佐藩之能力吧。」

「他根本無意帶領吧。」

那須輕笑道。

——土佐容不下龍馬。

他似乎現在才恍然大悟，想起這句瑞山武市半平太的名言。龍馬格局之大並不適合土佐的小天地。對他而言，維新回天成功之後，說不定連日本的格局對他而言都還太小。

「不管怎麼說，這可有趣了。對了，那個大政奉還案進行得順利嗎？」

「薩、長、藝三藩都贊成了。這是包括土佐在內四大雄藩之提案，正因如此，幕府也不能無視此案吧。」

「但這可是自家康以來傳承了三百年的天下呀！不知德川家是否真會輕易放手。」

「這龍馬和中岡應會妥善處理吧。」

「若幕府不接受怎麼辦？」

「開戰呀！陸援隊就是為此成立的。」

「了解了。」

那須心裡也了解了陸援隊之目的，說不定在京都市街上揭開革命戰序幕的就是陸援隊吧。

翌日早晨天未亮起身，就聽見寺裡的廚房傳出嘈雜聲。山崎喜都真前去查看，發現七、八名村裡的年輕姑娘勤快地忙碌著，有的做便當，有的剪即將給盛馬穿的束腳褲上的假縫線。

「原來如此。」

山崎喜都真暗自欽佩。盛馬浸淫在山中生活、好似已忘掉世間風雲的原因之一，或許就在如此微妙之處吧。

龍馬這段期間一直潛居於京都木材商醋屋，他雖為實現大政奉還案而四處奔走，但也開始有了如此想法：

「關鍵在於幕府如何出招。真想試探他們的心意，盡可能加以說服。」

順帶一提，在此階段，此案尚未正式向幕府發佈。要正式提出恐怕還需要一點時日吧。

「幕府中該找誰呢？」

龍馬思索著。

若是有力人士，應該首推當今老中板倉伊賀守勝靜吧。板倉正好隨同將軍常駐於京坂，但一介浪人龍馬是不能去拜謁堂堂幕府老中的。

「還是找永井主水正吧。」

龍馬如此決定。永井主水正名尚志，是幕府的大目付，之前也曾在本小說中登場。

出身旗本名門，在幕府洋學官僚中也是位出類拔萃的優秀人才，但職務經歷卻充滿堪稱華麗的新時代要素。幕府最初在長崎設立海軍傳習所時，他擔任事務局長，後來幕府在江戶築地蓋了軍艦操練所，他也是首任所長。安政四年（一八五七）幕府在長崎建設造船製鐵所時，又以建設委員長格施展才能，最後返回江戶，當上勘定奉行及外國奉行。安政六年（一八五九）又進一步成為軍艦奉行，有一段時間遭免職而在江戶閒居。就這點看來，永井之職務經歷與較他稍晚出道的勝海舟極其相似。

不過有一點和勝不同：永井雖具備知識與行政技術，卻缺乏思想。此外，他也無勝般的膽識，更非勝那種尖銳的文明批評家。

這位永井如今當上大目付，且隨將軍來到京都。永井雖位居大目付，負責的卻非法務官之職務，而該說是一種身分或資格，其實就是將軍慶喜的祕書官。慶喜欣賞永井溫和的個性及豐富的外國知識，重要事情幾乎都找板倉伊賀守勝靜或永井主水正尚志事先商量。

龍馬也曾透過勝及大久保一翁與永井這號人物見過面。永井應該也對龍馬印象不錯吧。

「去見他吧。」

龍馬請土佐藩的人調查永井在京宿舍位於何處。據說是在東本願寺的別墅枳殼邸。

龍馬動身前往。

隨身只帶了寢待藤兵衛一人。藤兵衛帶著長崎海援隊同志的信件，最近才進京。

終於在枳殼邸的長屋門前站定，喚來值班武士並拿出名札。

龍

名札上如此寫著。只要說「龍」，永井尚志應該想得到是自己吧。

枳殼邸是德川初期東本願寺法主不惜重金打造的，即便在京都市內的貴族別墅中也是規模最大者，講究之程度更是無與倫比。

平安朝風格的林泉之中，滴翠軒、傍花閣、縮遠亭、偶仙樓、漱枕居、回棹閣、閬風亭等茶室風格建築點綴其間。

幕府大目付永井主水正尚志就借用其中的閬風亭做為在京居所。

「閬」之字義為「明朗」。古代中國道教思想認為崑崙山住有仙人，據說仙人之居處即稱為閬風苑。此處即為仿效此閬風之建築，可惜住在裡面的永井尚志根本稱不上仙人。

他忙得不可開交。身為將軍慶喜最信任之官吏，他總有堆積如山的問題要解決，幾乎片刻不得閒。

如今他正寫著信，是要寫給人在大坂的老中板倉伊賀守。

「據說土州似乎有意推動新情勢，竟然似是要將軍將大政奉還給天皇。目前還只是聽說，詳情尚不清楚。」

信中意思大致如此。本來永井尚志在幕臣中算是通情達理的，話雖如此，他對此異常傳聞卻未持有好感。

當他把筆放下時，負責傳達的家臣來報：

「有這麼個人求見。」

說著呈上龍馬的名札。

龍

上面如此寫著。

「長什麼樣子？」

「年紀三十左右，膚色黝黑，身材高大，兩側鬢髮亂七八糟……」

「是龍馬嗎？」

永井突然想到。他與龍馬雖僅有一面之緣，但其特異之風貌卻在永井的腦海中留下鮮明的記憶。勝海舟及大久保一翁極力推薦此人，但永井與兩人雖為同僚卻非至交，故也只是把龍馬當成「私設海軍者」。

他早知道龍馬在長崎組織了可能危及幕府、名為海援隊的團體。不僅如此，最重要的是，以龍馬當今之名，似乎就是自己方才寫給駐在大坂的板倉老中那封信裡提到的大政奉還案之策畫人。

「怪時間來了個怪人。」

永井尚志猶豫著見或不見，他本就不是當機立斷之人。

「不過這人還真是大膽呀。」

他心想。說到坂本龍馬，不就是與薩摩的西鄉吉之助、大久保一藏以及長州的桂小五郎一樣，同為幕府最討厭的的名字嗎？而他竟光天化日之下大搖大擺造訪身為幕府大目付的自己居處。永井絕對有捕殺龍馬的理由及權力。

「果然，世上就是有這種不能依常理判斷之人呀。」

永井尚志仍不停思索。

「乾脆逮捕他吧？」

他甚至如此想。

「那人帶了幾個人？」

「不，就他一人。不過還帶了個狀似僕傭的人。」

那名家臣答道。

「單獨一人嗎？」

真是大膽已極，永井心想。又想，他說不定是特地來殺自己的，於是問道：

「那人什麼表情？」

負責傳話的家臣似乎因「表情」這個充滿緊張氣氛的詞彙感到意外而顯得有些慌張，但隨即冷靜答道：

「該怎麼說呢？他就一直望著天空，似乎還在挖鼻孔之類的。」

「根本沒把人放在眼裡。」

永井尚志似乎感覺到對方正嘲笑著自己的緊張。

但依然無法拿定主意。

「還是叫大隊人馬過來吧！」

他拿起桌上的鉛筆想著，所謂大隊人馬是指見迴組或新選組的人。但轉念又想：

「這樣恐怕太輕率了。」

雖說此人一如即將發生撼動天下之大地震的震源，背後卻有雄藩撐腰。若現在逮捕他，諸雄藩定將追究此事而導致政局益發混亂。

「就接見他吧！」

永井尚志終於做出決斷，音量之高幾乎連自己都大吃一驚。

過了一會兒，家臣繞過庭院帶來一名壯漢。

「我是坂本。」

那壯漢把刀交給永井的家臣保管，站在庭前行禮。依舊是飄忽不定的模樣，但較以前在築地操練所見到時似乎穩重許多。

「坐那邊去。」

永井從房間內指著外廊道。兩人身分不同，龍馬不可上到同個水平面上的房間。

「嗯。」

龍馬點點頭，表情彷彿如此道，並依言坐在外廊上。

「好美的庭院呀。」

龍馬眺望著林泉，水波搖曳的光影就映在臉上。

「真是個怪人。」

永井終於卸除戒心。兩人雖已闊別多年，且明明僅有一面之緣，但眼前這個名叫坂本龍馬的人卻讓人感覺好似每天見面喝茶下棋似地那般親近呀，不是嗎？

「好大的庭院，又有野鳥。乍看之下還不知道，但感覺似乎會有兩、三百隻野鳥從山裡飛到這庭院玩呀。」

「啊！」

龍馬叫了一聲，抬頭望著池畔的一株喬木。永井尚志嚇了一跳。

「楊梅結果了。」

龍馬轉過頭來眼裡閃著光芒。永井對此人的開朗感到不解。

「那棵是楊梅樹吧？」

永井一點興趣也沒有。

但這奇怪的土佐人似乎對此樹有特別的感情。這種樹在南方很多，京都卻很少見。尤其在土佐，山林中到處是野生楊梅樹，幾乎可稱之為國樹。樹皮是鞣皮那種色調，陽春時節開花，梅雨季節果熟。

「真好吃。」

龍馬道。

「說說你今天來此有何要事吧，我很忙的。」
「對了，對了。」
龍馬拍拍大腿道：
「是有關幕府的事呀。要拆下家康公以來傳承三百年的看板的確極令人感傷，但只要那看板繼續掛著，德川家就要滅亡了呀。」
「你所謂的『看板』是什麼？」
「就是政權呀，也可說就是幕府。若不解散幕府轉為平凡的德川家，不出這一、兩年就要滅亡了。」
「你……」
永井張口結舌說不出話來。還以為他是隨隨便便跑來聊些野鳥楊梅的話題，誰知道卻突然說要幕府交出政權。要說話題，古今恐怕再無落差如此之大的吧。
「哎呀，請閣下平心靜氣想想。」
龍馬如此規誡激動的永井。這話題不管是說者或聽者都不免激動，但一激動就無法釐清箇中道理。

龍馬道：
「最好是望著這庭院，聊著楊梅的話題，然後試著以相同的情緒討論此一話題。如此一來，事情的道理就會逐漸明朗，就是這麼回事吧。楊梅和幕府也沒什麼兩樣。」
「說、說什麼蠢話！」
永井益發激動：
「竟敢對幕府如此無禮！」
「這可麻煩啦。」
事實上龍馬真的是打從心底困擾。姑且不提俗吏，他本以為像永井尚志這般伶俐之人應該不會說出那種老套用語的。龍馬是打算以冷靜而嚴謹的科學態度討論幕府衰亡之問題，但對方要是一再斥罵無禮，就什麼都談不下去了。
他表明此意：
「不就是這樣嗎？我坂本龍馬是一介日本人民，既無俸祿，也無官爵。不屬於任何藩，只屬於日本。

既不仰仗幕府，也不仰仗薩、長、土，從未以任何一方之利害為考量，更無考量之義務。只考慮如何才是為日本好。我以為能讓您如此了解，這才登門造訪，請您也要有如此心理準備呀。」

「說吧。」

永井尚志低聲道，看來仍未解除警戒。

「真是名俗吏！」

龍馬心想。像這樣高築城牆，心意根本無法交流。又想，是不是自己的態度或說法不恰當。

「真傷腦筋呀。」

龍馬露出由衷困惑的表情喃喃道。永井尚志沉默了一會兒，終於問道：

「傷什麼腦筋？」

龍馬盡可能擠出開朗的笑容道：

「這樣吧。正好這建築物名為閬風亭，那邊有個水池，想必是想將那水池當成瑤池（玉溶成之池）吧。我聽說所謂的閬風瑤池是指仙人所居之山林，故在此相對而坐的並非幕府顯官，也非土佐出生之浪人。試著不以下界世間之人的立場，而以上界仙人之立場來討論今日的日本課題吧。

「仙人呢……自然不必對下界負責。隨便想說什麼都可以。」

「說吧。」

永井接受了龍馬的好心建議。

「那我就以黑仙人的身分說囉。」

龍馬道，因為自己膚色黝黑而給自己取了此名。

這麼一來，永井應該就是白仙人了。

「德川幕府成功延續了三百年的太平盛世，此功勞即使在百萬年後也不可能為日本人遺忘吧。但如今屋梁已腐朽又會漏雨，已不堪居住，甚至無法修補。若就此置之不理，梁柱都將坍塌，裡面的人也將一一被壓死。您如何看待此事？」

「不，有補強的辦法。」

「您指的想必是以幕府為中心的郡縣制度吧。」

「這你也知道呀。」

「取消大名地位並沒收其領地，反抗之大名則以法國資金、武器及軍艦將之擊潰，再施行郡縣制。是如此計畫吧？」

「不必跟我求證，我是不會透露的。」

「白仙人，這裡是天界呀。哎呀，您愛怎麼回答都無所謂。不過，若真是那樣，諸大名一定會反抗。將引起內亂，將引起驚人的內亂。且法國將以武力形式平定日本，英國想必不會袖手旁觀，一定會與反抗的大名站在同一陣線，並將等量以上之軍備、資金及武器甚至連軍隊輸入日本，此六十餘州都將化為戰場吧。如此一來，就成了英法之戰。無論英、法何方獲勝，都將占領日本吧。這點您有何想法？」

「那麼我就以仙人的立場說吧。終將如此演變，絕不可招致如此後果。」

「那麼，與其補強此房屋，不如乾脆換地方蓋新屋以顧全日本大局吧。」

言下之意是：「將政權奉還給朝廷吧。」

「您意下如何？」

龍馬刻意以輕鬆的語氣逼問。

但如此假設性問題對幕臣永井尚志而言或許過於沉重吧。照理說，的確是另立新政權較妥。但另立新政權也同時意味著舊政權將滅亡，如此一來，永井尚志身為舊政權所屬之武士，勢必得本著武士之道，竭力為防止滅亡而戰，並徹底否決新政權之成立吧。

永井尚志一直保持沉默，這下兩人只是默默對坐。

龍馬笑著道：

「您忘了嗎？」

他試著緩和永井的心情：

「我們兩人都是仙人哪，您可不是幕臣永井主水正大爺呀。」

「我知道。」

「我了解您對德川家之忠誠，身為武士自然希望謹守此節操呀。」

龍馬雖這麼說，卻不是發自真心。他嘴巴上雖說武士應效忠主君，自己卻已捨棄主家山內家。所謂脫藩就是這麼回事，脫藩之人沒資格談什麼忠義，而他同時也覺得如此理論實在陳腐。

「如今日本武士必須做的……並不是對主家盡忠義，而是愛國。自古以來，武士……」

龍馬道：

「……只知有主家而不知有國家，雖知要盡忠義，卻不知要愛日本。若還在以日本六十餘州為唯一世界的時期，倒還無所謂，而也正因此才能形成名冠世界的日本武士道。但如今這一切都成了阻礙。

「憑赤穗浪士是救不了日本國的呀。」

外國正虎視眈眈。

他們將此島國團團圍住，只要出現可乘之機，就會侵略並將之屬國化。無論願意與否，這是日本人有史以來首度被迫發現自己之於國際社會中的處境。這可說就是當今狀態。

「歷史已然改變。」

龍馬道：

「在這個空前的時代，若以鎌倉時代或戰國時代的武士道考量事物是行不通的。對日本而言，如今最有害的就是所謂的忠義，最重要的則是所謂的愛國。」

「若像你一樣處於不必顧忌任何人之立場，我也會這樣說吧。但我是幕臣，即使心裡明白，在情義上或就實際面來說卻不得如此。」

「終究還是要維持鎌倉武士之思考模式嗎？」

龍馬這話並非存心挖苦。龍馬已知永井尚志這號人物對時勢之理解力到何程度，故心存敬意。

「鎌倉武士嗎？」

永井嘆了一口氣：

「看情況恐怕不得不如此了。」

「若如此，日本將發生內亂。或許日本將就此滅亡呀。」

辯論已進行至最後階段，接下來只剩結論或最後結語。這時若換成中岡慎太郎，定要瞪大眼睛犀利地切入道「永井爺，足下竟企圖任日本滅亡而獨留德川家倖存嗎」。

中岡是當代最傑出的論客之一，但辯論起來總是堅持己見而過於尖銳，很可能給對方致命傷。

龍馬個性卻似乎意外地不在乎辯贏或辯輸。這位現實主義者反而知道自己若辯贏，將損及對方顏面而對自己懷恨在心，實際上往往適得其反。

「藉著辯論，對方已對己方有了七分信服。若連最後的三分都想辯贏，對方反而會理直氣壯死不認輸吧。」

龍馬打算慢慢收兵。

但要收兵也得有方法。龍馬靠的不是辯論，而改以商人斟酌價錢高低時的語氣道：

「那個嘛……您若要以鎌倉武士之忠義及爭鬥之心繼續經營今後的幕府也行。若如此，就只剩下輸贏，亦即勝算多少的問題了。」

「你說勝算？」

「就是幕府究竟能不能戰勝的問題。若是打得贏的仗，那最好打；若是註定要輸，最好一開始就別打。此乃自古傳下的名將之道。」

龍馬開始數落幕府的弱點。

「的確，軍艦數量多。」

這點是幕府的優勢。數量大增，品質也大有進步。尤其最近又向美國買進一艘鋼鐵艦，應該已輸入。此軍艦是超乎世界級水準的強力艦，只要此艦抵日，將可大大提升幕府之武威吧。

「但優勢也僅止於此。」

三百諸侯已打算脫離將軍之指揮。就連第一次及第二次征長之戰時，諸侯也心不甘情不願，這回若再討伐薩、長，恐怕沒有任何諸侯會出動吧。

諸侯自行獨立之色彩逐漸濃厚，連御三家也不聽從將軍之指揮，而即便是譜代大名也不再忠實。此事在征長之戰時就已十分明顯。

還剩下直屬德川家的江戶旗本和御家人，但這八萬騎旗本，連將軍慶喜也已感到絕望。

「靠那些懦弱的傢伙，實在沒法有什麼期待。」

根本派不上用場吧。

此外龍馬又進一步計算「時運」這個要素，認為時運偏向薩、長這方。

「如何?這樣還能戰勝薩、長嗎?」

龍馬道。

永井尚志只是低頭沉思，心中想必也很痛苦吧。

「我再考慮一下。」

永井尚志站起身來走下庭院。綠葉映在永井背上，只見他幾乎被綠葉染色的背影漸行漸遠。

「這時期當幕臣恐怕也很痛苦吧。」

龍馬由衷同情。

龍馬從懷中掏出裝著鹹豆的紙袋，放了三粒進嘴巴。

喀啦!

他以臼齒嚼著鹹豆。

「海舟老師若身處永井之立場，不知將如何回答。」

勝是龍馬一生堪稱之為師的唯一人物。勝雖為幕臣，但早就對幕府的前途感到絕望。

——能再撐個十年就不錯了。

他曾突然如此透露。

而龍馬與勝自元治元年的蛤御門之變後一直未再見面。當時勝因「在神戶村培養不肖之徒」之理由被召回江戶，並奉命閉門自省。龍馬後來跑到長崎創立龜山社中。如今可說是敵對雙方了。

據說勝重新恢復軍艦奉行之職，如今人在江戶。此時期勝這種人物才該上京都、大坂來輔佐將軍應付難關的，但慶喜不知為何就是討厭勝而不准他離開江戶。根據傳聞，勝目前在江戶的工作是將海軍改為英國式，或許慶喜是想把勝綁在一個海軍行政官的地位吧。

「幕府此舉根本就像以解牛之大刀來切雞肉呀。」

龍馬如此思忖。但換個角度想想，即便是勝，恐怕也很難挑起此難局中的幕府政治吧。就算有此能力，才能出眾的勝又有過分獨特的言行舉止，最後定將因太有能力而遭佐幕派或倒幕派人馬暗殺。

再換個角度看，逐漸衰亡之政權的當權者，或許反而是膽小、無能又無智的人較適合。似乎也可說正因其無智無能而對歷史更有貢獻。

「永井爺究竟是何者呢？」

他有著過人的智慧，卻謹小慎微優柔寡斷而缺乏行動力。總之，在太平之世是位有才能的官吏，但在亂世恐怕不是名有能力的人了吧。

永井尚志在池畔兜圈子。

過了一會兒才回到房間。

……

「你的估算看來無誤。」

他有氣無力道。言下之意是若論勝敗，幕府將會落敗。

「既然如此，不如乾脆點現在就將大政奉還朝廷，而德川家也能毫髮無傷地倖存。唯有如此才能避免內戰之患，日本也才能獲得新生，德川家之功績也將留芳萬世吧。」

「這事以我的立場我沒辦法說。」

永井道，但從神情看來，龍馬發現他並未完全反對自己的意見。

# 橫笛丸

龍馬每天忙得不可開交。

早上才與薩摩的西鄉及大久保會面，下午就飛奔至洛北的岩倉村探訪岩倉具視，晚上再到花街三本木的酒樓見佐佐木三四郎等土佐官僚。每天大概都是如此。

回到租處——應稱之為海援隊京都本部——位於車道的木材行時，幾乎都在夜深之後。

這家姑娘千代多半都會等龍馬回來才睡。

「哎呀，今晚又為我等門呀？」

每次鑽進便門，龍馬都會過意不去地對千代道。

到離屋坐定之後，千代就幫他泡茶。每天如此，千篇一律絕無差錯。

這天晚上也是一樣。

「哎呀，還沒睡呀。」

龍馬一如平常搔著頭走進土間，卻冷不防一把將千代抱了起來。

他有些醉了。

「好重好重，姑娘好重。」

他心情愉快地抱著千代邊往屋裡走，千代從龍馬頭上質問道：

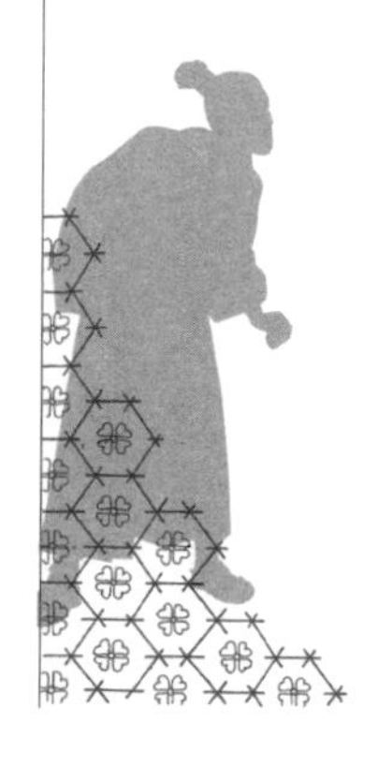

「姑娘都好重，是嗎？」

「當然重啊。」

「那麼，您也會像這樣抱其他人嗎？」

千代總是正經八百的。龍馬拿她沒輒地說：

「那可沒辦法。要是能這樣隨興地以抱起姑娘的心境自處，我坂本龍馬就更能做大事了。」

「我想我好重吧，我要下來了。」

「不，不。」

龍馬邊穿過廚房邊道：

「讓我抱吧，再沒有比這更好的消遣了。」

他笑著，同時一步步往前走去。終於走到通往離屋的通道上，這才把千代放下。

「長岡應該還沒睡吧。」

他看見離屋房間還亮著燈。長岡指的是龍馬的文官長岡謙吉。

龍馬走進屋裡，拉開長岡那間房的紙門。天氣熱，故長岡光著身子工作，頭頂上掛著他從長崎帶回來的石油燈。

「瞧你聚精會神的模樣。」

龍馬坐在長岡旁邊說起今天一整天發生的事，這也已幾乎成為在京都的日課。

長岡「嗯、嗯」地應著並不住點頭，同時以鉛筆做筆記。這就是書記官的工作。

長岡的書桌上堆滿文稿，毛筆隨時都是濕的。因為龍馬命他翻譯英文的《萬國公法》，大功告成時，將成為以日文寫成的第一部《萬國公法》吧。

龍馬準備以海援隊版出版，在長崎連活字和紙都已準備就緒，只等長岡完成翻譯了。

「拜託你了。只要完成這本書，就能為日本國帶來不可估算之利益呀！」

龍馬道，並朝著手上拿的一張草稿做出膜拜的動作。

「陸奥上哪兒去了？」

龍馬道。陸奧陽之助最近應與長岡同住以協助長岡翻譯《萬國公法》才對。

「老地方。」

長岡皺著眉頭道，他口中的「老地方」指的是花街。

難得龍馬也皺起眉頭。

「他沒幫你忙嗎？」

「真不知那傢伙心裡想什麼，即使坐在這裡，也只是啪啦啪啦翻著字典，什麼也不做。等我一回過神來，就發現他不見人影了。」

「真是個怪傢伙。」

陸奧陽之助是名難相處的年輕人，連龍馬偶爾也會感到不快。

平常悶不吭聲，即使其他同志找他說話，通常也只是瞧不起人似地冷笑就不再吭聲。然而一旦事情不如他的意，就以過度尖銳的口才及縝密的論辯攻擊對方，直到刺中其要害方才罷休。

此外又沒禮貌，也不懂得體諒同志，在隊中有點任性而為。

自然被隊中眾人討厭，甚至幾乎呈孤立狀態。只有龍馬偏袒陸奧且重用他，只要外面有重要場合，一定讓他以祕書官身分隨行。

「那人就像有毒的馬關河豚，坂本兄為何那麼寵他呢？」

隊士們甚至不服氣地質問龍馬。

陸奧看來只對龍馬完全心服。

不過雖說心服，卻似乎極不願讓人看出來，老是跟龍馬頂嘴。

不僅如此，與其他隊士同席時，也總是直呼其名說「龍馬如此道」，不在龍馬名字後加上敬稱。

這點讓眾隊士很不高興。有一次他們以此指責陸奧，沒想到他還反擊道：

「那是我尊敬他的證據。」

因為，孔子、孟子、諸葛孔明、楠木正成等歷史人物，我們不都是直呼名諱嗎？我就是把龍馬視為與那些史上傑出人物同等，才直呼其名不加敬稱的。

「既然如此，就當面時再如此直呼其名即可，不是嗎？」

「人是會有感受的。」

陸奧面不改色道：

「龍馬也是會有感受的，要是被我這種後生晚輩直呼其名一定會不高興吧。我是尊重龍馬的感受才未當面直呼其名。」

他就是這麼會強詞奪理。總之就是讓人看不順眼。有一次……

為了這類教人看不順眼的原因，幾名隊士甚至嚷著要殺了陸奧。

翌日早晨剛起床就很熱。

龍馬把飯桌放在通風的外廊吃早飯。這時陸奧陽之助繞過庭院走了進來。

「起得真晚呀，現在才吃早飯嗎？」

說著還湊上前來望著桌上的飯菜。京都風味的白味噌湯、乾燒豌豆，還有一片烤過的油豆腐。

「那片油豆腐給我吧。」

他撒嬌似地說。

「你要做什麼？」

「吃呀。」

「你昨晚沒回來嗎？」

龍馬極不甘願地夾起油豆腐，但想了想又決定不給他，而丟進自己口中。

「太過分了！」

「不過你的感覺我也感受得到。」

龍馬說的是另一件事。「感覺」這詞還真含糊。

「我的感覺？」

陸奧不解地歪著頭。

「那種帶刺的感覺。」

「真教我吃驚，我對坂本兄完全不帶刺呀。」

「是對同伴。」
「哦，對那些傢伙呀。」
「你應該跟他們相處得融洽一點。」
「我都要起雞皮疙瘩了，這真不像坂本兄說得出口的話呀。」
「為什麼？」
「相處融洽這類行為根本是低級和無知的象徵呀。年輕人在村裡的慶典大聲喧嘩打成一片，難道這就是坂本兄希望的狀態嗎？」
「我不懂。」
「你應該懂，就是因為這樣我才跟隨你的。」
陸奧要說的是，當年輕人認真思索到極致時，就無法敷衍妥協地與大家融洽生活在一起。
「只有不懂得思索的笨蛋才能彼此相處融洽，那種氣氛簡直教人不寒而慄。」
「酒宴上同伴們全醉了，卻只有你一人醒著。是這意思嗎？」
「這例子不太好，不過大概是這樣。」
「不僅醒著，還對周遭大醉的傢伙投以冷笑。」
「這例子實在不太好呀。」
「但的確是這樣沒錯吧，那種情形我也了解。從前武市半平太組織土佐勤王黨，召集了兩、三百名土佐七郡的鄉士子弟，我也欣然參加了，但他們全都酩酊大醉時我卻毫無醉意。」
「想必是這樣吧。」
「我卻一直裝作和他們一起醉倒的樣子。現在我也沒有改變這種做法。」
「這點我學不來。」
「男子漢必須在酒席上保持獨自清醒的狀態，但同時也應表現出與眾人同醉的樣子。否則就無法在世間成就大事業。」
龍馬放下筷子道：
「你這樣不行。」

說著拿起碗來。

「長岡謙吉每天每夜汗流浹背急著將《萬國公法》譯成日文，你卻不肯認真幫忙。」

「那是因為……」

陸奧有不同意見，龍馬卻不容分說道：

「不准抱怨。處世不圓融卻又想成功，沒這種事，你是只圖享樂。」

「這是在說教嘛。」

陸奧試著逗龍馬笑，龍馬卻不上鉤，又道：

「就是在說教。」

說著還一臉認真地點點頭。

目前政情正繞著大政奉還案打轉而混亂不清，但在龍馬看來此事必成。不管佐幕及倒幕的漩渦怎麼轉，水勢終究會流向那方。龍馬如此確信。

「這麼一來就會成立新政府。一旦成立新政府，自成立當天起就得取代幕府直接與外國對抗。自那天開始即不可或缺的就是《萬國公法》，這書就如盲人之手杖呀。」

將來應會加入新政府的公卿及諸藩先覺之志士中，知道有《萬國公法》存在的人就已不多，遑論有誰讀過其中一行吧。因此，將此書譯成日文乃當務之急，刻不容緩。

「可是我不懂英文呀。」

他雖推說不懂，但龍馬一向要求海援隊隊士把學習英文當成基本義務之一，故在長崎就一直要長岡充當教官，命眾人一起學習。因此，陸奧也不可能完全不懂。

「只要幫忙就會愈來愈懂了。」

「實在沒辦法呀，那東西比漢籍還難懂。」

「我是不懂漢籍，也不懂英文，卻懂得事物的本質。陸奧陽之助，你就去幫《萬國公法》的翻譯工作，邊幫邊學，同時把英文學好！」

「為何只對我說那麼嚴厲的話呢？」

「新政府即將成立。」

龍馬放下碗又道：

「怎能把外國的事交給不明事理的公卿或薩、長蠻士？外國的事，海援隊若不一手包辦，將會發生嚴重的國恥事件。就由你一手獨攬，我已如此決定。」

「真教人吃驚呀！」

陸奧露出恍然大悟的表情，他沒想到自己會獲得龍馬那麼高的評價。

「你願意幹吧？」

「願意呀。受到如此吹捧，即便是奈良的大佛也會迅速出動吧。」

「我叫人給你準備早飯。」

龍馬跳下外廊，然後赤腳跑向廚房。因為他發現打從剛才陸奧的肚子就咕嚕咕嚕叫個不停。

龍馬這時期也突然發生了意外事件。

此年七月二十八日，幕府大目付永井尚志向土佐藩下令：

「因有至急要事，速來報到。」

當時的京都留守居役是森多司馬，雖是佐幕派，卻非堅持操守而有骨氣之人，表情總如站在棲木上的小鳥淋到寒雨而瑟縮著身子不住顫抖似的。

「火急」。

召喚狀上有如此字眼。森多司馬有不祥的預感，總之他就上二條城見永井尚志了。永井沉著臉道：

「海援隊是附屬於貴藩之下吧。」

永井認識龍馬，當然早知海援隊是何種組織，他只是為求慎重。

「是的。」

「詳情我並不清楚，不過長崎的海援隊隊士似乎殺了兩名英國海軍。」

「咦？」

那不是與幾年前薩摩行列引起的生麥事件類似嗎？

「詳情尚未徹底了解，但英國方面似乎已握有確切證據。因此，英國公使帕克斯已乘軍艦至大坂，正與老中板倉伊賀守（勝靜）爺嚴正協商中。鑒於目前局勢，此事件恐將引發嚴重後果。」

「真、真是土佐人所為嗎？」

「不清楚。但帕克斯如此堅持，也確實有相當的證據。」

「究竟該如何是好呢？」

「不知道，希望土佐藩也應極力周旋。」

「遵命。」

「此事件若擴大，貴藩提議的大政奉還案……」

永井尚志嘴邊浮現一抹既非諷刺也非同情的微笑又道：

「恐怕也將化為泡影吧。」

「是。」

森多司馬惶恐地應聲，又道：

「關於該案，您也聽說了嗎？」

「當然，不知道就不配當幕府的大目付了。」

「小的惶恐。」

森多司馬退下後連忙返回河原町藩邸，找來同僚由比豬內、大監察佐佐木三四郎及小監察毛利恭助等人協商善後之策。

「此事非同小可。」

膽小而務實的由比豬內等人如驢子般驚慌。以此事件看來，可不僅是影響到土佐藩的大政奉還案，恐怕還會捲入國際紛爭而不得不退出國內舞台呀。

必須立刻告知龍馬，畢竟龍馬是海援隊隊長。

藩邸方面立刻派人四處查探龍馬的下落。

他既不在租處，也未返回藩邸，更不在陸援隊本部。

龍馬這日正進行極機密之行動。他暗中上洛北岩倉村拜訪岩倉具視，與他懇談時勢問題。

較此之前，岩倉已與薩摩的大久保一藏聯手，持續祕密進行宮廷工作，希望宮廷方面發下討幕密旨給薩摩藩及長州藩。天皇為幼帝，只要攏絡擔任監護職的中山忠能卿，請他在詔敕上蓋個章即可。

岩倉天生就有完成此等陰謀之天分，一直不斷暗中進行攏絡中山忠能的工作。但當土佐藩真的私下提出大政奉還案時，他又多少有些苦惱：

「究竟該不該放棄這祕密工作？」

若將軍慶喜拋出政權（這對岩倉而言是不可置信之事），就不能討幕。因為就失去朝幕府揮刀的理由了。

但後來，他與薩摩的大久保針對此事深入討論。

「龍馬在長崎已有很長一段時間。他突然渡海至大坂並縱身跳入京都情勢中，但對當今局勢仍有尚未完全了解之處。他講得好像可以輕易達成，卻頗令人存疑。」

開始有此疑問，大政奉還案最後恐怕十之八九不會成功吧。

「關於發下討幕密敕之事，最好還是繼續進行。」

最後做成如此結論。

總之，對幕府的挑戰方式有和平及武力兩種，兩種方式一直在京都分別從不同管道且涇渭分明地分頭進行。

龍馬知道此情形後十分詫異。

「還不停止推動降下密敕的祕密工作嗎？」

因此才連忙趕往岩倉村找堪稱此陰謀最大首領岩倉具視，問清楚他的真正心意。

「若不停止此舉，會賠了夫人又折兵。」

此即龍馬主要論點。總之，只要幕府聽到推動下達「討幕密敕」工作的傳聞，態度必將轉硬，並將大政奉還案一腳踢開。

「無論如何，暫時靜觀其變吧。」

龍馬如此懇求這位稀世大陰謀家。

在龍馬看來，促下密敕的工作可等幕府駁回大政奉還案之後再進行不遲。

「這段期間務必請您忍耐忍耐。」

龍馬幾度如此道。

岩倉每次都用力點頭。姑且不論心裡想什麼，至少表面上是順從龍馬的說法並神情愉快送龍馬離開的。

龍馬返回京都時已入夜。

龍馬一回到車道的木材行，發現土佐藩邸傳話的小吏岡本健三郎早就來了。

健三郎是土佐鄉士出身。

這年輕人臉型特長，甚至還被叫做「馬健」。他極崇拜龍馬，龍馬在京都期間他就像跟班的跟在龍馬後頭四處跑。他尤其佩服龍馬的財政眼光，暗中以龍馬為師，努力吸取這方面的知識。

岡本健三郎維新後當過新政府的大藏大丞等職，負責財政方面的工作。某日，他被板垣退助帶去拜謁舊藩主山內容堂。

維新後成為政府大官才初次拜謁了自己的舊藩主，光從此事亦可看出維新前健三郎的身分有多卑微吧。

容堂是以「毒舌」名聞天下之人物，何況自己手下最下級的家臣竟成為新政府的大官，肯定讓他覺得滑稽不已吧。

同行的板垣退助道：

「來此候召的是擔任大藏大丞的岡本健三郎。其父名龜七，雖為土佐郡一宮之鄉士，但後來遷居城外的潮江，岡本健三郎就出生於此潮江之地。」

「嗯，嗯，嗯。」

容堂只是點點頭。舊藩時代在教養方面，即便是藩內的卓越人才也不及容堂，光憑這點即可知容堂是以何種眼光看待岡本健三郎。

「趁機攀附時勢的笨鄉士！」

但他仍探出身子嘲諷笑道：

「哎呀，出人頭地了。想必有勝過我的長處吧，恭請指教。」

企圖嘲諷人、把人撂倒的瞬間，可說正是容堂最耀眼的本領。

「小的豈敢!!」

岡本健三郎道。他個性本就極為正經，要揶揄人得憑機智，但他並無如此才能。

「小的生性魯鈍，老藩主您是當代大詩人，小的怎敢對您有所指教。不過倒自認對財政的運作或許稍有所長吧。」

岡本道。容堂很欣賞這類懷有一種痛快自負心的人。

「此豪語甚佳！」

他用力點頭，接著將酒杯遞給岡本，同時問道：

「那麼你是跟誰學來的？報上師名來吧。」

「是坂本龍馬。」

岡本健三郎道。容堂不管走到哪都一直聽到這人的名字，此人雖為自藩家臣，自己卻始終沒見過。

「龍馬這人的可取之處還真怪呀。」

他事後如此嘟囔。

如今，這位岡本健三郎就坐在土間的門檻上等龍馬回來。

「怎麼回事呀？岡健。」

龍馬鑽過便門一進入土間立即道。岡本健三郎像隻小狗般撲向這個高大的身影。

「大事不好啦！」

他如此大喊：

「長崎那邊出事啦！英國公使正大吵大鬧！」

「冷靜點，慢慢說。」

「好，我說。你的海援隊士竟然在長崎殺了英國水兵！」

「哦？」

龍馬把頭歪向一邊：

「岡健呀，這不正常呀。」

「這是從可靠管道得來的消息。昨天中午森多司馬爺被召至二條城，奉命要提出善後之策。」

「帕克斯已向幕府抗議嗎？」

「是呀！」

「他們真相信英國人的話嗎？」

「龍馬，你在說什麼呀！現在說這種話也於事無補吧？」

「嗯。」

龍馬就此走出門外，與岡本健三郎連袂前往河原町的藩邸。

由比豬內及佐佐木三四郎等重要官員都不在藩邸。據說因一直聯絡不上龍馬，便急忙上大坂進一步了解狀況。

藩邸群情激動。

衝動的下級武士都嚷著：

「如此一來就是土英戰爭了！」

幾年前生麥村發生薩摩人因英人無禮而當場將其格殺事件，後因採取強硬態度而發展為薩英戰爭。眾人一定以為會重蹈覆轍吧。

上級藩士卻是別種反應。

「都是因為以藩之名義養了海援隊這些亂來的浪人，才會發生這種事。說不定藩將因賠償金而滅亡呀。」

大家都心有不甘。

龍馬並未走進大門，只把藩邸內的重要人物集合到門口的木板地上。

「我現在立刻隨後追趕由比及佐佐木他們前往大坂。話先說在前頭，殺死兩名英國水兵的不是海援隊士，絕對不是。大家好好記住這點。」

「為什麼？」

某人問道。龍馬回答：「我手下隊士個個懂得萬國公法，國際協調主義正是我海援隊之方針，怎可能還殺人呢？」

「但聽說英國公使已向幕府發出如此主旨的通牒了呀！」

「你的意思是，因為英國公使和幕府都這麼說就相信了嗎？如此事件應該在案發現場親眼目睹才能論斷，沒看見就別瞎起鬨。未目睹之事不予置評，藩應依如此方針處理。」

龍馬做了些旅行的準備，便帶著寢待藤兵衛自京都出發。

龍馬準備搭最末班夜船而趕往伏見，半夜走進船宿寺田屋。

「哎呀，哎呀，有趕上吧？」

說著坐到門檻上。聽見他的聲音，登勢從屋裡走了出來。

「現在這種時候還要上大坂去嗎？」

她坐在龍馬身後，怕被人聽見似地低聲問道。

「嗯，無論如何得上大坂。但接下來得視情形而定，說不準是要去長崎還是得去英國。實在是前途茫茫，如在濃霧之中呀。」

「就愛胡說八道。」

「不，是真的。」

龍馬從未如此沒精打采。

「真的是在濃霧之中呀。我的前途如此，故日本的前途也如此。」

「真怪呀。」

登勢為龍馬拍掉肩上的塵埃，同時發現這個快活的人和平常判若兩人。

「突然發生重大事件啦。」

「應該沒有什麼事能讓坂本大爺震驚吧？」

「有啊！」

龍馬端起女侍送來的那碗泡飯。

「就好比下將棋，只差幾招就能將死對方了，偏偏家裡小兒爬了過來，唰地把棋盤整個掃亂。就像這樣的情況。」

「什麼樣的棋局？」

「以往的日本將滅亡、而新日本即將誕生的這種大棋局。」

「也就是說這盤棋破局了，舊日本將維持原狀囉？」

「不，不能讓這情況發生。如今正是攸關日本國將如何轉變的緊要關鍵。總之，說起來像在吹牛，但只要我坂本龍馬活在世上，就不能讓放任日本繼續如此。」

「您瞧，您瞧。」

登勢故作開朗地笑笑：

「終於拿出精神來了呀，我也來給三味線調個音，好配合您的吹牛調吧。」

「這可不是吹牛呀，登勢夫人。」

「坂本大爺的優點就是會吹牛呀。」

「妳這婦人真教人傷腦筋呀。」

龍馬摸摸臉頰。仔細想想，在這位登勢夫人面前吹牛的時光似乎是最開心的。

「積了好多信呀。」

登勢進客間去，從一個掛有鎖頭的錢櫃中取出一疊信，然後折返。

有些是乙女姊的，有些是權平兄的，大概四、五封吧，家鄉來的信一向寄到此寺田屋來。

河岸傳來船老大的吶喊聲。

船要開了，龍馬把讀到一半的信交給登勢保管，快速衝出旅館。

寢待藤兵衛早已上船。

換作平常，末班夜船通常都很擠，但不知為何，今晚卻大約只有十位客人。

「好空呀。」

龍馬對寢待藤兵衛道，然後翻身躺在藤兵衛為他準備的棉被上。

船駛離岸邊。

三名巡迴賣藝的女藝人、三名行旅商人模樣的男人、一名大商店夥計模樣的男人，還有一名大藩留守居役模樣的威風武士及三名隨從。

藤兵衛以龍馬之隨扈白居，故以銳利的眼神環視船內。

「看來都是尋常人士，沒有可疑的傢伙呀。」

龍馬聽了忍不住輕笑：

「可疑的只有我跟你吧。」

「的確是。」

藤兵衛也露出苦笑，然後拿出煙斗。

態度恭謹坐在船尾的那名夥計模樣的男人，正和行旅商人聊著各類商品的價格。

幕末數年，庶民關心的並非尊王攘夷這種事。

而是物價。

尤其是米價。以米價為中心，這幾年各類商品價格飆漲，通貨膨脹的情形一直嚴重持續著。

最大原因在於連年歉收及災荒。民間吃不飽的問題影響了幕末的政情及人心，並逐漸成為幕末動亂升溫的原因之一。

物價飆漲的原因不只歉收及災荒，諸藩奉朝命或幕命將為數眾多之人員送進京都及大坂，對物價的影響也不容小覷。此外，幕府接連發動第一次及第二次征長戰爭也大有影響。

不僅如此，還有幕府進行的對外通商。日本維持了三百年的鎖國經濟，如今首次出現在世界經濟社會的波濤之中，因而產生的物價變動也十分嚴重。

「正因如此我們才要攘夷，開國將使人民痛苦、國家滅亡。」

尊王攘夷家及佐幕攘夷家一路抱持如此單純的經濟觀念，而這通貨膨脹便一路煽動他們的熱情。

然而這段不知何時才會結束的物價飆漲現象，卻在今年五、六月時突然開始下挫，由米價率先下跌。

「聽說米價下跌了呀。」

藤兵衛道。龍馬答道：

「以往要價一貫五匁（譯註：貨幣單位，一貫＝一千匁）銀子的加賀米，如今只要八百五十匁。」

以物價知識之淵博而言，就連西鄉和大久保也不及龍馬。

「金價行情也從一百二十匁五分跌至一百一十四、五匁。」

龍馬道。這是因受到兵庫開港敕許下賜的激勵，此外還因幕府撤下京都、大坂揭示之追捕長州人的告示板，故一掃人們對戰爭之恐懼。政情及世局雖仍混沌不清，物價波動卻已早一步朝前邁進，追求光明的時代。龍馬如此認為。

不一會兒船客紛紛入睡，只剩船老大的撐船聲偶爾傳入耳中。

「藤兵衛，睡吧。」

龍馬道，自己也閉上眼睛。

「您會感冒呀。」

「幫我蓋被。」

「大爺。」

藤兵衛低聲道：

「海援隊的人真的殺了英國海軍喔？」

「他們沒殺。」

「您了解案情嗎？」

「不管我了不了解案情，他們就是沒殺。」

「原來如此呀。」

藤兵衛十分佩服。看來龍馬打算見機行事，即使必須顛倒黑白，也要以如此方針解決此事件。

「英國有所謂的議會，該機構恐怕早已群情激憤了吧。我打算見機行事，即使得上英國議會去也在所不惜。」

「議會呀。」

「在日本，根據幕法，結黨乃是最大之罪。但驚人的是，不管英國或美國都是公然結黨，由黨團提出正當言論並與其他黨團進行激辯，藉此推動一國之政治。這就是所謂的議會。」

「原來如此呀。」

「推翻幕府後，我也要組織那種議會。組織議會乃倒幕之最大理由。藤兵衛，連你都能當議員呢。」

「騙人。」

藤兵衛縮著脖子道。

「這一代被認為是不可能的事，下一代將成為理所當然。若非如此，回天大業本身就沒有意義了。」

「就是這麼回事。」龍馬打從心底如此認為。如今薩、長之指導者皆熱中於倒幕運動，龍馬雖一同奔走，但並未真心信任他們。

依龍馬看來，薩、長之士並無維新回天後之構想，究竟要創造何種國家與社會呢？西鄉和桂小五郎皆無想法。

真的可說沒有，因龍馬從未聽他們提起新時代的建國構想。只要他們一直漠視這點，或許就會改立毛利將軍或島津將軍。

「如此一來，能夠仰賴的就只有土佐之士了，只得向土佐同伴鼓吹我的思想了。」

---

龍馬不知不覺睡著了。

醒來時，船已行至守口一代。東岸是成排的驛站旅館，街上早起的人們已開始幹活。

抵達天滿八軒家後，就在該處換乘行駛於市內河川的川船。

龍馬要前往西長堀的藩邸。

龍馬一鑽進西長堀的門，就問門口守衛：京都的由比豬內和佐佐木三四郎等人到了沒。

守衛搖搖手道：

「小半刻（三十分鐘）前啟程出門了。」

「上哪去了？」

「這個嘛……」

他只是歪了歪脖子，看來不太清楚。

龍馬心想問守衛也沒什麼用，於是走進藩邸大門，大喊：

「有勞了！我是同鄉的坂本龍馬，有誰知道由比豬內及佐佐木三四郎的消息嗎？」

裡面走出一名老人，看來就像個存心刁難的官員。

「我是……」

老人狐疑地打量龍馬：

「本屋敷的留守居役助理山田喜內。我先確認一下，你是住在城下本町筋一丁目的鄉士權平之弟龍馬吧。」

「我確是權平之弟龍馬。」

「關於你這小子，因你犯了脫藩之罪，傳訊令已經下達，只要你踏進大坂，立即逮捕。」

「那大概是舊的傳訊令吧。」

龍馬的脫藩之罪最初曾因勝海舟說情而由容堂親自赦免，第二次脫藩則因當上海援隊隊長而獲赦。

「你真大膽，還敢到處招搖呀！」

「沒法陪你說笑，我可是很忙的。」

「就站在那邊別動！」

「我不會亂動，既然你有傳訊令，就拿過來看看。」

「好呀，還用說。」

山田喜內命小官差去拿過來，果真是正式文件。

龍馬看了文件一會兒就迅速把它揉成團，正當山田喜內「啊」地大吃一驚之際，他竟拿來擤了鼻涕。

「你、你做什麼！」

「這是廢紙呀，你老人家知道海援隊嗎？」

「不知道。」

「那是咱們藩組成的日本第一海軍，隊長就是城下本町筋一丁目鄉士坂本權平之弟龍馬呀。你也去打聽打聽吧。」

「權平之弟，你此話當真？」

「你真囉唆呀！」

龍馬愈來愈不耐煩，就是因為這樣，他才會討厭「藩」這東西。

「老頭，你聽著，前些日子長崎發生狙殺外國人事件。此時，英國恐將為此與我二十四萬石的土佐藩發生戰爭，因此我必須見由比豬內和佐佐木三四郎。」

「狙殺外國人事件？我完全沒聽說呀。」

喜內眼裡滿是猜疑道：

「我看是你想狙殺由比爺和佐佐木爺吧。」

提到勤王志士，就覺得與強盜無異，這是藩裡一般傾向，而在這位山田喜內眼裡，龍馬這人應只是名搞暗殺的人吧。因此，不管如何央求，他也不肯透露由比和佐佐木等藩重臣的行蹤。

龍馬就在大門口束手無策。

「這樣什麼事也幹不成呀。」

即便是龍馬，面對官員的死板規矩也無計可施。

「拜託。」

龍馬說著以單手做出拜託的手勢，但身為大坂留守居役助理的這名老人只是把他蒼老而削瘦的臉撇向一旁。在土佐藩，因擔心被暗殺，藩重臣的外出目的地及下榻處絕不會透露給藩外之人及藩內的下級武士。

「既有如此指示，絕不能告訴你。」

留守居役助理山田喜內老人一再重複。龍馬之前曾以一介浪人之身拜謁越前侯松平春嶽且借了大筆錢，又曾受幕府軍艦奉行勝海舟及將軍慶喜之高級官僚大久保一翁寵愛而自由自在穿透階級之障壁，唯獨這土佐藩的官僚機構他實在沒輒。

——城下本町筋一丁目坂本權平之弟嗎？

一開始就從這種刻板的階級稱謂起頭，接下來自然什麼都別想了。

「不成嗎？」

「因為最近時局不靖呀。」

山田喜內一直盯著龍馬的佩刀。

「沒辦法了。」

龍馬走出藩邸。眼前就是鰹座橋，沿川對岸是成排的柴魚批發店、紙批發店、木柴批發店等土佐物產店，儼然另類的土佐租界，簡直就像回到土佐家鄉似的。
「喏，藤兵衛老兄呀。」
龍馬倚著鰹座橋的橋頭，望著四之橋方向道：
「我走投無路啦。」
「是。」
藤兵衛沒再接話。方才他一直哈著腰站在龍馬身後，故來龍去脈他一清二楚。過了半晌才道：
「大爺，是因您身分低吧。」
他若有所思道。這話自然不是調侃，而是兩眼含淚說的。藤兵衛滿心同情龍馬。
「低呀，實在是太低了，雖說是土佐藩士，但在方才那個山田喜內眼裡就如草鞋般低賤。」
「可是，大爺，您對待仕置家老後藤象二郎爺和大監察佐佐木三四郎爺等人卻很像在對待屬下似的。」
「那些人是同志呀。對方是這樣的態度，所以我也就以那種態度對待他們。但若出現那老人那種普通的官僚，我也完全沒輒。」

「那麼，當務之急就沒法辦了呀。」
「嗯。」
龍馬望著川上游的大坂城。
「我看他們現在恐怕已經去找老中板倉伊賀守了……」
「不會吧？坂本龍馬是不能闖進幕府巢穴之中的呀！」
應該是吧。
坂本龍馬這人是誰，一向從事何事，幕府高官可比土佐藩的俗吏更有概念。
「是當今最危險人物之一。」
通曉情勢的幕府人員定會如此回答吧。
輕率前往幕府根據地大坂城會有什麼後果，他心裡自然有數。
「不過，藤兵衛，不去恐怕不行。」
龍馬邁開步子。老中板倉伊賀守勝靜應該在護城河畔的大坂城代屋敷。

「不行，太危險了！」

藤兵衛跳起來阻止龍馬，但已往東走的龍馬卻不停下腳步。

生駒連峰一片晴空。以此為前景，南北綿亙著長長的城牆、箭樓高聳的就是大坂城。

大坂城在元和元年（一六一五）豐臣秀賴倒台後，就和江戶城及二條城同歸德川將軍所有。姑且不談家康及秀忠時期，其後此城一直無將軍進駐，到了十四代將軍家茂，京都大坂內外政情多譎，故家茂晚年等於常駐於京坂，最後病逝於大坂城。

當今的十五代將軍慶喜在擔任家茂之諮商職時起就常駐京都，一直以二條城或此大坂城為居所，幾名老中自然也駐留於此城。

這回英國公使帕克斯因英國水兵被殺事件登門大吵，也是找上大坂的板倉老中住處。

龍馬的確如此聽說，由比豬內和佐佐木三四郎等土佐藩重臣也應已造訪過板倉，聽取事情經過了。

龍馬走到大坂城代屋敷了。

高聳的大門下站著四名持棒守衛的武士，說什麼也不會讓一介浪士進門的。

當年大久保一翁住在此時，龍馬曾大剌剌進到裡面找他，但這一套絕對不能用在老中身上。

龍馬在門前路上掏出紙卷，蹲下給板倉老中的側用人寫信。

「在下是土佐家臣，名叫才谷梅太郎。若我藩的由比豬內及佐佐木三四郎在此，請代為傳話，就說有十萬火急之事——我在路上等著。」

他確認內容無誤後便交給守衛。

守衛把信拿進門去交給板倉家的武士。

側用人名為佐藤善藏，他看了信，歪著脖子心想：

「才谷梅太郎……」

這名字好像聽過。但一時沒想起那是龍馬的化名，只是姑且將事實傳達給路上的龍馬：

「土佐藩諸位大臣已離去。」

龍馬十分失望。

由比豬內及佐佐木三四郎離開板倉老中住處大坂城代屋敷，是在龍馬抵達的兩小時前。

他們與板倉老中的會談並不順利。

「竟做出如此令人為難之事。」

削瘦而膚色晦暗，因此看起來比實際上更顯老奸巨猾的這位老中說著還撇了撇泛黑的嘴唇。

「帕克斯就是那樣，簡直像雜役或那類低俗而易怒的人。他吹著銀色鬍子並以幾乎就要犯上的氣勢對著我破口大罵。幕府實在困擾已極。」

「在下惶恐，但凶手應尚未確定是土佐人吧。」

佐佐木三四郎質問似地朝懦弱的板倉老中道。這位備中松山城城主且位居相當於日本首相之地位的大名更加痛苦不已地道：

「你那是什麼口氣，你去跟帕克斯那樣吵呀。帕克斯他們已經斷定是土佐人下的手了。」

會談場所是在大廳。

板倉老中居中坐在正前方。

接著是被各國公使戲稱為「狐狸」的外國總奉行平山圖書頭。

再下來是大目付戶川伊豆守、目付設樂岩次郎、柴田某等幕府要員依次就座。

佐佐木三四郎心想：

「這時非得理直氣壯死不認錯不可。」

他毅然決然壯起膽子道：

「請問有證據嗎？」

他揚起長臉。一旦理直氣壯，倒是位意外有氣魄之人。

「不，尚無證據。」

板倉老中突然退縮。

關於這位板倉老中，英國公使帕克斯的年輕通議官薩道義曾在其著作《幕末維新回想記》中如此寫道：

大君（將軍）之宰相板倉是位善良紳士，但絕非懦弱之人。我看他年齡約四十五歲，看起來卻像個老人。

關於此時的板倉給人的印象，佐佐木三四郎也在其《昔日談》中如此寫道：

閣老（板倉）看來是個極溫順之人，由其模樣可見他對此事件著實費盡苦心。

兩者的觀察應可謂一致。

「雖無證據，但根據英國公使的調查，據說長崎的日本人全都謠傳那是土佐人幹的好事。」

「您這話真教人意外。我們土佐人即使在不得已情況下殺了外國人，也絕不會隱瞞罪行，必將自首並自殺，這是我藩武士之風氣。由此看來，此事斷非土佐人所為。」

「幕威也已衰微。」

在老中面前以幾乎壓倒對方之勢強辯的佐佐木三四郎暗想。老中板倉伊賀守被佐佐木雄辯的氣勢鎮住，時而軟弱地眨眨眼。若非時局如此，身為區區臣下之臣的佐佐木，還不配在自己面前開口說話。

「若幕府要相信英國公使之妄斷，那也莫可奈何，土佐藩只好與英國直接談判了。」

「這、這萬萬不可！」

若讓土佐藩和英國為此紛爭直接談判，外國定要質疑日本這國家的結構。就在不久之前，外國人之間才將日本解釋為：

——日本是由三百諸侯組成的一種聯邦國家，將軍與大名的關係並非完全等同主從關係。

甚至有意疏遠幕府。當此之際，板倉無論如何也得堅持外交權是握在幕府手上。

「不得直接談判。」

幕府將居中協調，板倉如此堅持：

「為此，大坂已備妥軍艦，準備派遣外國總奉行平山圖書頭及目付設樂岩次郎前往土佐。」

「那是幕府的決定，小的不敢多嘴。」

「英國公使應該也將搭乘該國軍艦於今日自大坂出航前往土佐。對了，英國有一項要求。」

「什麼要求？」

「他們要求土佐藩重臣也搭乘這艘駛往土佐的英國軍艦。」

「那指的是在下嗎？」

「正是。」

「這是什麼蠢話！」

佐佐木不慎脫口而出。幸好聲音很小，故沒傳到板倉耳裡。

「恕難從命。英國公使要強行前往土佐是他的事，我們並無為他們帶路之理。」

「哎呀，哎呀。」

「請先聽在下說完。關於這回事件我方本就大感不平。英國公使相信長崎市井的片段謠言，妄斷凶手為土佐人，不僅脅迫幕府，還要派遣軍隊對付我藩，如此虛張聲勢的恫嚇之舉實為天理不容。」

「佐佐木，你是攘夷家嗎？」

「不，不是。在下之立場既非攘夷也非開國，而是遵從事物道理，故絕不能為那麼無禮的英國軍艦帶路。」

「但英國如此要求。」

板倉十分為難，若如此就得再度與英國方面交涉。

此期間，佐佐木命大坂留守居役石川石之助為代表留下，自己和由比則未獲板倉准許就退出大坂城。佐佐木希望較英國公使及幕府高官早一步返回領國，卻苦無汽船。

「必須盡早趕回土佐藩。」

佐佐木三四郎邊走下城邊對由比豬內道。腳下是櫛比鱗次的大坂屋宅。

「就算是在海濤上奔跑，也得早英國公使及幕府官員一步歸藩，否則藩的應對態度定有差池吧。」

既已知道英國公使及幕閣打什麼主意，除非藩採取相當強硬的態度，否則此事件恐怕就輸定了。既然事件真相曖昧不清，聲音大的一方就贏了。英國公使的聲音大得離譜，佐佐木三四郎是要領國諸高級官員發出足以蓋過對方的聲音。

「要趕在他們前面就必須有汽船。」

英國人和幕吏已分頭使勁燃燒鍋爐，就要趕往土佐了，佐佐木三四郎卻苦無軍艦可搭。

「向薩摩藩借吧。」

佐佐木停下腳步。薩摩藩只要是因藩務所需的人員移動通常都是搭乘汽船，故汽船一直停在大坂的天保山海面，這事佐佐木曾聽龍馬提起。況且薩摩的西鄉目前應已來到大坂。

「要拜託西鄉嗎？」

兩人與他雖不熟識，但都曾透過龍馬的介紹而有一面之緣。不過坂本龍馬也是讓佐佐木焦慮的原因之一。

「他怎麼還沒到呀！是最終沒取得聯繫嗎？」

因海援隊隊士之事件而鬧得如此滿城風雨，海援隊隊長這位當事者坂本龍馬卻完全不見人影。

「哎，算了。」

佐佐木放開抱著的胳膊邁開腳步。這回的事件既然非得自己幾個藩內重臣負責處理不可，龍馬那種不知算是藩士還是脫藩浪士身分的人能幫得上忙的部分就少了。不過龍馬要是在此，至少能幫忙與西鄉聯繫吧。

「只好孤注一擲了，聽說西鄉這人只要受人所託就不會棄之不顧。」

佐佐木等人攔了街頭的轎子前往薩摩藩的大坂屋敷。西鄉正好在邸內。

雙方迅速見了面。令人驚訝的是西鄉已知道事件的梗概。

「你是在哪聽說的？」

「哎呀，只是聽到傳聞呀。」

西鄉如此道，其實並非如此。昨天英國公使的通譯官、日本通的薩道義來找西鄉，西鄉這才知道他們即將前往土佐之事。

「總之英國人很囉唆。」

西鄉道。薩摩藩從薩英戰爭的經驗了解到英國人的性格，這方面心得遠較其他日本人高出許多。「囉唆」意思是指他們很好辯。

「當心別留下話柄，他們會抓住你的話柄不放。」

他傳授此訣竅後又好心地說：「要借用汽船的話，停在天保山海面的薩摩汽船三邦丸可任你們自由使用。」

龍馬這天午後沒見著佐佐木等人，於是展開其他行動。

他往北行。

走到本町再由淀屋橋筋北上，然後跨過淀屋橋到中島。

中島是浮在大川上的細長沙洲，數十藩之大坂藩邸皆位於此，擁擠的成排海鼠牆景觀，即使在大坂一帶的都市風光中也是相當獨特吧。

過了淀屋橋，最北端就是三十二萬石越前福井藩的大坂藩邸。

「真是個怪人。」

寢待藤兵衛心目中的龍馬就是如此。明明沒資格謁見自藩藩主且也從未得見，然而即使是不期拜訪，也總能成功拜謁領地較土佐藩為大、家格也更高的越前侯松平春嶽。

事實上龍馬只對守衛道：

「前幾年有勞你了。」

就迅速走進邸內。只向門口官差報上姓名就得見此藩之參政中根雪江，又透過雪江提出謁見春嶽之請。

中根雪江是位因別具時勢眼光而名聞天下的老名士，與龍馬早就有深厚交情。

「經常聽到閣下的傳聞。」

中根雪江似乎也知道龍馬來意，問他是不是為英國水兵事件而來。

「關於那事……」

龍馬道：

「我本身在土佐藩身分卑微，且又曾犯下脫藩之罪，故雖是我手下隊士蒙上嫌疑，對此事件卻無從插手。」

「我想也是。」

中根雪江露出善意的微笑：

「所以呢？」

「我有事向容堂公稟報，希望能請春嶽公代我指點土佐藩。」

「哦？當閣下的代理人？」

「正是。」

「我還真服了你呀！」

中根忍不住大笑。他是說要三十二萬石之藩的藩主以一介浪士之代理人身分與土佐侯對話。

聽了中根的轉述，春嶽也忍不住抿嘴笑了。春嶽心想，再無如龍馬般值得寵愛之人了。

「還是老樣子呀。」

龍馬一進來覲見，這位四十歲的「老侯」就如此道。

「換句話說，你是要我寫信給容堂嗎？」

「若您答應的話……」

「啊，當然可以啊。那麼該怎麼寫呢？」

龍馬接著說明內容，是關於萬一凶手真為土佐人時該採取的態度。

到時候，容堂蠻橫不講理的態度反而會使情況惡化，問題將愈鬧愈大。一定要遵照條約，希望他能基於國際信義處理，此乃唯一處理之道。這就是龍馬想說的。

「的確，因為容堂是英雄呀。」

松平春嶽高尚地笑笑，但口吻多少含有挖苦之意。

「我了解你為何放不下心。」

他一本正經道。容堂是個極富英雄氣概之人，故萬一外國人盛氣凌人地恫嚇，他未必不會向全藩發下動員令宣布開戰。

「你是這意思吧。」

「不……」

龍馬支吾其詞終究沒說出下文。龍馬一向認為容堂雖具英雄氣質，但太愛說大話故毫無實行力。

龍馬擔心的反倒是容堂氣勢十足的大話及他慣以警語戳對方要害的毒舌。若他向英國人說這些，他們定要抓住話柄強扯後腿。

「這樣就麻煩了。」

龍馬擔心的是這個。土佐藩提議之大政奉還案目前正向幕閣和諸藩進行事前工作，在這節骨眼上若與英國起了糾紛，只會一舉破壞整個大政奉還案。龍馬目前心境只祈禱國內平安無事，就連狗打架都害怕。

「此外，聽說海援隊正忙著翻譯《萬國公法》呀。」

「確有此事。」

龍馬說起得意的《萬國公法》，除非日本國及諸雄藩遵守萬國公法，否則歐美列強將永遠視日本為野蠻國家，只要他們一直視日本為野蠻國家，就不會與我們對等往來。又說：

「正因如此，希望這回的事件也完全遵循萬國公法，請如此教諭我藩藩主。」

「嗯，我來寫信吧。」

春嶽爽快地點頭，並命小姓準備紙筆。

僅以一書拜啟

此信以這句開頭，春嶽以他工整的漂亮筆跡接著寫道：

秋烈難耐之際，首先祝賢兄日益健康。

……

若真為土佐藩妄自殺人，望閣下循條約公正處置，如此，既能與外國互建信義，土國也應能平安無事……

春嶽寫完後拿給龍馬看並問道：

「這樣可以吧？」

龍馬愈讀愈因春嶽的好意而感動，連忙點頭。這時眼淚也順勢滴落在榻榻米上。

「在下是鄉野鄙夫……」

——不知如何言謝，龍馬如此道。春嶽見龍馬滿臉淚痕似乎感到好笑。

「這人竟會說這麼違反個性的話。」

他笑出聲來又道：

「這是基於我對坂本龍馬的友情呀。」

家格僅次於御三家的大名，竟稱龍馬這名不過區區路旁之士的人為友。

另一方面，佐佐木和由比……

在薩摩藩邸得到西鄉答應相助的允諾後，返回西長堀的藩邸。

吃過飯正稍作休息時，才見過面的西鄉卻派人捎信來，字面上寫著：

「方才提及敝藩汽船三邦丸正泊於大坂天保山海面，但其實有誤。」

「咦，這樣的話就沒法回土佐了。」

佐佐木在藩中雖是出眾的有能之吏，但個性多少有些慌張。

「佐佐木，別慌張，繼續讀下去。」
由比豬內瞄了一眼信後對他道。
「是泊在兵庫海面。我已派人要他們先將鍋爐燒熱。據說幕艦及英艦也同樣泊在兵庫海面。」
西鄉如此寫道。
「兵庫呀。」
「有十里遠哪。」
意思是距大坂有四十公里之遙。
「鍋爐既已燒熱，我們得盡速前往吧？」
「唸下去！」
由比豬內如此訓斥。由比雖非能人，但畢竟上了年紀，故有穩重的優點。
「根據我藩獲得的可靠消息……」
西鄉又道：
「英國軍艦將派出兩艘，據說英國公使等人已自大坂乘小船前往兵庫了。」
英國方的要員有：

公使　帕克斯
書記官　米特福德
通譯官　薩道義
他們即將搭乘的軍艦是東洋艦隊中的巴基利斯克號及薩拉密斯號。
「現、現在非得趕緊乘快轎前往不可了吧？」
「沒錯，我立刻安排。」
由比豬內喚來大坂留守居役助理山田喜內，命他準備兩頂前往兵庫的快轎。
山田老人安排妥當後，一臉正經道：
「這件事小的想破頭也不知該不該向您稟報，但認為還是據實稟報較妥。那小的這就說了。」
他囉囉嗦嗦說了一大串開場白，同時窺伺著佐佐木三四郎和由比豬內的臉色。
「到底什麼事？」
「有人企圖暗殺二位。」
「暗殺？究竟是什麼人？」

「是城下本町筋二丁目鄉士坂本權平之弟龍馬。他已來過此屋敷，但被我委婉地趕出去了。」

「笨蛋！」

佐佐木朝這名小官斥道，整個人暴跳如雷。

「那個叫龍馬的上哪兒去了？」

「官員就只是官員。」

佐佐木三四郎自己明明也是官員卻如此暗想。大坂留守居役助理山田喜內不僅把龍馬趕跑了，甚至連去向都沒問清楚。

「你這不是要讓我為難嗎？」

「這、這……」

山田老人沒想到會遭藩重臣斥責，一時狼狽不已。

「說到這個坂本龍馬，在藩吏眼裡永遠只是城下鄉士的小子。但他可是天下名士呀。」

「話、話雖如此，那人卻是脫藩罪人，且大坂藩邸這裡也收到通緝他的公文。難道您的意思是要待那罪人一如名士嗎？」

「不，山田說的有理。」

說這話的是由比豬內。官員就該依死板的規矩行事，此即由比言下之意。

「不知變通的官員才是真正的官員，若非如此，藩將無法維持。山田對龍馬的處置並無不當，三四郎，你就饒了他吧。」

「嗯。」

佐佐木也只得服了由比所說的道理。官員若過分變通，藩這組織恐怕就無法維持下去了。

但佐佐木和由比雖是官員，兩人卻皆不以行政官而是以政治家自居，心想：

「我們是不同的。」

事實上，佐佐木在藩內的官職是大監察，就其職責而言，照理說不該放過龍馬，但如今他正從事政治性工作，這才睜隻眼閉隻眼。

「不過，是那樣嗎？」

由比豬內道：

「龍馬還是脫藩之身嗎？我還以為後藤象二郎和福岡藤次應已順利讓他恢復士籍了。」

「不，情況並非如此。」

佐佐木三四郎以大監察身分道：

「藩廳中的資料一如從前，他依舊是脫藩之身。因為老藩主（容堂）的心情很難捉摸。」

應該是這樣吧。容堂凡事都想掌控，且特別討厭脫藩者。尤其龍馬又脫藩兩次，要是向容堂上呈赦免脫藩之罪的申請公文，不知他將如何震怒。佐佐木等藩重臣都怕這情況，故皆未透過行政手續正式解除龍馬的脫藩之罪。

「這事就算了吧。不過這回只能打消見龍馬的念頭了。」

就在他說這話時，驛亭派來的兩頂快轎已經抵達藩邸。

一頂有八名轎夫。

佐佐木和由比將頭巾的結打在後頭，鑽入轎中。緊接著抓住頂上垂下來的繩子，並半蹲著身子。

龍馬當夜離開越前藩邸後，住在道頓堀的旅館。

「這一整天都徒勞無功呀。」

一思及此他就心有不甘，又擔心將來情況，即使閉上眼睛恐怕也無法入睡。

「雖然好不容易請春嶽公幫我寫了信，但除非逮到佐佐木和由比，否則也是徒勞無功呀。」

「大爺您很難過吧。」

藤兵衛深表同情。

「就是呀。」

同為同志，薩摩的西鄉及大久保是藩之高級官僚，行政上已是可以領導全藩前進之地位。長州的桂小五郎等人也是如此。

就這點看來，龍馬卻是一介脫藩浪士，連藩邸或其他藩設施及藩組織都不得利用。

話雖如此，即使他回歸土佐藩，也不過一介鄉士，並無任何能推動藩的權限。

「因為大爺您只靠自己雙腿立足，對吧？」

「應該是吧。」

龍馬也在被窩中苦笑。龍馬雖有自組的海援隊，但一碰到這種必須由藩出面否則無法解決的事也是沒輒。

翌日一早，天還沒亮就醒了。龍馬忍不住彈跳起身。

「大爺，天還沒亮哪。」

「嗯，我要再去一趟西長堀的土佐藩邸。藩吏要是再囉唆，只好拔刀嚇他了。」

「那很好啊！」

藤兵衛也起身準備，並到廚房要人做冷飯糰，然後打開小門上路。

滿天繁星。

兩人大口吃著飯糰邊走，在戎橋橋頭把裹飯糰的筍殼扔了，接著默默趕路。

往西跨過四之橋時，太陽才升起。沿長堀川直向西行，經過宇和島橋、富田屋橋、問屋橋、白髮橋的橋頭，終於來到土佐藩邸前時，僕人才剛開始掃起藩邸門前。

「是我。」

龍馬照例要他打開小門。龍馬走進邸內，一直走到正門口。

不一會兒，上回那個留守居役助理山田喜內老人就出來了。

「老人，你看看這個。」

龍馬說著從懷裡掏出包在油紙中的那封松平春嶽寫給山內容堂的信。

老人屈服了。

「事情我已聽佐佐木爺說了，佐佐木爺昨夜已乘快轎前往兵庫。」

「嘖！」

就差一步。龍馬如此懊惱，但眼下還可以策馬隨後追上。

「藩邸的馬借我！」

龍馬露出「不借就殺了你」的表情強逼道，老人倒是意外輕易妥協了。

「藩邸的馬借我！」龍馬半脅迫地向山田喜內提出要求，那老人答應得倒是意外地爽快。大概是因為知道龍馬和藩之重臣頗有交情吧。

「兵庫有家名為枡屋的旅館，把馬繫在那邊就好。」

老人的口氣變得十分親切，與他原本的性格頗為相襯。龍馬隨即跳上馬廄總管牽來的馬，對藤兵衛道：

「你要怎麼辦？」

藤兵衛就沒馬騎了。

「您不必為我操心。我就算用跑的也會到兵庫去，萬一和大爺走散了，我也會返回京都。」

「嗯。」

龍馬拉住韁繩掉轉馬頭，隨即出聲踩著鰹座橋的橋板跑向川對岸，接著轉往朝北的街道衝向市內。

不一會兒就到了福島村。

接著是一望無際的田園，他策馬疾馳卻毫無來往行人阻礙。他往西沿著野道疾馳。

到川邊了。

是中津川。

大坂與兵庫之間陸路交通最不便之處就是幾乎所有河川都未架橋。江戶幕府不喜架橋幾乎已至病態之程度，箇中理由似乎是基於戰略因素，說是因大坂為幕府直轄之領，若自西側遭到攻擊，有橋梁則敵軍行進速度會更快。

因此，光是到五里外的西宮之間就有五條未架橋梁的河川。

中津川（野里）

神崎川（佃）
左門殿川（尼崎）
武庫川
枝川

武庫川和枝川因平時無水，故與陸路無異，但中津川、神崎川及左門殿川長年川水汪汪，非乘渡船無法渡川。

龍馬從「野里之渡口」乘船渡過中津川，然後重新策馬抄小路前進，不一會兒就到了人馬雜沓的主街道。在主街道就不能全速疾馳了，龍馬多少有些焦急。

到西宮已是兩小時後，進到驛站餵馬喝了水。

砲台的運上工，
供飯還有二百五十可領，
真不賴，真不賴。

成群的運土工唱著俗謠前進。龍馬知道他們是受雇參與建設西宮海岸幕府砲台，那是勝海舟設計的，自文久三年（一八六三）以來都過了五年，故應已接近完工。基台不是較花錢的石壘而是土壘，由此可見幕府財政之窘迫。那些土也是打撈川底雜有蘆葦根的泥巴使之凝固而成的，當地稱為「泥砲台」，似乎暗暗瞧不起。

經過西宮驛站時，龍馬總忍不住想起元治元年發生的蛤御門之變。

那是個黑暗而慘痛的記憶。

在京都慘敗的長州軍及土佐浪人軍經過山崎街道（西國街道）一路逃至此，為的是從西宮循海陸前往長州。

幾乎人人渾身是血，有因傷重瀕死而乘轎者，也有人把長矛當拐杖一步步划船似地走著，完全是悲慘的敗軍光景。

但西宮是大坂至兵庫間最大的交通要塞，也是攝海（大坂灣）的防衛要地，故幕府有令要姬路藩、但馬豐田藩、泉州岸和田藩及紀州藩等屯駐於此。

像姬路藩兵，當時是在西宮的六湛寺宿營，但因聽說長州軍將自京都敗逃來此，故將砲兵陣地佈於驛站東端的東川堤，等著敗走軍的來襲。

這時，以吉田松陰門人聞名的時山直八（後戰死於越後的小千谷）以軍使身分前來提出：

「我們是自京都敗逃準備返回領國的長州軍，若阻擋去路將不惜一戰。」

若真開戰，敗軍長州人恐怕就得在此西宮全軍覆沒吧。如此聲明顯然出自近乎自暴自棄的心情。

但姬路藩諸將是懂得判斷之人。

「專程前來致意，真不敢當。我藩的確奉幕府之命鎮守主街道，但其他道路就不管了。若閣下一行走的是街道旁支，我們就不予理會。」

其他豐岡、岸和田及紀州諸藩也因不想折損藩兵而持相同態度。長州人因此得以逃出虎口，取徑旁支的街道。

事後幕府官員自大坂前來執勤時也得知這些守備藩怠忽職守，但已無斥責的權威。

幕吏不得已只得指揮當地的下級官差，進行町人搜捕工作。長州人休息過的茶館老闆都被扭送西宮官府，賣他們東西的小商人和帶他們走到海邊的漁夫悉遭逮捕入獄。

著名的伊丹勤王儒者橋本香坡等人，也因據說曾提供食物給敗軍而投獄，嚴刑拷問之下，最後死於獄中。

龍馬當時在西宮此去五里的神戶村管理海軍塾，但因被查出池田屋事變關係者中有塾中之人，且還收留數名此事變之敗兵，害勝遭幕府懷疑，進而導致勝失勢。

事後經過三年。這漫長恍若百年的三年，對龍馬及日本而言都是多事之秋。

龍馬緩緩騎過雜沓的驛站，終於走下離驛站有段距離的夙川河床，跨越乾涸的河床後，龍馬再度揮鞭策馬。

過了正午，龍馬就抵達兵庫了。

「這是兵庫嗎？」

龍馬簡直不敢相信，此驛站之光景和幾個月前已完全兩樣。

的確，兵庫是近畿最優之港，自古繁榮，但雖是驛站卻連軍營也無，是處僅有眾多民宅的低俗雜亂聚落。

然而就在這個冬天，卻發生完全改變此地性質的事態。列強硬要幕府開放此良港，幕府又去逼求朝廷，公卿及志士針對此敕許數年來一直強烈反對，但被幕府逼到受不了，終於降下敕許。

兵庫成了國際貿易港。

各國在此設居留地並建領事館。建設之迅速實教人驚訝，近山高地處處建有一如長崎的成排殖民風洋館。

處處可見外國男女騎馬或乘馬車往來之姿，儀表堂堂，相形之下日本人更顯寒酸。

龍馬到大坂留守居役助理指定的旅館枡屋，把馬交給他們。

接著大步趕路，三兩下就到了海港。

港內停著十數艘懸掛各色國旗的軍艦和汽船。

幕府軍艦也在其中。

「幕閣的要人是要搭那艘軍艦去嗎？」

那艘軍艦是龍馬也覺眼熟的回天艦。

回天艦是幕府主力艦之一，去年六月才透過長崎美國商會的沃爾斯買來的普魯士（德國）製軍艦。木造的外輪船，是吃水量一六七六噸、四百馬力的三桅船。

船上的兩根煙囪已冒著黑煙，應是正加緊趕著出航的準備吧。

龍馬衝到港口的接駁船屋。港內有好幾家接駁船屋，可說是海上的轎子店，不僅可以載客在港內划著逛逛，也承接幫進港船隻搬運食物、柴薪及水的工作。

事務所是間沙灘上的小屋，以葦簾遮著陽光。

「要艘接駁船，拜託。」

龍馬才說完，就出現一名穿著紅色兜襠布的老漁夫，問要去哪艘船。

「我近視眼看不到，不過薩摩藩的三邦丸應該在港內吧，麻煩送我過去。」

「三邦丸的話已經要出航囉。」

他以攝津腔道。

龍馬跳上接駁船，船老大動作也很迅速。

「應該也有英國軍艦……」

「是。是巴基利斯克號和薩拉密斯號吧。」

船老大如數家珍，但他說巴基利斯克號已經出航了。

「那道黑煙就是了。」

船老大以下巴朝海面上的黑煙指了指。

接駁船一划近薩摩汽船三邦丸，龍馬就抬頭大喊：

「我是坂本龍馬！」

船長是名為井上新左衛門的薩摩藩士，與龍馬彼此認得。

「我現在就放繩梯下去！」

他邊回答邊動作，龍馬順著繩梯爬上船，直接走到由比豬內和佐佐木三四郎所在的船艙。兩人瞪大眼睛驚訝不已。

「這不是龍馬嗎？」

「嗯。」

龍馬點點頭，從懷中掏出越前侯松平春嶽的信，並道：「到了高知立刻幫我轉交給老藩主（容堂）。」

「我可以拜讀嗎？」

這和由比估算的有些出入，不過他事先徵得龍馬同意後也對那封信一禮，然後出聲讀了起來。讀出聲是為了讓佐佐木也聽見吧。一會兒就讀完了。

「這信寫得真好。」

說著鄭重其事將信捲起。

「這老人家在說什麼風涼話呀。」

龍馬心裡覺得好笑。

「關於事件的處理方針……」

龍馬問明兩人內心想法。

逐一問清楚後，發現兩人果然是容堂精挑細選的有能之吏，方針完全正中核心。

一、向英國人堅持凶手絕非土佐人的主張。

二、談判態度是，遵循萬國公法並以威嚴和尊法精神進行。萬一凶手顯然是土佐人，也應乾脆地依據法律及國際慣例處理。

三、藩內激進份子必有意對英發動戰爭，故應請老藩主堅決制止。

就是這三項。

「這真妙啊！」

與龍馬本身意見完全一致，故龍馬甚至忍不住擊掌稱妙。

「無論如何，絕不能讓此事件成為蓄勢待發之大煙火（大政奉還案）的障礙。」

「沒錯。」

由比和佐佐木也點頭道。

「對了，那麼你要怎麼辦？」

總不能將脫藩重犯帶回領國吧？何況要是讓龍馬與重臣一同搭船進入領國，藩內佐幕派的激進份子不知將如何喧鬧，如此一來，由比和佐佐木恐怕也不得不失勢。

「我嗎？」

龍馬扭著脖子道：

「京都還有一大堆十萬火急的工作要做，但現在我得趕去長崎，我打算去調查事件的真偽。」

「對了，關於事件的內容……」

龍馬首先問了這最大重點。因為佐佐木等人應已詳細聽板倉老中說過了。

「板倉閣老是怎麼說的？」

「不，板倉閣老也不太清楚詳細情況。總之，事情的要點只是根據英國公使的敘述和長崎奉行所的簡單報告而來。」

事件發生於七月六日晚上。

地點是長崎丸山的花街。

那段時間英國東洋艦隊之軍艦伊卡洛斯號停在長崎港，乘組員大多上陸了。歸艦時限過後還有人未回艦上。

是水兵勞勃·福特及約翰·佛汀斯兩人。他們在丸山玩到爛醉，一直拿手槍逗弄過往行人，後來出現身分成謎的武士，一刀砍死他們後不慌不忙離去。

事件經過就只是如此。

先是英艦大起騷動，長崎奉行所的下級官差到附近打聽後發現，上述那名武士手上提燈塗成「紅白紅」色，正是海援隊的隊章。

——這麼說來就是龜山的白褶褲了。

奉行所方面如此推測。幕府的長崎奉行所和市內的浪人結社海援隊之間一向處於對立狀態，最近關係甚至有愈來愈險惡的跡象。龍馬自己也曾向眾隊士叮囑道：

——京都方面的討幕之火一旦點燃，長崎這邊就先襲擊奉行所，扣押他們的貯藏金當軍費。應有十萬兩。

雙方如此關係，故奉行所方面自然會懷疑海援隊。

英國艦隊方面也雇用日本人開始探聽，發現凶手身上穿的是白色窄袖和服及白褶褲，亦即上下一身白的海援隊服裝。

還有更可疑的，翌日早晨，幾乎天未亮，海援隊的風帆船橫笛丸（舊稱大極丸）就揚帆駛出長崎港，隨後同為土州藩船的胡蝶丸也匆忙跟著出海。若要懷疑，此現象的確可與事件充分扯上關係。

英國方面自然逼迫長崎奉行所：

「都已如此證據確鑿，為何還不逮捕犯人？」

還有另一個證據（雖然其實還不能這麼說），事件當夜，海援隊幹部菅野覺兵衛和隊士佐佐木榮的確在花月樓喝酒。

「快下手逮捕呀！」

英方如此催逼奉行所，但奉行所方面若真要出手逮捕也很麻煩。除非有和海援隊對戰的覺悟，否則實在下不了決心。

英方最後生氣了。

「既然如此我們就到大坂去找幕閣交涉。」

於是把處理此事件的責任推到幕府首相板倉身上。

「事情梗概就是如此。」

佐佐木三四郎道。

接著也討論事件的處理方法，這時船身突然開始微微震動。

「怎麼回事？」

佐佐木連忙從船窗往外一看，發現海岬正移動著。船不知何時起了錨，蒸汽機已微速運轉，開始航行了。

「喂，龍馬，船開動了。」

佐佐木轉頭道，滿臉為難。薩摩藩船長大概以為龍馬也要上土佐吧，竟將船開動了。

「怎麼辦？」

由比豬內這下也慌了。由比是因為突然想到，帶著龍馬這種政治犯回藩，藩內的反對聲浪不知將如何激動。

龍馬則是反射性地下了決定。船既已開動，前往土佐恐怕是天意吧。他已有如此覺悟。

龍馬同時展開另一行動。他踢開椅子站起身來衝出船艙，他還沒付錢給接駁船的船老大呢。他的腦筋能同時妥善處理這兩個反射性想法，想必是從刀術修得的功夫吧。

他邊跑邊扯下懸在腰間的印籠，並在裡面放入一枚天保錢。

他衝上甲板，跑到舷側，發現小小的接駁船還漂在波浪間。

「喂——」

龍馬大喊，接著又道：「這是錢呀！」

龍馬發現對方聽到聲音後放了心，便使勁將印籠扔出去。印籠在空中畫出一道弧線後落入海中，應該不會沉下去吧。

他立刻回到船艙對佐佐木等人道：

「事出無奈，我要回土佐了。」

他宣告似地說。

兩人似乎也覺悟了。但不管怎麼說，要是讓領國內的人看見龍馬就糟了，不僅將無謂地激起守舊派的佐幕情感，對大政奉還案的發展也不好吧。

「我會一直在船底睡覺，不會上岸啦。」

龍馬爽快道，兩名重臣這才放下心來。

航行中，基於薩摩船長的好意，龍馬就住在船長室。

這天夜裡，穿過紀淡海峽後風浪隨即轉強，船身嚴重搖晃。翌日早晨繞過室戶岬時，海面才恢復平靜，傍晚順利駛入須崎港。

須崎港位在高知以西四十公里處，是土佐藩首屈一指的良港，腹地四面都有山及島環繞，故能完全阻擋外海的風浪。

幸好英國軍艦和幕府軍艦尚未駛入，佐佐木等人本就希望比他們早一步到高知以預先做好準備，如今狀況正如所望。

港內正好停了一艘汽船，船尾掛著圓內三葉柏的船旗，可見定是藩屬汽船。

「那不是夕顏丸嗎？」

參政由比豬內比誰都高興。對由比而言方便的是，夕顏丸的船長就是豬內的養子由比畦三郎。讓龍馬躲在夕顏丸船內不正好嗎？

「你認識我家畦三郎嗎？」

不認識，藩中上士龍馬自然不認識。

「是我養子。」

因此就請你躲在夕顏丸吧。由比如此拜託，龍馬也爽快答應。躲在哪艘船都無所謂吧。

於是請薩摩船三邦丸放下小艇，和由比一同划到夕顏丸。

由比將事情告訴養子並拜託他幫忙。由比豬內既是藩之閣僚又是養父，畦三郎自然沒理由拒絕。

「我騰個艙房出來吧。」

就這樣把龍馬接過來了。龍馬這時只對船長由比畦三郎輕輕一禮，並未開口道謝，還一副愛理不理的樣子。

參政由比對此反而比較擔心，他把養子畦三郎叫到一邊道：

「那人是以態度冷漠出了名，你可別放在心上。」

接著，由比豬內和佐佐木三四郎就從須崎的港町上陸。正好這町區郡奉行所的奉行名叫原傳平，是佐佐木三四郎的表兄。

兩人向藩專屬的運輸船行借了房間休息，把原及其助理前野源之助叫來。

「事實上發生了如此變故……」

接著說明長崎發生的事件，以及為了此事件英國公使即將乘軍艦進入須崎港。還說接下來幕府高官平山圖書頭也將乘幕府回天艦前來。

「土佐藩恐將掀起天翻地覆的騷亂。這可麻煩了，上士及鄉士都將以為外國人來襲而不顧藩命，定要人人手持武器飛奔到須崎港集合。那可麻煩了。」

佐佐木幾度重複同樣的話，又說：

「大家要冷靜才能順利進行談判，故希望你們能盡量約束眾人。」

傍晚，要人準備兩頂快轎，趕往四十公里以東的高知城下。

從傍晚時分開始起風，天一黑下起雨，成了暴風雨，沒多久前導的火把就熄了，雨大到甚至連坐在轎中的兩人都渾身濕透。

「或許是老天保佑。」

佐佐木暈轎暈得半死不活的同時如此想道。以如此暴風雨，英艦和幕艦應將延遲抵達吧。他心想，趁此時間就能充分準備了。

連夜馬不停蹄趕路，早晨七點終於抵達高知城下。兩人皆衣著凌亂，髮髻鬆散，模樣狼狽不堪。

佐佐木三四郎等人一進入城下就直接前往家老福岡宮內邸，借了房間重整衣衫並要福岡家的僕人為自己梳頭。

「那位……」

佐佐木望著庭院道：

「那位不是府上的田鶴小姐嗎？」

一位衣著華麗的未婚婦女正要通過庭院。

「不，那是田鶴小姐的妹妹阿飯小姐。田鶴小姐人在筑前的大宰府。」

僕人答道，佐佐木接著就沒追問了。他知道人稱城下第一美人的田鶴小姐後來被山內家派至京都三條家，也聽說後來三條實美逃離京都，亡命筑前大宰府，田鶴小姐也隨行，一直在以三條為首的五卿身邊照料生活起居。

他並不知田鶴與龍馬之間的事。

但看見走過庭院那名貌似田鶴小姐的姑娘，卻突然無端想起躲在須崎港夕顏丸上的龍馬。

「聽說他是姊姊一手帶大的，真希望至少能讓他跟姊姊說點體己話。」

到了這時，佐佐木個人立場已開始對龍馬懷有強烈的友情。佐佐木的公開身分相當於土佐藩的警視總監職，龍馬則是政治犯，兩人關係十分微妙，但友情的濃烈度卻可說正因如此關係反而更強。

「你叫什麼名字？」

佐佐木問僕人。僕人答道：「久萬吉（譯註：「久萬」之日文發音同「熊」）。」

「久萬吉嗎？」

此名在名字多與動物有所關聯的土佐極為常見。他約莫五十歲，是名看來挺可靠的老人。

梳好髮髻後，佐佐木寫了封信給坂本家的乙女，然後交給久萬吉。礙於自己的職稱，佐佐木並未寫出自己這發信者的名字。

「你知道位在本町筋一丁目的坂本權平家吧。」

「豈止知道。」

因為坂本家是福岡家直轄的御預鄉士，兩家往來十分頻繁，且事實上這個久萬吉打從乙女和龍馬出生就認得了。

「幫我把這信送去給坂本家離緣返回的女兒。」

「您是指『仁王』吧？」

「沒錯，應該是叫這別名吧。我也沒見過。」

佐佐木怕被懷疑是情書，所以故意這麼說。

「要是問起發信人是誰，只要回答是藩中的某人就好。絕不可洩漏我的名字。」

「小的知道了。」

佐佐木拿出扭在紙裡的東西要給他當跑腿費，久萬吉卻變臉拒絕，說什麼都不肯收。

佐佐木等人匆匆離開福岡家。

容堂不在城內。

他平常都住在沿著流經城下南側之潮江川（鏡川）而建的散田屋敷，在那裡批閱政務。此處可眺望川對岸的筆山，是城下景色最優之地，山水朝夕變化，正是激起容堂詩興的絕佳地點。

佐佐木和由比在家老福岡宮內的陪同下，前來散田屋敷拜謁容堂。

容堂才剛起床。

他向來較晚起，因為這位詩人總是晚睡。一般說來，九點左右人們就已熟睡，這時卻是容堂酒酣耳熱之際。即使上了床也睡不著，就在被窩裡把書拉近，有時看得入神就超過十二點了。

有時也在被窩裡構思詩作，這時就伸手拉近硯台，把想到的詩句寫下來。原本大名日常的一舉一動自小都會受到嚴格調教，而就舉止端莊這點看來，幾乎個個都被訓練得機械化。但容堂的日常生活卻與市井文人幾無二致。

他在大廳接見佐佐木等人。

「什麼事?」

一就座即瞪大眼睛看著佐佐木及由比，眼光之銳利有如刀客。說到刀客，容堂是無外流高手，若生為市井之人，光靠刀術也能糊口。再加上天生的自負，故眼中更流露著睥睨天下的氣概。

容堂對坐離自己最近的門閥家老福岡宮內瞧都不瞧一眼。愛惜人才甚極的容堂對無能、自大至極而仗著顯赫家世的裝飾用家老實在厭惡已極。

佐佐木平伏在地僅微微抬起上身，盯著榻榻米的網眼開始確切上稟此回事件之梗概。

容堂並未特別吃驚，只是默默聆聽，偶爾點點頭。正如這位大老爺平素自負的那般，其獨特的凜然風貌彷彿古代戰國風雲中的英雄。

佐佐木說完事件梗概後，接著描述英國及幕府的態度，又稟明這兩方政府代表已分別乘軍艦直逼土佐而來，說完之後又發表自己的觀察，更進一步提出土佐藩應採取何種態度，最後呈上松平春嶽的私信。

「關於這封信……」

佐佐木描述坂本龍馬奔走之情形，又據實報告說龍馬因船的失誤，雖為脫藩之身卻不小心回到領國內。又說，因顧慮藩中同仁會受到衝擊而將他留在須崎港內的夕顏丸上。容堂聽了一一點頭。

最後展顏道：

「到底是樁麻煩事呀。」

意思是要你好好辦吧。容堂針對此事件就只有這麼一句話，或許是相信佐佐木的手腕吧。

事態一傳遍城下，整個土佐藩就陷入關原之戰以來最大的騷亂中。

俗吏不理政務，壯士撫劍奔馳於市中，町人聚集於四處街頭，試著盡量打聽消息。

「英艦已駛入須崎港了呀！」

還出現將須崎港內的三邦丸誤認為英艦而導致高知城下一陣騷動的一幕景象。藩廳之會議也忽左忽右無法定案。

目前在京都的中岡慎太郎雖處京都之遙但也洞察到如此事態，而寫了信給在京藩吏。

「在下惶恐，但御國（土佐）之流實有愚蠢而頑固之弊病。凡事只知順從俗理，而無一定的前瞻能力，只會冗長討論而不圖貫徹意志。」

他如此精闢分析土佐藩藩吏之弊病同時沉痛道：

「終將落入彼等（英國）之圈套。」

當然，中岡所指之弊病並不僅限於土佐藩，而是三百年幕藩體制造成缺乏行動力及機能性的官僚制度之弊病吧。正因如此，若不顛覆此體制並建立英氣勃發之新機構及新社會，日本終將滅亡。此即中岡慎太郎這位現世革命家，同時也是諸藩之士中擁有最出眾評論能力者的結論。

總之，藩廳雖驚慌失措，但也決定遵從由比及佐佐木所提之基本方針，並緊急將此旨下達至七郡之郡奉行：

「堅持談判，本藩絕不動兵。」

卻有名年輕重臣撫刀對藩廳所下的這項指示打從心底冷笑，那就是今年三十歲的乾退助。

退助已升為軍事總裁。他一就任此職，立即發揮近乎蠻勇之勇氣廢止藩的舊軍制，改採他在江戶研究的西洋步槍陣。藩中的守舊派雖大加反對，退助卻置之不理。

話雖如此，藩體制本身並未崩壞，故採折衷之策，以上士及徒士之次男、三男組織步槍隊，各隊長則選自藩中最具勇氣的年輕人。包括片岡健吉、山田喜久馬、二川元助、山地忠七、祖父江可成及北村長兵衛等人。

上士多持佐幕立場，此乃土佐藩之特徵，乾卻與佐佐木同屬例外，他們的討幕熱誠更是持續尖銳化。步槍隊諸隊長已受乾之影響而暗中抱持討幕之志。

乾緊急集合自己在這數月之間趕造而成的西式軍隊。

「敵人為英艦及幕艦，不過這只是演習。」

他如此宣布並緊急將他們派往浦戶、種崎及須崎等沿岸地方。至於服裝，因來不及製作洋服，故士兵個個綁上頭巾、穿著練刀的襯衣及裙褲，將裙褲高高撩起。

四日，幕艦回天駛入須崎港。

六日，英艦巴基利斯克號也入港。

英國軍艦遲抵之原因是公使一行應阿波蜂須賀侯之邀而順道先至德島，他們讓友艦薩拉密斯號從德島直接回大坂，只開一艘前來。

「土佐人原就有脾氣暴躁的風評。」

當時來到土佐的英國公使之通譯官薩道義在其著書中如此寫道。

在此引用薩道義之文章：

> 早晨，我們在土佐的小港須崎海面下了錨。港內停著幕艦回天及土佐軍艦（夕顏丸）。我們已覺悟將有敵對之行動，故已做好戰鬥之準備。

「英艦是遇上那場暴風雨才遲抵的。」

佐佐木三四郎在其著書中如此寫道。但英艦諸要員在暴風雨那天應是應蜂須賀侯之邀而乘三頂轎子趕往德島城了。故雖淋得渾身濕透，卻不是因為在艦上遇到暴風雨。

英艦出現在須崎海面時，龍馬正好溜出夕顏丸，才剛上岸。這當然是違法行為，但船長由比畦三郎也說「只要不出海邊就算了」而不加追究。

海邊運輸船行屋裡有個舊的大酒罈，他就躲在那後面與暗中從高知城下來此聯絡的同志岡內俊太郎密會。「龍馬已到須崎」的祕密不知如何傳進高知同志耳中的。

龍馬將京都的緊張情勢詳細告訴岡內，並說明薩、長愈來愈過熱的藩情，還把桂小五郎捎來一封詳細寫明長州爆發在即之詳情的信給岡內看。

「討幕時機已迫在眼前，土佐豈可獨落於薩、長之後？我雖在推動大政奉還案，但此案若無討幕誓師為後盾將行不通。幫我告訴乾退助等領國內同志，要他們整合藩論。」

龍馬如此道。正準備撼動天下的自己，竟躲在領國一港的酒罈後方偷偷與人密談，龍馬邊講著想必同時覺得可笑吧，竟忍不住輕笑道：「這樣簡直就像下女和男僕在談情說愛呀。」

「對了，權平爺和乙女小姐知不知道你已來到須崎港？」

「應該不知道吧。」

「要不要我現在跑回城下去告訴他們？」

「不，就算他們聽到風聲也幫我叫他們別來。戀人的話若不見面就沒法維繫感情，但兄姊的話，即使不見面也不會有所改變。」

龍馬和岡內俊太郎在酒罈後密談時，大街上也傳來藩兵往來的雜沓腳步聲。不僅乾引以為傲的西洋步槍隊在街上跑，扛著生鏽步槍從附近村子趕來的鄉士模樣的人們也個個邊咆哮邊跑著。

龍馬冷笑道：

「這哪稱得上藩兵呀。都這時候了還七零八落亂成一片，照這情形看，萬一發生戰爭只會敗得支離破碎。真正強的軍隊在接獲號令的瞬間前，是一點聲音都沒有，保持鴉雀無聲的。」

龍馬要他如此轉告乾退助。接著又指著海面上的英艦道：

「看看那根船桅，並沒有升提督旗，那就是無意戰爭的證據。乾身為軍事總裁怎會連這都不知道，還讓大家無頭蒼蠅般四處亂闖？這樣告訴他。」

「好。」

岡內俊太郎是騎馬來的，與龍馬別過後就疾馳十里路，一進入高知城下便立刻前往致道館。乾退助將此致道館當成臨時本營。

「我見到龍馬了。」

岡內一一報告龍馬所說的京都情勢及薩、長動靜，又說了那段有關英國提督旗的事，乾退助卻只是咧嘴笑笑。

「退助只是笑而不答。」

岡內日後曾簡潔地描述此時乾的風度。板垣退助日後在戊辰戰爭中，在薩、長、土三藩出身者中獲推為最具才能之司令官，此時雖尚年輕，卻已具全軍將領之風。

退助身旁還有香我美（今香我）郡野市村之鄉士大石彌太郎。大石是土佐勤王黨元老，武市半平太入獄時他僥倖活了下來，如今以私人參謀身分協助乾退助的祕密勤王活動。

這位大石向岡內俊太郎道：

「告訴龍馬不必擔心。」

接著透露此時藩兵在沿岸衝來衝去的真正意圖。

「對象其實不是英艦，而是為討幕舉兵作實地演習。」

換句話說，藩論是佐幕立場。如此情形下一旦京都掀起討幕戰，退助就能以軍事總裁之身分獨斷地下令動員藩兵，迅速率兵上京。此即其意圖。

「這是為此行動的動員訓練。換句話說，只是利用英國人當幌子。」

大石道。

岡內聽了，再度策馬西行到須崎見龍馬。立刻告訴龍馬退助的真正心意。

「原來是幌子呀。」

酒罈後的龍馬笑出聲來。

——龍馬捧腹大笑。

乾退助如此機智及大膽似乎讓龍馬覺得十分好笑。

一度在海面上下錨的英艦，終究感到不便而打算泊入港內。

駛入港內多少有些危險，不僅離土佐藩沿岸砲之射程拉近，入夜後他們也必將乘小舟殺進船來。

「還是瞄準那門看來有些蠢的青銅大砲較妥，在船桅上瞭望的人要特別留心注意砲台上人員的動靜。」

公使帕克斯甚至走上艦橋，以他天生的大嗓門對艦長如此道。

艦長似乎很生氣。

「公使，謝謝您的好意，但瞄準或瞭望之責是屬於女王陛下海軍軍人的責任。」

他如此溫和地抗議。

當時，來到遠東的各國公使中，恐怕無人像帕克斯這般活躍了。但帕克斯的形象卻是建立在他一如泥水工頭般的健康、粗鄙及易怒個性之上。一生起氣來，不管對方是誰，就以粗鄙的英語破口大罵。

「與東洋人交手，與其靠說理，不如以吼罵聲、鞭子和大砲嚇唬他們比較快！」

他一向如此相信。事實上他在中國就是靠此成功的。他駐在廣東發生鴉片戰爭時，曾施展三頭六臂般的能耐，此乃有名之事實。後來從駐上海領事榮升為駐日本領事，一上任便將日本人視為未開化人對待。

「在這國家，如此做法是行不通的。」

年輕卻具有近乎天才之情勢分析能力的通譯官薩

道義，適時地教育這位像極魯莽武士的上司。

「在日本，教育普及之程度幾與歐洲先進國家無異，絕大部分武士都是知識份子。只不過知識和文明之系統與歐洲不同罷了。」

薩道義一向如此認為，並認為公使習得之外交手段「虛喝」（薩道義連這個幕末流行語也會讀，甚至還能正確使用）只會招來日本人的反感及輕視。

說到薩道義的日語能力，不但能讀公文書信，就連俗語及方言都聽得懂。有次幕府官員稱讚他的日語時，他甚至以江戶腔連珠炮似地斥道：

「我可不想因為被捧過頭而日後惹得一身騷啊！」

這個年輕人的洞察力已發現：

「日本的將軍就法制上看應稱為諸侯之首，而非元首。元首是一向握有潛在政權的京都天皇。」

並力主英國女皇應與日本天皇友好交往。可說就是此發現使得英國開始接近反幕的薩、長兩藩。

就此打住，話說英國軍艦駛入港內，在幕艦回天旁下了錨。

當此全藩騷動之際，容堂卻未離開高知城下的散田屋敷，神情舉措與平常無異，日課似的豪飲也依舊繼續。

但終於看不過藩吏的過度驚慌，於是召來幾名家老道：

「不過是來了艘英國軍艦，為這點事東奔西走或撫刀嚷著要擊攘，看似有勇其實不然，只是狂躁而已。土佐人必須有以世界為敵大戰一場之胸襟，但要如此卻應使身心沉靜，抱持遠大的志向並將目光放遠。處理這麼點小事應該當成喝茶閒聊似地輕鬆解決。」

與諸般藩吏相較之下，容堂如此態度實在巍然高超。

有四人被選為談判委員。

後藤象二郎、由比豬內、渡邊彌久馬和佐佐木三四郎。

他們要自高知城下出發時，軍事總裁乾退助之部下、隊長祖父江可成特地前來近乎咆哮道：

「諸位即將去談判，但我們可決不容許外國人上陸。不僅外國人，不管是幕府軍艦的乘組員或其他人，只要是穿洋服的傢伙，踏上土佐的海灘一步，就統統當成異種人槍殺！」

佐佐木大驚，曉之以理後，他才勉強離去。

四人乘轎趕往須崎。途中在名古山的關卡休息時，後藤象二郎道：

「藩內情況我恐怕頂不住了。」

言下之意是，即使談判談出結果，自己也無安撫鎮壓藩內之能力。後藤好說大話，任意胡來的行事作風及濫用公費之惡習即使在藩內也風評不佳，最近誰都不想理睬後藤。

這點，佐佐木三四郎似乎更具有藩中老人及年輕人一致的信用與聲望。

「藩內就交給你了。」

這就是後藤的意思。

「至於我呢，就負責與英國人交涉吧。」

後藤道，眾人都笑著表示贊同。對手既是外國人，由後藤這類型的人出面是再適合不過了吧。

一抵達須崎，後藤就到藩船夕顏丸的船艙見龍馬。

為了向龍馬詢問談判的祕訣。

「一定要正直、誠實，其他隨機應變順水推舟即可。只要讓對方知道我方有誠意，談判就能順利進行。」

「犯人到底不是你的隊員吧？」

「不是。因為我沒看到現場，在此大吵的眾英國佬及幕府那幫人也無任何人看到現場。但既然英國懷疑這點並希望到長崎實地調查，那麼我方也誠心誠意共同調查。就這樣說。」

之後後藤便回到陸上。

談判的地點決定在英國軍艦上。

七日下午，後藤象二郎單獨乘著小舟前往英艦。

偏厚的肩膀包在黑色羽二重的紋服中，仙台平的裙褲配上白柄、黑漆拋光之刀鞘的大小佩刀，腳下是黑色足袋及白繩的草履。這身裝束的他任視線優游於下風處的海面，態度鎮定得幾乎有些惹人厭。

其他三名委員之所以未同行，是因群聚在海岸通的乾退助手下藩兵的行動實在過於不穩。佐佐木三四郎以其得意之調停能力不斷安撫他們。

後藤上了英艦，就看見甲板上有一隊由士官指揮的水兵出來迎接，並朝自己敬禮。

「哎呀，辛苦了。」

後藤說了這麼一句，就被通譯官薩道義領至士官室。長桌周圍放著十二、三張椅子。

在薩道義的介紹下，公使帕克斯站起來一下就立刻坐下，簡直目中無人。

「土佐藩之閣僚。」

薩道義如此介紹後藤。

帕克斯草草行了個禮後就開口，激動而快速地吼道：「土佐藩士殺了我國軍人，藩方還窩藏犯人，這究竟怎麼回事！」說著還拍桌子。

他站了起來。

後藤望著別處，臉上表情近乎冷笑。如此態度更教帕克斯激動。

其實帕克斯並非真正激動，這只是他的手段。此人對付東洋人的手段一向是先大喝一聲，把對方嚇得面無血色，接著再進入議題。他在廣東和上海都是靠這手段成功的。

他一再怒吼，同時用力踩響地板，有時又以幾乎可震飛器物的強勁力道拍桌，那狂態就連通譯官薩道義也束手無策。一陣子後終於沉默下來。

是為了讓薩道義翻譯。

這位感覺細膩的年輕通譯官盡可能把上司的話翻成穩重的日語並轉述給後藤，即使如此，還是包含許多好似後藤本身就是凶手的指責性語句。

「首先，我想問問……」後藤以上述表情點點頭，轉向帕克斯道：

「當初我們聽說閣下前來土佐之目的是為了交涉，但看來似乎不是這麼回事。在下雖不才，但也是使臣身分。方才閣下當我的面那般無禮凶暴的態度究竟是怎麼回事？既然如此，我看閣下之目的就不是來交涉，而是來挑戰的。既然要挑戰，那麼在下繼續坐在這裡也沒用。我希望停止談判。」

薩道義大驚。

他決定與其照常翻譯，不如先告誡上司，於是從椅子上起身，走到帕克斯身邊，在他耳邊低語。

薩道義的耳語似乎奏效了，因為這位狀似醉酒的公使態度突然大變。

「他這麼說嗎？」

公使首先對後藤的伶牙利齒感到佩服，而有意改變對後藤的看法。薩道義又進一步道：

「屬下認為他和公使以前的對手是不同類型的。」

帕克斯到日本就任以來一向十分信賴這個年輕的通譯官，故迅速改變態度對後藤道：

「是我不好。」

並起身致歉。這名殖民地商人（有此前歷）出身的外交官雖精明能幹，卻十分單純。

「其實可說是先入為主的觀念害我誤會了。我曾與中國大官交涉，當時若不劈頭待之以威逼的態度，議題就永遠無法進行。如此不好的經驗害我對閣下做出無禮之舉，誠心乞求閣下原諒。」

「只要了解就無所謂了。」

後藤邊將菸草塞進煙斗邊點頭道。

終於進入議題了。但帕克斯仍斷言凶手是土佐人，後藤則一味堅持事實並非如此，故討論沒什麼進展。

「這根本不是交涉。」

薩道義一邊翻譯一邊感到絕望。

談判途中從船艙望出去卻看見奇怪的光景，山麓下那條東西綿延的道路上竟不斷有成群的武裝兵跑來跑去。

帕克斯再度氣得臉紅脖子粗。外交交涉中竟讓陸軍在那邊衝來衝去，這是什麼意思?他含怒道：

「那究竟是怎麼回事?」

他正色道。後藤朝窗外瞥了一眼輕聲笑道：

「沒什麼，是在獵豬呀。」

就此帶過。

帕克斯見他厚著臉皮如此扯謊也只得苦笑。接下來就未再觸及此事。

「總之，如此各說各話實在於事無補。」

後藤轉向通譯官薩道義又說：

「雙方還是捨棄己見吧。我不再堅持犯人絕非土佐人，也請閣下捨棄定是土佐人的說法。雙方一同派人到長崎共同調查吧。」

但帕克斯依然頑固地主張：「不，我們握有確切證據。」後藤也只得苦笑。這日的談判就此決裂。

後藤回去後，帕克斯對他十分欣賞，還道：

「他是我至今遇見的日本人當中最聰明的一位。」

「我也如此認為。」

薩道義在其回憶錄中如此寫道：

除人格充滿魅力的西鄉之外，我想無人能出其右。

帕克斯對後藤這種充滿自信的對手就採取彬彬有禮的態度，而若遇到乞求悲憐的交涉對手，即便同為日本人，他似乎就會改採惡鬼羅剎般的態度。

後藤回去後，幕艦所派的幕府外國總奉行平山圖書頭就來了。他是被薩道義等年輕館員瞧不起而稱為「老狐狸」的幕吏，或許相當有教養，卻無能而狡猾，老是一副可憐像。

這種情形，等雙方交涉過後才露個臉也沒什麼用吧。但以平山之立場而言，若在土州與英國互相扭打般的談判席上露臉而被要求以幕吏身分發言，事後恐被雙方抓住話柄，且就責任上而言極為不利，故刻意避開。

「那是日本政府官吏常用的手段。」

帕克斯盛氣凌人地罵了起來。說起外國總奉行，那可是相當於一國外務大臣之位，帕克斯卻對他大聲斥罵，就像斥罵打雜的下人般。

在薩道義的回憶錄中有如下記載：

後藤回去後，平山就來露臉。公使對他說了相當嚴重的話，甚至痛罵。

「你簡直就像跑腿的孩童似的！」

於是平山就把來此途中及到此之後遭遇的辛苦，以及土佐方對這回被嫌疑之事有多憤慨的情形，以哀憐的語氣一一道出。

這天晚上帕克斯對薩道義說：

「幕吏和藩士還真不同呀。」

他說幕吏懦弱而雄藩之藩士有骨氣。英國方一向有如此觀察心得，對幕府已失去信心，轉而對持有強烈反幕意識之雄藩的未來充滿期待，這已逐漸成為英國對日外交暗藏之基調。

「我是這麼想……」

帕克斯對薩道義說，希望趁這回談判與土佐建立密切關係。薩英戰爭的結果是，英國與薩摩藩建立了良好關係，至今雙方彼此得利。不過，希望與土佐藩建立同樣關係是這名乍看粗暴之公使私下的想法。

翌日繼續談判，最後決定依後藤的提議進行土、英共同搜查行動。後來帕克斯就與後藤對日本現狀彼此交換意見，根據薩道義的說法是：「彼此互許永久交好。」不過在這私人宴席之上，後藤也批評了帕克斯談判時的態度並嚇唬他：

「幸好是由我當代表，要是換成其他土佐人，恐怕不會善罷甘休吧。」

帕克斯聽到如此恐嚇不禁露出不悅的神情，但拚命忍住，道別時甚至還互擁以示親密，並送後藤出去。

最後決定由幕、土、英三方代表到長崎去。

但不管英國公使帕克斯個性如何充滿行動力，也做不來警探般的工作，故就從須崎乘巴基利斯克號返回江戶了。

於是只有薩道義留下來主事。被稱為「老狐狸」的幕府代表平山圖書頭實在很可憐，帕克斯對他說：

「你應該親自到長崎去。」

平山老人叨唸著自己在大坂還有堆積如山的公務待辦，但最後對方一再堅持，只得決定先回大坂一趟，再循海路前往長崎。平山老人無力地垮著肩，顯得十分為難——這是語多詼諧與嘲諷的薩道義形容的。這位平山的可憐遭遇還包括他自須崎往返高知途中曾被年輕土佐藩士扔石頭等，那慘狀簡直就是典型衰敗老舊政權之無能的外交官模樣。

「不見見容堂公嗎？」

出發前後藤如此建議，故薩道義欣然接受。預先認識這位與薩、長不同立場的雄藩代表做為他日情報分析之材料，這對一名外交官而言是必須的。

雙方在城下的散田屋敷見面。

見面地點準備在二樓。容堂甚至到房間門口迎接他，並鄭重向他行日式之禮。薩道義也以標準的日式之禮鄭重回禮。

房間的配置是日式榻榻米房間內擺椅子，容堂坐在置於壁龕那邊一張有扶手的中國紫檀椅，薩道義被安排坐在普通的藤椅。後藤等重臣則屈膝坐在與鄰室之間的界線上。

「容堂身材高大，臉上有坑疤且牙齒不好，說話有點急。」薩道義如此寫道。

話題中出現前文提及的事件。

「根本毫無證據卻懷疑土佐。」

容堂苦笑道。

但根據容堂獲得的情報（得自伊予宇和島侯伊達宗城），據說是幕閣對英國公使明白指出「犯人是土佐藩士無誤」。自從土佐做出提倡大政奉還等動作，幕府即變得相當神經質，似乎有意趁此機會煽動英國，讓土佐陷入困境。此看法不僅容堂及後藤有，他藩藩士也不例外。

一向對幕府沒有好感的薩道義也持有如此看法。

接著就上酒菜，女侍都來伺候。之後理當吃飯，容堂卻推說「健康情況不佳」而離席。薩道義以善意的挖苦眼光看待此舉：「其實是想把喜歡的好酒讓對方單獨享用吧。」薩道義知道容堂是天下響噹噹的酒豪。

龍馬這段期間一直藏匿在夕顏丸，終究未見到大哥權平及乙女姊。

只在船出航前一刻寫了封信給大哥權平，並附上一枚錶，然後託人送去。

船約於十三日午後一時左右自須崎港出航，船長依然是由比畦三郎。

船上有土佐藩代表佐佐木三四郎及英國代表薩道義。

> 這艘土佐藩的汽船破舊得嚇人，鍋爐老舊，時速僅約二海浬。幸好海上風平浪靜，但我想要是遇上風浪恐怕會沉沒吧。

薩道義寫道，但事實上時速是比二海浬稍快。

龍馬這段期間就連甲板都沒上去，甚至還離開之前住的士官室，一直睡在船底的火夫房間。

佐佐木也一個勁地向薩道義隱瞞龍馬的存在。要是薩道義知道關鍵的「凶手」所屬結社之領袖也同船，恐怕會使英方的印象愈來愈糟吧。

「別說出我在此的事。」

龍馬如此要求並主動躲到艙底。

航行中薩道義曾一度下鍋爐室去，當時發現有名大個子無所事事坐在鍋爐旁，未穿裙褲及外褂，也未佩帶大小佩刀，身上卻穿著紋服，由此看來也許是武士。薩道義如此推測，卻無法想像那個狀極悽涼且拱著背的男人竟是坂本龍馬。薩道義沒見過龍馬，卻聽過傳聞。根據傳聞，龍馬的形象十分瀟灑豪爽，並非像這樣坐在鍋爐前一副流浪漢的模樣。

此時龍馬朝薩道義瞥了一眼，隨即面無表情移開視線，接著就望著蒸汽錶。這是此二人初次碰面，之後竟從無正式互報姓名的見面機會。

薩道義對船上佐佐木三四郎的印象也不深，在薩道義眼中他不過是名土佐藩吏罷了。

佐佐木不擅和薩道義相處。他本就是討厭外國人的攘夷主義者，目前雖然多少消除了一點偏見，還是覺得紅髮碧眼的外國人令人很不舒服，竟幾乎未與薩道義攀談。

此外還有奉藩命以佐佐木隨從人員身分同行的岡內俊太郎。岡內很早就是勤王份子，與龍馬及長崎的同志頗有交情，大概就是因為如此佐佐木才會帶他同行吧。

船在十四日早晨抵達下關，翌日十五日傍晚五時駛入長崎港。

薩道義前往下榻處英國領事館，佐佐木下榻於市內的池田屋，至於龍馬則暫時住進海援隊本部。

# 朱欒之月

龍馬一回到「本部」小曾根邸，阿龍就大喊：
「好髒呀！」
差點奪門而逃。的確，因一直住在船底，龍馬滿手滿臉都是煤灰。衣服也吸滿水氣，一靠近不知為何就散發一股唐人吃的肉包味。
「那麼臭嗎？」
龍馬從懷中掏出香水，灑在肩上及衣領，然後若無其事在房裡坐下。但如此一來反而產生一股怪味，阿龍不禁覺得反胃。
「他如此讓男人、女人為之瘋狂，但究竟是有什麼優點呀？」
阿龍若硬是將他推入澡盆幫他洗澡就好了，但不可思議的是她居然沒這麼細心。
沒多久菅野覺兵衛、石田英吉、渡邊剛八及中島作太郎等人就到房間來把龍馬圍在中間。
「明天佐佐木會被叫到長崎奉行所。因此，今晚我得到佐佐木住的池田屋去與他徹夜長談。」
如此圍坐是為了事前商量。
龍馬首先簡單說明幕府土佐藩及英國的態度，接著問道：

「老實說，到底是不是誰去殺的？」

說著目光炯炯地環視眾人，但大家都搖頭否定。

「我們沒殺人。」

意思即如此。老實說龍馬也鬆了一口氣。

「我就是想聽這句話。既然你們說沒人動手，管他是幕府還是英國怎麼吵，我們絕對奉陪到底。」

或許是太高興了，龍馬晃了五、六次肩，或許一方面也因為身體癢吧。最年輕的中島作太郎發現，便悄悄起身為他準備洗澡水。

接著，菅野覺兵衛苦笑道：

「他們是懷疑我和佐佐木榮啦。」

據傳事件發生當夜，有穿白色服裝的隊士在距案發現場很近的花月通宵喝酒，指的就是這名菅野及佐佐木榮。奉行所方面多半知道此事，一直在菅野身邊打探消息。但奉行所似乎覺得與菅野相較之下，佐佐木榮更可疑。

事件發生那夜，海援隊的橫笛丸未鳴汽笛就匆匆駛出長崎港，難怪被認為可疑。但那其實不過是海援隊在試開橫笛丸，這天在港外繞行，正午過後就駛回長崎港了。

但佐佐木榮卻單獨搭乘海援隊借來的其他汽船，因海援隊商務之需前往薩摩。其實是因船上堆滿黑糖，但在奉行所看來卻無法不認為他是畏罪逃亡。

中島作太郎去查看洗澡水溫度，沒想到因為天熱，水都沸騰了。阿龍也不道謝，還說：

「你不愧是經常在船上燒鍋爐，水一下就熱了。」

作太郎大感不悅。自己弟兄崇拜的龍馬為何會喜歡這樣的女人呢？想到這點就深感遺憾。

「我不是燒鍋爐的啦。」

「哎呀，那是爬船桅的嗎？」

阿龍笑也不笑地反問，既非挖苦也不是幽默，而是一句接一句詰問似的，故作太郎也受不了。

「好歹我也是士官呀。」

他氣急敗壞道，但龍馬打斷如此口角，默不作聲走進浴室。嘩啦一聲泡進浴盆，發現水溫調得剛好不太熱，想必是熟知龍馬喜歡微溫熱水的作太郎細心安排的吧。

「阿龍，幫我刷背。」

龍馬喊道。

阿龍固定好身上的衣服帶著肥皂進來了。裁縫和烹飪等女人的工作阿龍雖然不會，卻有兩樣得意功夫，一是彈月琴，一是為男人刷洗身體的好勁道。就是這兩件事能讓阿龍不管原本心情多不愉快也做得很開心。

她使勁在龍馬背上沖水，然後仔細塗抹肥皂。

「這傢伙真不可思議。」

龍馬就這點覺得真奇怪。

「阿龍，就算我死了，妳也能以刷背維生吧。」

龍馬曾一本正經道。

龍馬身上的污垢逐漸洗掉，整間浴室充斥著肥皂的香味。

住在長崎的好處之一是肥皂很便宜，可大量使用。

順帶一提，肥皂的引進歷史出乎意料地悠久，早在豐臣時代就已出現肥皂的葡萄牙語名。也曾有博多茶人神谷宗湛送石田三成肥皂的記錄。

但即使在江戶、大坂和京都，肥皂也只是商人賣吹泡泡玩具的材料，很少拿來當成日用品。

龍馬在長崎每次用肥皂，就想起盛夏時節在高知城下四處叫賣吹泡泡玩具的商人。

「肥皂泡在空中飛舞著。我曾看見踢爆肥皂泡的蜻蜓。」

龍馬突然說。龍馬對蜻蜓的勇氣驚歎不已，到現在仍不時想起。

阿龍卻不搭理他。

不久，龍馬泡完澡，又坐回眾人中間，說：「我想到了。」

其實是方才在浴室憶起高知城下賣吹泡泡玩具的

小販時，突然想到風馬牛不相干的事，那就是懸賞捉拿凶手。

「明天眾隊士分頭到市內各路口張貼告示，並四處宣傳，說舉發凶手者可得千兩賞金。」

天黑了。龍馬便帶著一行同伴趕往佐佐木三四郎等藩吏所住的旅館池田屋。

這町區很多坡道。腳下街道和港灣都已點亮熱鬧的燈火。如此闊氣點燈的浪費模樣應該是長崎夜晚的特色吧，可說是三都也看不到的美麗夜景。

龍馬等人背對這些燈火沿著坡道往上爬。路上的石板閃著銀色光輝，因為滿月已爬至眼前的金比羅山上。一會兒月亮就離開山峰了。

「泛著朱欒（譯註：柚子）的色澤哪。」

龍馬覺得這月亮大得囂張，顏色又亮晶晶的很有意思，竟揚聲大笑：

「那月亮不知還得經過幾度圓缺，幕府才會倒台呀。」

總之，龍馬得速速解決此事件，然後盡快上京進行最關鍵的大政奉還之工作及運動。

抵達池田屋後，發現藩吏全到齊了，正等著龍馬。有特地自領國前來的藩吏佐佐木三四郎及岡內俊太郎，還有駐在長崎之藩吏岩崎彌太郎及松井周助等。

岩崎彌太郎因受後藤象二郎力薦，如今已升為長崎留守居役，位階為馬迴役，是堂堂高等官。一介「村浪人」出身者竟能在階級制度嚴謹的土佐藩晉升至此地位，可謂異數。

長崎留守居役乃藩立土佐商會的負責人，海援隊是藩立土佐商會的外圍團體，故岩崎也兼任海援隊之會計工作。進一步說，岩崎就等於藩派至海援隊的會計官。

龍馬一提出懸賞緝凶之事，佐佐木就拍掌叫好：

「好主意，要出到一百兩吧？」

龍馬覺得這人實在沒膽識，他主張：「非懸賞千兩不可。

「金額就是要夠大，才能使全市為之沸騰。只要全市沸騰，幕府和英國就會認為，土州既然願意花那麼大筆錢，或許凶手真的不是土州人。」

「沒那麼多錢。」

頂著獅頭般臉孔的岩崎彌太郎斷然道。

龍馬臉色一沉，他和這人不知為何就是不對盤，一看到彌太郎那張臉就想整他。

「你呀，先把錢算好就對了。負責會計的就是要在非拿出來不可的時候，即使如失血般教人痛苦的金額也爽快地拿出來。最重要的是，犯人因市中之人密告而落網，可說連萬分之一的可能性也無。既然如此，不如把金額放大才划算。」

「那麼，你做生意的方式根本與海賊無異嘛。」

「對啊，既然要做海賊，除非能當大海賊，否則就做不成大生意。」

龍馬不容分說，一定要岩崎把一千兩準備好。

因幕府代表平山圖書頭一行延遲抵達長崎，故十六日才進行談判。

這天龍馬領著石田、中島、渡邊及菅野四名隊士來到池田屋與藩吏會合，一起到位於立山的長崎奉行所報到。在奉行所的洋式客廳等候時，幕府方的諸代表也到齊了，包括長崎奉行能勢大隅守、德永石見守、外國總奉行平山圖書頭、大目付戶川伊豆守、目付設樂岩次郎等高官。

接著薩道義也與長崎領事福勞瓦茲一起到來並就座。

談判開始了。

談話內容愈來愈仔細，終於談到事件當天晚上及後來菅野覺兵衛和佐佐木榮的行動，關於此點幕、土雙方發生激烈爭執。

「果然調查得十分詳細。」

龍馬很佩服幕府調查能力。他們甚至能舉出菅野那天晚上在花月喝了多少酒，簡直比菅野本人還清楚他當夜的行動。不僅如此，糟的是菅野在陳述他和佐佐木榮的行動時，出現時間上前後不吻合的情形。

「這不是很可疑嗎？」

幕府緊咬這點，菅野終於語塞，竟說：

「那部分因為醉了所以沒有記憶。」

如此回答更激起對方的疑惑。

最後幕府方開始提議將另一名嫌犯佐佐木榮從鹿兒島召回，再進一步辯明是非。

「這下麻煩了。」

龍馬心想。如此一來，時間將一天天消逝。

京都大政奉還的大戲已拉起序幕，如今卻因龍馬人在長崎而導致整個舞台呈靜止狀態。長崎的審議只要拉長一天，歷史就將多原地踏步一天。

好不容易到了休息時間，龍馬要佐佐木三四郎提出不必傳喚的主張。

談判繼續進行，佐佐木發出怒吼，開始主張將佐佐木榮從鹿兒島傳喚過來是多此一舉，僅靠菅野覺兵衛的陳述就能充分認定事實了。

龍馬這段時間內連一句話都沒說。因他既非藩吏也不是嫌犯，故無發言權。

席間，他實在沒事做，就開始把袖兜底的垃圾掏出來並搓成團。

「真是個怪人。」

薩道義似乎如此暗想。且一再望著龍馬，這才發現這人和蹲在夕顏丸鍋爐室的那人很像。

「到底是什麼人呢？」

他如此暗想，但當龍馬開始挖起鼻孔時他就忍不住失望了。因為他想，這人終究不是什麼知名人士吧。

但幕府方毫不讓步。

仍堅持要將佐佐木榮從鹿兒島帶過來。對此，佐佐木三四郎也無法完全駁斥。

「你看如何？」

他趁短短的休息時間與龍馬商量，龍馬當場改變態度。

「不得已了。那你去改口說想借用幕府繫在長崎港內的汽船長崎丸，以求盡量縮短時日。對方若說乘組員不夠，就告訴他們海援隊可派人支援。」

「了解。」

佐佐木回到席上如此提議，幕府方也答應，故決定在佐佐木榮抵達長崎之前，談判暫時休會。

長崎丸僅借回一艘空船。龍馬返回海援隊本部召集菅野、石田及渡邊等人，環視眾人後，抓著石田英吉的肩膀道：

「船長的任務就拜託你了。」

定是逼不得已才選他的吧。駕船技術最純熟的是菅野覺兵衛，但目前遭幕府懷疑，不得不留在長崎。

---

除菅野之外，白峰駿馬和關雄之助等人也都頗熟練，但因隊上商務之故，目前都在大坂。

「我行嗎？」

石田的圓臉露出沉穩的微笑。乍看像名鑿井工人般氣勢不夠強且毫不起眼，但據說其荷蘭語的讀解力僅次於長岡謙吉。不僅如此，他還具有不似其長相的果敢個性。

這年輕人的履歷即等同於幕末風雲史。

出生於土佐安藝郡中山村的鄉士家，文久三年立志學習蘭醫而上大坂拜入此領域之名門緒方塾學習。

他在大坂時認識了後來成為天誅組首領之一的同鄉吉村寅太郎，並受其感化。吉村等人在大和舉兵時，他也自塾中出走前去參加。之後便使用伊吹周吉的化名，當上天誅組幹部轉戰各地，一戰敗就護著總帥前侍從中山忠光脫出重圍，逃往長州，後與長州軍一同參加蛤御門之戰並負傷。

敗北後撤回長州，幕長戰爭一發生他就加入長州奇兵隊，後投入龍馬的海援隊。陸戰經驗豐富，但駕船就沒那麼強了，龍馬也叫他：

——你就專心在海援隊的商務工作上吧。

英吉在維新後當上貴族院議員並獲封男爵。

「什麼話！當然行呀！」

龍馬不假思索道。但石田英吉卻無船長服。隊上有一套龍馬穿舊的，但很大，看來應該不合身。因此，龍馬不得不去威脅會計岩崎彌太郎，叫他非先拿出二十兩。接著叫人趕去洋貨屋買齊衣服和靴子，然後叫石田英吉穿上。

石田英吉穿著舊的船長服，乘上幕府汽船長崎丸並立即起錨出海。

以前也有艘名為長崎丸的同名幕船，但已於元治元年繫留下關期間遭長州人燒燬。石田所乘的這艘長崎丸應稱為第二長崎丸，是文久三年幕府向英國人購入的。船腹貼有鐵皮，三根船桅，一百二十四馬力，吃水量三百四十一公噸，體型雖小，但性能甚佳。

石田出航後，龍馬就有了休息時間。長崎丸回來之前沒什麼當急之務。

「有沒有什麼可以做的？」

他是個閒不住的人，想著該如何善用這段不上不下的時間。最後想到的是教育佐佐木三四郎。

「這不錯啊。」

只有這段時間可利用了，龍馬心想，一定要將佐佐木這個討幕傾向仍有些曖昧的人訓練成即使拿榔頭敲也會反彈似的堅定討幕家。

目前在藩政握有權能的討幕者有藩陸軍乾退助，還有相較之下過於權宜變通的參政後藤象二郎，此外就是這位佐佐木三四郎了。佐佐木並無乾的激情，也無後藤虛實並存的政治力，但一看就知他具有樸實的魅力，頗有膽識，對情勢又有充分的理解力。

土佐藩重臣中除了這三位，其他不是無能就是死心塌地的佐幕家。除了對這三人寄予期望，薩、長、土三藩聯合的討幕軍將無法成軍。

龍馬如此下定決心後，在港邊目送石田出海的當天，就開始專心投入此工作。

每天都到佐佐木所住的池田屋去。

「我又來啦。」

說著把木屐隨意脫掉亂扔，從正門直接爬上二樓。

「他每天都這樣，一天差不多要來兩、三趟。」

佐佐木三四郎維新後如此回想，但佐佐木並不認為龍馬是為了來教育自己，而是因為他喜歡自己。

「老是來住，簡直把我的住處當成自己家了。」

佐佐木很開心，但龍馬經常一坐下就開始談論國家大事。說日本的危機，說列強的意圖，說歐美之政體及政情，且從不知疲倦。

這些佐佐木都是第一次聽到，故龍馬的每句話對他而言都十分新鮮。

「我先去做點生意。」

說著便急急趕回去，回海援隊處理完商務就又急急跑來。

「繼續剛才的話題。」

說著便又開始聊起，故佐佐木感覺就像在聽連續說書般，覺得很有意思。

但聽久了也會累。

佐佐木不敢說「累」而強忍著，不久竟然病了。

完全沒食慾。據說偶爾奇怪地咳嗽，一到傍晚連抬手都很費勁。

「這可嚴重了。」

龍馬心裡也慌了。這個佐佐木要是現在死了，土佐藩的勤王勢力恐怕要瓦解了吧。

「哎呀，應該是累了吧。」

佐佐木故意說得輕鬆。或許累也是理所當然的，自他離開京都以來，就在大坂、高知和長崎各地奔波，一再透支體力地旅行。尤其冒著豪雨乘快轎自須崎港趕往高知城下的那趟路以來，身體情況就怪怪的。

「好，我去幫你找個醫生。」

龍馬找海援隊的夥伴商量，開始選擇醫生。長崎是個醫生眾多的小鎮，諸藩的藩醫或一般醫生都到此鎮來研究蘭醫，故要選名醫並非難事。

幕府醫師　武內玄庵

幕府醫師　池田謙齋

大村藩醫　長與專齋

與此三人商量之後，三人都說：

「既然如此，就找曼瑟．赫魯多醫師吧。」

還專程跟著龍馬到這位蘭醫家去。這位蘭醫為佐佐木仔細檢查後道：

「這幾年，你從秋天一直到冬天都是這樣咳的吧？」

說著模仿那種咳法。佐佐木大驚。

「就是那樣！」

他忍不住大喊，佐佐木受到歐洲文明衝擊可說就在此時。

「我想你的肺已因那樣咳嗽而擴張。將來若咳得愈來愈激烈，呼吸會變得短促，甚至可能吐血。換句話說，支氣管會愈來愈脆弱。現在再不調養，恐將演變成肺病。」

「那該如何是好？」

「決不能再讓精神疲勞。無論任何事都別放在心上，什麼都不想好好休養的話，我想三、四年就會好。」

「承蒙您特意提醒，不過……」

佐佐木十分為難，以當今如此時勢，哪可能什麼都不想只管休息呢？

「時勢不會讓我休息的。」

佐佐木如此道，蘭醫用力點頭。看來蘭醫也了解目前日本情勢。

「既然如此，那就請您半天工作，剩下的半天就休養吧。」

佐佐木答應了，便與龍馬走出蘭醫的家。龍馬一路上一直鼓勵他：

「我們兩人都一樣，即使還有五十年的壽命也無意義。要解決時勢問題，就看這一、兩年了。因此，你得努力至少再多活兩、三年。」

九月二日早晨，正好爬上土佐商會大屋頂眺望著港口的隊士中島作太郎，看見兩艘船正捲著船帆準備入港。

「回來了！」

中島爬下屋頂。因隊務前往鹿兒島而遭懷疑之隊士佐佐木榮所乘的橫笛丸，以及石田英吉等人所乘的幕船長崎丸如今都返回了。年輕的中島不禁慌張起來。

一衝到樓下，就看見藩的長崎留守居役兼會計岩崎彌太郎正把豬肉蔬菜味噌湯澆在飯上吃著。

「岩崎爺，橫笛丸和長崎丸回來啦！」

「哦？」

彌太郎驚訝地望著中島，但並未停下筷子。以一副「那又怎樣」的嘴臉繼續忙著扒飯。

「請快做好準備。」

作太郎道。以這年輕人的角度看，應該趕緊準備外出去叫龍馬，然後帶他到港口去接船吧。

「緊張個什麼勁！」

彌太郎突然不屑地斥道，依然未停下筷子。自從來到長崎，岩崎彌太郎就無可救藥地愛上豬肉，幾乎每天都叫僕人上唐人街買豬肉，還要不喜歡豬肉的僕人烹煮。畢竟日本人一向稱獸肉為「四足」而避諱，三百年來未曾讓它上桌。此外也因德川幕府一直禁止食用獸肉。

隊士之間也認為彌太郎吃豬肉是不淨的行為而大加撻伐，但彌太郎一點也不介意，只是一直對他們放話：「笨蛋懂什麼！」根據彌太郎的說法，不讓日本人吃獸肉其實和佛教思想完全無關，而是德川幕府為了矮化人民的政策。要是吃獸肉，氣力及體力會變得充沛，幕府就是怕他們以政治做為發洩的出口。

「看清楚！」

岩崎彌太郎經常如此道。日本的繪畫，無論是浮世繪或其他，畫的幾乎都是人們隨意躺在家裡的模樣，不是嗎？就是因為光吃菜會連站起來的力氣都沒有。彌太郎如此道，但他也沒說：

——多吃豬肉就能推翻幕府。

依彌太郎所見，倒幕這類搗毀爛攤子的事只要交給他人做，其興趣所在是倒幕後的事情。就像活躍在此新時代的西洋商人，他也想當那種連天下國家都能影響的商人。現在偶然被破例提拔至藩吏，但對他而言根本算不了什麼。

彌太郎繼續吃著。

最後中島作太郎也不理岩崎彌太郎，趕去小曾根屋敷向龍馬報告船已進港的消息。

「哦，那走吧。」

龍馬拿起大刀插進腰際，領著一旁的菅野及渡邊等人走出大門。只要走下坡道就會到港口。

「坂本兄，岩崎爺實在教人傷腦筋。竟還說：『緊張個什麼勁！』找他一起來港口，他卻連抬抬屁股的意思都沒有。」

中島如此告狀。

龍馬苦著一張臉。這個肚量大得過頭的男人把大部分事情當玩笑輕鬆帶過，希望能與人保持和諧關係，唯獨對與岩崎彌太郎扯上關係之事總是笑不出來。現在他的表情也像舔了熊膽般難看。沒什麼大不了的理由，大概就只因為彼此看不順眼吧。

「那傢伙到底是怎樣啊？」

正如彌太郎無法理解龍馬，龍馬也摸不清彌太郎這人。

「像個異常兒似的。」

這點倒是了解。藩吏事務工作之類的事，別人得耗上一天，彌太郎卻大概三十分鐘就解決了。

接下來也不與人談笑，只是靜靜坐著，以意氣風發的表情睥睨四方。自己在這世間該做什麼，他似乎尚無法掌握。

雖自一介低微的村浪人被拔擢至目前享有大監察待遇之身分，他卻一點也不高興，由此可見他對自己的能力相當有信心，且壓根沒想要在藩內飛黃騰達。

與他藩志士之間亦無往來。因彌太郎本身對政治毫無興趣。

「那傢伙彷彿正杵在黑暗中的十字路口。」

龍馬如此認為。體內那股異常兒般的異常熱情究竟該往何處宣洩，彌太郎自己似乎還不知道，至少看來並不適合當今的封建之世。

彌太郎不知是否已厭煩目前朝夕算帳的職務，這年春天曾命藩的汽船載他去進行瘋狂似的航海行動。

「我要去占領無人島。」

他如此道。龍馬在京都聽到此傳聞也忍俊不住。

他的目標是漂浮在日本海中的孤島竹島。彌太郎十分認真，證據是他還特地帶了根寫有「奉大日本土州藩之命，岩崎彌太郎發現此島」的標柱前往。隨行的是手下山崎昇六。

岩崎從長崎一個名叫白樂的朝鮮人那裡聽說竹島是座不屬任何國家的無人島，又說島上樹木十分茂盛，故岩崎甚至連伐木工都帶去了。可說行動力驚人。

不料，到了竹島一上岸，卻發現情形似乎不是這麼回事。

彌太郎站在竹島海灘朝四方張望，感覺好像有人居住。

「莫非不是無人島？」

像這種情形，以彌太郎的個性是失望之餘更感氣憤，覺得住在島上的人才不應該。

他在海邊鋪上毛毯，坐在上面吃起飯來。不一會兒就出現十多名半裸男人，將彌太郎等人團團圍住，欣賞奇珍異寶似地望著他們。

「這島叫什麼名字？」

彌太郎如此寫在紙上然後交給他們，當中一名長老模樣的白衣老人以筆回覆道：

「大韓鬱陵島也。」

似乎全是朝鮮男人。彌太郎又進一步筆談，但也愈來愈失望。因為朝鮮人似乎並非定居島上，而是來獵海獸的。

彌太郎怒道：

「我是大日本土佐國武士，名叫岩崎彌太郎。從今天起你們這些傢伙也成為土佐藩之土著居民，故你們應感到高興。」

說著又將這話寫成文字交給老人。老人一臉「你在說什麼呀」的表情，也沒有回話。

彌太郎給他們糕點，眾人於是開心吃了起來。老人伸出手掌，意思似乎是：「再多給我一些。」

後來到山那邊深入一看，連棵能當大木料的樹也沒有，只長著幾棵名為垂木的無價值雜木，故彌太郎更覺滿腔怒氣無處發洩。

山裡正好有棟小屋。進去一看，裡面沒人，只有一隻大鍋正在火上燒著。鍋裡是隻水獺屍體，可見應該是準備整隻煮好後再把皮扒掉。

「放火！」

彌太郎突然道。屬下山崎昇六大驚並表示反對，他說，如此一來，那些朝鮮人豈不可憐？但彌太郎卻搖搖頭：

「我痛快。」

理由就只是因為這樣。山崎進一步阻止，但其他人竟已在茅屋頂放火。小屋冒出白煙，開始燃燒。

「快逃！」

彌太郎帶頭衝下山，然後就出航了。

回到長崎後，彌太郎聽說在朝鮮牛皮很便宜。

——拿那牛皮來做皮鞋吧。

彌太郎如此計畫，這回雇了艘英國船前往朝鮮。但朝鮮當時在大院君的統治下，是極端的鎖國主義，連駛近沿岸都不行，甚至還遭到砲擊，故很快就返回長崎了。

除了這種冒險性企業，彌太郎似乎對任何日常業務都沒興趣。對掌管會計的彌太郎而言，只知死皮賴臉向藩之長崎金庫要錢又只會像這回這樣惹是生非的海援隊，只是個麻煩的存在。

龍馬到碼頭去接從鹿兒島返回的佐佐木榮。

佐佐木是龍馬從越前藩接手代管的隊士。個子小，給人印象不深，但喝起酒來嗓門就大得驚人，甚至連相貌都變了，且不知為何就會開始大談極端的佐幕論。然而他平常卻一向沉穩地附和同志的勤王論。

「一喝得爛醉就變成佐幕家，可見這才是他的真正心意吧。殺了佐佐木榮！」

隊士曾如此大鬧。龍馬大喝制止，又堵住他們的嘴道：

「若連一個佐幕家都沒法說服，豈能完成顛覆世間的大事？」

醉了就成為佐幕家，是因佐佐木出身的越前藩乃德川家門，因此才無法完全克制內心對幕府衰亡在即的感傷吧。清醒時是勤王家，則定是因佐佐木本身正為如此矛盾十分煩惱。

龍馬一路上一再確認：

「英國水兵的事件真的不是你幹的吧？」

要帶他上池田屋（佐佐木三四郎下榻處）二樓時又再次確認。

「確實不是！」

佐佐木把佩刀伸向龍馬要他檢查，龍馬笑笑並未接過，只說：

「有你這句話就夠了。」

接著集合其他同志以決定在明日召開的法庭上應採何對策。藩方派來的有佐佐木三四郎、岩崎彌太郎、岡內俊太郎、山崎昇六，海援隊代表則有菅野及渡邊等人。

「徹底堅決否認。別想耍什麼多餘的小把戲，最重要的是要有否認的氣魄，此外無他。」

龍馬道，於是就此決定。

這起英國水兵遇害事件之凶手並非海援隊士的事實，要到明治元年（一八六八）八月之後才水落石出。凶手是當時沒出現在傳聞中的一名筑前福岡藩士。

這人名叫金子才吉，是該藩秀才，被派至長崎學習測量術，事件發生當夜為參觀七夕祭典而上街。同行的有村澤右八郎、永谷儀次郎、讚井太兵衛、栗野慎一郎、田原養相及富永賢治等人。途中見到外國水兵爛醉亂來的模樣怒不可遏，以刀將之砍死後逃逸。但金子唯恐給藩惹上麻煩，第三天就在住處切腹自殺了。

筑前福岡藩卻始終隱瞞此事，即使見土佐藩和英國間起了紛爭依然默不作聲，此真相偶然被發覺，事件終於在明治元年秋天正式解決。英國公使帕克斯也以自己的狂鬧為恥，寫了封認錯的謝罪狀給山內容堂。

但此時，龍馬等人對事件真相自然無從得知。

最後，幕府都不抱希望了。

佐佐木榮返抵的翌日，在市內的立山奉行所進行審問，列席的有兩位奉行、大目付伊豆守、目付設樂岩次郎等顯官。

土佐藩方由嫌犯菅野及佐佐木榮出庭，同時，因佐佐木三四郎生病而由岩崎彌太郎以藩代表身分出席。雙方你來我往進行爭辯，卻毫無進展。

此外，陪席的薩道義也對此審問失去幹勁，只是一再吞著哈欠，幕府方暗喜而旁敲側擊地徵詢其意見，他竟回答：

「夠了吧。」

在薩道義看來，這根本是因自己上司狂鬧引起的糾紛，原本就沒什麼幹勁。

於是審議就此打住。

但以幕府立場，如此騷動之後這樣就草草結束將有損幕府威嚴，故想出一個奇怪的結審方法。

「跪下道歉。」

竟如此要求，換句話說就是：

「嫌疑確已洗清，但菅野覺兵衛、佐佐木榮及渡邊剛八的陳述多少有些出入，且關鍵的橫笛丸出海時，土佐藩留守居役岩崎彌太郎也未向奉行所提出出海申請，故應為此跪下道歉。」

當然跪下道歉也是一種處罰，被告必須面對奉行平伏行禮說句「實在抱歉」，就只是如此。

這天龍馬以證人資格待在別的房間，聽到奉行如此判決不禁嗤之以鼻道：

「明明沒做錯事，還要道歉嗎？」

便叫菅野、佐佐木榮、岩崎及渡邊四人絕對不要道歉。

然而到了下午審判再開時，奉行一下令：

「道歉！」

岩崎彌太郎竟立刻平伏在地道：

「實在抱歉。」

彌太郎內心的想法是，這種情形下即使堅持壯士形象也於事無補。

彌太郎一道歉，關鍵人物佐佐木榮也趕緊平伏在地道歉。

菅野覺兵衛和渡邊剛八卻堅持不跪下道歉，只是揚著頭昂然抗辯，一步都不肯退讓。

如此一來奉行也無法結審，一再要求他們「跪下道歉」直至深夜，但兩人依然不肯。最後奉行方只得退讓，改判「不追究」而無罪赦免眾人。

龍馬立即從奉行所發快信通知人在池田屋養病的佐佐木三四郎。

> 方才雙方停止戰爭。
> 然而一如您事前所了解，岩彌及佐榮因無兵機（軍略）而不得已敗逃。唯獨菅野及渡邊之陣，敵軍仍不敢進逼。

龍馬寫下如此跳躍似的文章。

審判結束了，龍馬也得返回扭轉歷史的本業上。

不，不僅龍馬。

出席這場審判的英國公使館通譯官薩道義也對如此事件毫無興趣，他只對參與歷史臨終時刻及採訪新歷史之誕生有興趣。

「究竟誰將給舊歷史致命一擊而開創新歷史呢？」

---

薩道義就是為此主題而不斷拜會日本要人，窺探其意見背後的深意。這年輕人感覺如此敏銳，若當記者，說不定也將在歷史上留名吧。不僅幕府不知，甚至連薩、長之人也僅幾人知情的既成事實「薩長祕密同盟」，他也已暗中查知。

薩道義在幕府及薩摩都有許多熟人，消息來源也很多。長州人只認識一、兩人，至於土州人，則是在此事件後才終於認識後藤象二郎一人，其他誰也不識，尤其不知乾退助這個猶如爆裂彈之存在。土州人是薩道義的盲點。

最大之盲點則是坂本龍馬。從土佐到長崎曾同船，在長崎奉行所也曾同桌，卻終究沒能想像這人就是薩長祕密同盟之作者，還是即將揭幕開演之大政奉還劇的編劇兼導演。

薩道義為了這場審判滯留長崎期間是住在領事福勞瓦茲的官舍。就在這段期間，這位歷史採訪者遇見了一位值得驚奇的人物。

桂小五郎。

這位長州藩的大人物當然不是公然出現在長崎，他為了在長崎查探風雲動向而誆稱為薩摩人，帶著伊藤俊輔出現在此。主要目的是為了見龍馬，問明大政奉還案是否包含武力討幕的思想。

然而一抵達長崎，伊藤就把他帶到自己舊識英國領事那裡去。領事福勞瓦茲備了晚宴款待他們，薩道義自然也同席。

領事為桂介紹了藩名及姓名。

薩道義日後回憶當時情況曾如此寫道：

「晚餐時，我第一次見到有名的木戶準一郎，別名桂小五郎。他與伊藤俊輔一同到領事館來。無論以武人或以政治家而言，桂都是最剛毅而果斷之人，外表看起來卻十分溫和。」

餐後，桂等人和薩道義聊起政治。但「兩人（桂及伊藤）似乎都對我保持警戒」。薩道義如此寫道。桂終究沒坦白說出倒幕的真正心意，甚至還裝傻道：

「我們藩主實在可憐。他個性極為溫和，壓根就沒想到倒幕之類的事。儘管如此，卻仍被幕府和世人說三道四的，真是可憐。」

手中握有薩長祕密同盟之「確切證據」的薩道義聽到這話，內心只覺可笑已極。

當時桂在朋友間用的是「木圭」的代號。龍馬在審判結束前收到上面以女用平假名（譯註：男人多用漢字，女人多用平假名書寫）寫著「木圭寫給才大爺」的信。「才大爺」是龍馬化名才谷梅太郎之略。桂應是怕送信的人萬一被幕吏逮著才用這種方式吧。

「桂來了。」

龍馬僅對同志如此耳語，並要中島作太郎事先做好密會的準備。

這回密會是借用油屋町的大浦阿慶家，就在其茶室舉行。時間是在大白天。

桂帶著伊藤俊輔前來。宅內到處埋伏著海援隊的士官，以防萬一有人闖入。龍馬是擔心桂的安危。

「其實有兩件事。」

桂低聲道：

「一件是有關兄台正在進行的大政奉還案，那不會是真的吧？」

桂擔心的是，龍馬該不會只夢想無血革命吧？已遭幕府完全封鎖的長州藩要解救自藩，除以武力擊潰幕府外別無他法。

「是這樣的……」

正如對西鄉老實說出真心話般，龍馬費了更多唇舌對桂道出事實。總之，為取得幕府與諸藩的佐幕派認同，必須以如此無血革命方式說服他們。萬一幕府拒絕，那麼就開戰，將其不是之處公諸天下，並召集諸藩發起討幕戰。

「要如此，就必須做好即時進攻的準備。京都是由我土佐藩的中岡慎太郎在洛北白川村組成陸援隊，現已招聘薩摩的洋式訓練師鈴木武五郎為同志進行訓練。」

龍馬又說，在領國方面，乾退助也正計畫暗中率領大批藩陸軍同時脫藩，且海援隊……

「將撤離長崎，前往京都。」

目前已指定石田英吉為船長，命他在橫笛丸上裝載大砲，且預定明日啟程前往大坂。龍馬道。

「不僅如此……」

龍馬又道：

「向荷蘭商會訂購的一千把來福槍也已在上海來日的船上，只是現正因不知如何籌得貨款而傷透腦筋。」

桂聽了十分高興，但接著以相當困擾的表情說出第二件事。

「事實上我是搭藩的汽船自長州到長崎來的，但蒸汽機竟然壞了，只得在長崎修理。但修理費實在高得驚人，還差一千兩，若不支付勢必無法返回長州。你能不能想想辦法？」

龍馬不假思索地答應了。

一千兩是筆大數目。

龍馬立刻找佐佐木三四郎商量，自然是要會計官岩崎彌太郎拿出錢來。

「不要！」

彌太郎扭頭道。彌太郎暗想，若一切都得照這強盜般的男人要求做，還幹什麼會計官。

「我拒絕。」

「這是藩與藩之間的友情，像你這種會計官是完全無法了解的。會計官只要負責打開金庫的蓋子就對啦！」

龍馬竟吐出如此粗暴的言論。以幾乎要揪住彌太郎前襟之氣勢逼迫他，終於讓他拿出一千兩。

「死海賊！」

彌太郎一邊拿錢一邊咂舌。這兩人似乎一見面就彼此流於感情用事而無法冷靜對話，仔細想想，龍馬和彌太郎打從以前認識以來就連片刻都未曾冷靜交談。

翌日，龍馬在丸山的玉川亭與長州的桂小五郎及伊藤俊輔共飲，土州方有龍馬和佐佐木三四郎。龍馬之所以為佐佐木引見長州最大政治家，是為了實習其勤王教育。

不僅如此，也含有政治意味。藩風一向因循姑息的土佐藩這回終於出動，但薩、長兩藩仍有懸念，故龍馬也有意藉佐佐木今後的活動打破土佐藩此陋習。因此，在玉川亭的酒宴是暗中以佐佐木為主賓。這點桂也了解，席上一直對佐佐木報以微笑。

「日前曾與一位名為薩道義的英國通譯官見面。」

桂聊起當時的情形，薩道義似乎對桂說：

「西方有個詞叫『老太婆的工作』，這就是紳士引以為恥之事。」

所謂「老太婆的工作」指的是只會口頭上一再說「要做要做」，卻一直未付諸行動。薩道義想必是暗指討幕之事吧。

「咱們竟被區區一名英國通譯調侃。」

桂道。

桂也頗能言善道，他將今後即將展開之情勢比擬為戲劇。

「大政奉還恐怕很難，別期望事情會成功。當戲劇進行大約七、八成時視舞台情況，最後階段非演出砲擊戲不可。」

桂如此道，佐佐木三四郎大聲讚好。他早就自以為是劇中人物，或許應該說他也在長崎完全染上討幕色彩了吧。

「請您務必將方才這段話寫成信，因為我想把信帶回領國，當成叫醒那些因循苟且之人的資料。」

佐佐木如此拜託桂，桂後來真寫了信。拜此信之賜，桂所說的「老太婆的工作」及「最後階段為砲擊戲」等詞竟成了流行語。

龍馬對酒宴之成果十分滿意。他喝得酩酊大醉，還說：

「聽說在美國，總統會掛慮下女的薪水。三百年來德川將軍做過這種事嗎？光因這件事就非推翻幕府不可。」

這話傳至土佐，使得勤王派份子個個大為振奮。土佐系的勤王運動較薩、長兩藩更具解救人民的色彩，此傳統不久將演變成明治後的自由民權運動，而其基礎思想應已總括在龍馬這段話之中。

翌日早晨桂就離開長崎了。因長州領國內已著手舉兵準備，正等著桂回去。

究竟是誰放的呢？不該出現在此時節的風箏竟飄揚在風頭山上。

長崎名物，放風箏，盂蘭盆祭，
秋天是諏訪的雜樂隊。
善男信女慢慢走，

閒晃閒晃。

這是也出現在閒晃調中的〈放風箏〉。一般說來，應該春天才放風箏，沒想到都已經秋天了，卻開始瘋狂流行起來。

據說京坂方面也出現「神符騷動」的奇妙現象，群眾嚷著說改造人世之神符已降臨，高唱「很棒呀！很棒呀！」的曲子，同時伴著三味線及合唱曲調跳起舞來。有傳聞說是薩摩人帶頭掀起流行的，但也可說是連年物價高騰、幕府執政力衰退及盜匪橫行三方條件齊備的末世現象，讓庶民企盼社會改革，而演出此渴望之狂態吧。

長崎方面，龍馬正為準備舉兵而忙碌。

他命隊士石田英吉為船長，駕駛橫笛丸前往大坂。龍馬本打算讓他把所有隊士全帶去，中途又改變主意，決定留下部分隊士。

「理由是這樣的……」

他對留下來的隊士道。

就是之前對佐佐木提過的攻擊長崎奉行所計畫。

「一旦聽說上國（京坂）發動砲火攻擊，立即攻擊奉行所，扣押裡面的十萬兩稅金。」

龍馬又進一步道。幕府軍艦回天丸正繫於港內。

「奪下此艦，大家都乘此艦循海路上京來。」

這時陸奧陽之助搭藝州船震天丸的便船自京坂來此。陸奧原本是奉龍馬之命進行海上匯兌事業的調查，他在船上就先將調查書整理好，到了便親手交給龍馬。

龍馬翻了一下後讚好，又道：「從現在起得幹粗活了。等風雲過去再依此調查書好好掌握商機吧。」

說著還慎重其事將那份調查書交給岩崎彌太郎保管。彌太郎瞪大眼睛讀了之後，才放入金庫中。

話說，採購槍械的資金。

龍馬運氣很好，偶然到長崎的薩摩屋敷去時，正好聽到該藩長崎附人役汾陽次郎右衛門說：「在長崎賺了五千兩，不過錢得送去大坂藩邸。」龍馬便要求把這筆錢先借他。

龍馬在薩摩人之間很有信用，故他當場就答應借給龍馬。龍馬立即招手要隊士跑一趟大浦海岸，那裡有一家荷蘭系的哈特曼商會，龍馬曾與他們說好要買來福槍。

買賣談妥了。

共買進一千三百把來福槍，總價一萬八千兩，但交涉之後約定只要預付四千兩。

龍馬返回土佐商會，在契約書上簽了名，還請熟識的商人鋏屋與一郎和廣世屋丈吉當擔保人。

餘款約定在荷方交貨日算起的九十天後償還。

「九十天的話就是三個月，這期間內將推翻幕府並建立新政府，餘款就要新政府支付。不會給荷商造成困擾。」

龍馬向擔心不已的彌太郎誇下海口。彌太郎本來一直愁眉苦臉，這時突然喃喃自語：

「說不定真能如此。」

事實上的確拖延了幾個月，其間雖由彌太郎在長崎交涉請求延遲付款，最後卻真如龍馬所言。

龍馬又對佐佐木道：

「其中三百把由海援隊持有，一千把送給土佐藩。快將此消息通知領國。」

佐佐木狂喜之下叫道：

「你畢竟沒忘記出生的故鄉土佐呀！」

龍馬又寫信告訴長府藩（長州藩支藩）藩士三吉慎藏及桂小五郎：

「進行討幕之際，必須將薩、長兩藩及海援隊的軍艦和運輸船整合成一支艦隊，事先集結在兵庫港。」

此事他曾對桂說過，當時桂說：

「就由你來當這支艦隊的總帥吧，如何？」

龍馬卻搖頭拒絕。他是顧慮到，萬一幕府艦隊是由恩師勝海舟所率，自己不可能對勝開砲。

這時，薩摩藩船三邦丸駛進長崎港，並慌慌張張把煤炭往船上堆。龍馬到船上一看，發現薩摩藩重臣島津登及町田民部在船上，兩人對龍馬耳語道：

「坂本君，時候差不多了吧？」

說是現在就要搭此汽船返回鹿兒島，接了領國內的藩兵後繼續開往長州領的下關，讓集結在該地的長州兵上船後，再極機密地開往京坂。順帶一提，在鳥羽伏見奮戰不懈的薩、長之軍，多半是搭此船過去的。

「土州依舊猶豫不決嗎？」

町田民部擔心道。薩、長、土若沒到齊，京都的政變恐將無法成功吧。

龍馬深以故鄉為恥。

「我即將前往京坂，打算途中先到土佐，將一千把槍送上岸。總不能永遠猶豫不決吧。」

龍馬接著開始物色汽船。正好之前陸奧陽之助搭的那艘便船藝州藩船震天丸還停在長崎港內。

龍馬和藝州藩（安藝廣島淺野家）的長崎留守居役也頗有交情，故龍馬一說「請把震天丸借我」，對方立刻答應。藝州藩最近也正以家老辻將曹為中心急速反幕化，但仍疏忽不得。

「您準備拿那船做什麼？」

該藩藩士問道，龍馬只是笑著敷衍道：「是一般商業用途啦。」

將要送給土佐藩的一千把槍及海援隊要用的三百把槍裝到此船後，龍馬就返回小曾根宅，命阿龍道：

「快準備！」

以龍馬立場看，絕不能將阿龍一人留在長崎，卻也不能帶著她到風雲將起的京都去。他已寫信給三吉慎藏，說要把阿龍寄在長州支藩長府藩。

龍馬搭上長崎港內的震天丸，是在慶應三年（一八六七）九月十八日凌晨。

船內除了阿龍，還有岡內俊太郎。隊士則包括陸奧陽之助、菅野覺兵衛、中島作太郎。此外，大宰府三條實美之特使戶田雅樂（後獲封男爵，並改名尾崎三良）也在船上。

船起了錨，開始微速運轉。

龍馬站在船橋上，眺望稻佐山及風頭山，不一會兒太陽升起，海水染得一片紅，龍馬為這海港的山光水色之美而感動不已，幾乎忍不住叫出聲來。

長崎港自古以來即被稱為：

「瓊之海灣」。

此灣之美果然不負其名。

「此處曾是我那麼長一段時間的根據地呀！」

龍馬望著逐漸移動的稻佐山，不禁喃喃自語。

過了一會兒大概是無法按捺這份感傷，才走下船艙。

「陸奧君，煤炭就要漲價啦。」

他滿不在乎地微笑道。言下之意大概是，因為戰爭汽船往來將更頻繁，故煤炭之需求也將激增吧。

# 浦戶

震天丸繞過玄海灘，第二天抵達長州的下關港。

龍馬等人立刻上岸，一到向來當成海援隊支部的下關運輸船行伊藤助大夫家，發現伊藤俊輔和三吉愼藏已經來找他了。

「我要卸下部分貨品，所以得拜託了。」

他對伊藤及三吉道。

所謂的貨品，首先是一部分來福槍。屬於海援隊的三百把步槍，一百把要給長崎本部的人，剩下的二百把就交給即將改搭他船直接前往京坂的陸奧陽之助和菅野覺兵衛帶去。

「這是暫時的軍費，可別亂用啊。」

說著拿了一百多兩給陸奧和菅野。他們將直接走入京坂的風雲，故與即將前往高知的震天丸及龍馬就此分道揚鑣，另覓適當的船前往大坂。

「簡直就像赤穗浪士即將發動攻勢之前夕呀！」

陸奧興奮不已。因為要攻擊的對象可不是吉良上野介之輩，而是德川幕府本身。

龍馬也順便向三吉愼藏道：

「這貨品也麻煩你了。」

說著指指身旁的阿龍。

「是。我向藩主（長府侯）上稟過了，將安頓在長府的城下。」

「真不好意思，這貨品不是太聽話。」

「喂，明明是再也找不到這樣聽話的貨品了。」

阿龍氣鼓鼓的。三吉慎藏自寺田屋遇難以來就與阿龍熟識，故這時也放聲大笑。她不是聽話的女人，偏偏還是對龍馬毫無用處的貨品。

「坂本老師。」

年輕的伊藤俊輔壓低聲音道：

「土佐藩沒問題嗎？」

言下之意是，將會與薩、長兩藩一同舉兵嗎？土佐藩和薩、長兩藩不同，藩之方向全由容堂本人操縱。那位有些難纏的容堂心裡究竟打什麼主意，是薩、長兩藩志士的共同疑問。

「不知道。不過若後藤沒辦法，也還有乾退助在。只要京坂的硝煙揚起，乾就會專斷地率領藩兵直往風雲奔來吧。這回……」

龍馬道：

「我之所以順道先回土佐，並不是企圖以口舌左右藩論，而是打算將一千把新式步槍送給藩，以促使藩下定決心。」

與其辯論，不如塑造事實，讓事實說話，這就是龍馬自脫藩以來始終堅持的做事方式。

伊藤突然忍俊不住。

「怎麼？」

龍馬瞪大眼睛問道。伊藤俊輔這位長州年輕人一向就如桂及已故高杉的小跟班，但最近似乎突然變得成熟，開始能獨當一面處理事情了。

「你是想說幾句話挖苦我吧？」

「是的。要是土佐藩說不要那一千把新式步槍，那麼長州藩就立刻接手。」

這句話讓龍馬大受刺激。接受槍枝意味著決心起義，言下之意是，若土佐藩依然不改因循心態而拒不接受，那就給長州吧。

「這傢伙！」
龍馬不禁如此想。
「對了……」龍馬問道：
「方才要開進下關港時，看到一艘汽船留下濛濛的黑煙駛出港去，那是什麼船？」
「是薩摩的大久保一藏爺呀。」
據伊藤所言，薩摩的大久保為了京都舉兵的最後總集合而親自趕汽船到長州來，仔細討論戰略、戰術及兵員輸送等細節後，又繼續往京都去了。沒想到正好與龍馬錯身而過。
「大戲就要開演了。」
龍馬不禁渾身一陣顫抖。

震天丸當日即自下關港出航。
萬里晴空之下航向高知，航線取道豐後水道，南下至蹉跎岬後再左轉。
「坂本兄，您為何突然要把船開往高知呢？」
同藩同志岡內俊太郎在船上問道。
首先，聽說龍馬是脫藩之身。要是藩廳的眾俗吏以違反藩法之類的藉口大鬧，關鍵課題恐將因俗論而失焦。
何況土佐藩上士階級的佐幕論最近愈來愈熱，年輕武士中甚至有人狂躁地揚言：
——殲滅勤王派的忘恩負義之徒！
藩內情況極度險惡。如此情勢之下，龍馬若上岸，佐幕派也許會組織刺客團來暗殺龍馬。
「因為情形如此呀！」
「就把安危交給你呀。好好幹吧！」
龍馬將一切交給岡內的才智。
二十四日早晨，震天丸將繪有藝州淺野侯家紋「鷹羽交疊」的船旗升上船桅，朝浦戶灣頭挺進。
過了一會兒，船的蒸汽機停止運轉並放下小船。
龍馬獨自上了小船。
龍馬與震天丸道別，獨自走上沙灘。

此處即為桂濱。

送龍馬到海邊的小船掉頭往震天丸划去。他們將深入浦戶灣，岡內則在高知城下下船，先去通知參政渡邊彌久馬：

——龍馬已至桂濱。

然後說服重臣讓龍馬進入高知，以期更能達到效果。

總之，龍馬獨自下了小船，任岸邊海水濡濕裙褲，走上沙灘。這時海風吹往西南方，遠近的松樹隨之發出聲響。

沙灘又長又白。

只見綿延海岸那頭的龍王岬往海裡延伸，海浪不斷拍打岬下岩石。

「是桂濱呀！」

龍馬一步步走著，似乎正享受將足跡印在沙灘上的樂趣。走著走著卻不禁湧出一股感傷之情。對一名出生於此藩的人而言，這海灘可說是最能象徵故鄉之物吧。

月之名所為桂濱

就如俚曲中也有的描述，高知城下的民眾每逢中秋月明之夜就聚集到這海邊，以月亮當下酒菜徹夜飲酒，這已成了年中的固定活動。

後來，海灘上立了一尊龍馬像。號稱「蘇伊士以東最大之銅像」是幾名年輕人於大正十五年（一九二六）發起所立，包括早稻田大學畢業生入交好保及京都大學在學生信清浩男、土居清美及朝田盛諸氏。他們將全國各青年組織分別募到的少數捐款匯集起來，岩崎彌太郎所創的岩崎男爵家也曾提出願捐款五千日圓，但礙於收集小額捐款立像的原則，他們拒絕了，最後終於籌到資金並委託雕刻家本山白雲氏製作。

銅像於昭和三年（一九二八）春天完成。一般說來，台座背面會刻上籌建者之名，但他們卻完全未刻姓名，僅刻上「高知縣青年建立」的字樣。

五月二十七日揭幕式當天，日本海軍特派驅逐艦濱風前來，就在該艦的禮砲聲中順利揭幕。

此時的龍馬，應該做夢也沒想到自己會變成銅像立在此海灘吧。

總之，他就在松林中找了家簡陋的旅館，靜候高知派來的使者。

龍馬的使者岡內俊太郎在浦戶灣內下船，隨即奔入高知城下，這時太陽正要西沉。

岡內沒回家就直接造訪參政渡邊彌久馬家。之所以堅持一定要見渡邊，是因後藤和由比目前已上京，留在領國的閣僚中只剩渡邊還算是號人物。

「什麼事？都這麼晚了。」

渡邊一面調整腰帶的結，一面走進客間。他雙眼極小，據說「土佐人只有兩種臉，一種是奇岩怪石型，另一種是像絲瓜上面貼上眼、鼻的平板臉」，渡邊應該是屬於絲瓜型臉吧。

岡內小聲據實說明一切。

「哦，哦，哦！」

渡邊只是一再發出驚訝聲。因為聽到說要轉動天下機軸的坂本龍馬為了勸說土佐藩參加革命已來到桂濱，還在藝州船上堆著一千把新式步槍，準備免費進呈給藩。不管怎麼說，這可說是土佐藩三百年來首見的重大事態。

「龍馬的意思是……」

岡內把聲音壓得更低：

「事到如今，土佐若不奮起，最後將遠遠落在薩、長之後，恐將後悔莫及。」

岡內這時又呈上龍馬寫給渡邊的信，渡邊趕緊讀了。

信上說：

「今天是二十四日。二十六日應有兩大隊薩州兵上京。此為極機密，屆時長州也將有三大隊同行。事態已是片刻猶豫不得。」

當然，信一開頭就寫明千把步槍之事。

「不管怎麼說，不能讓龍馬一直在桂濱吹海風。」

大半夜的，渡邊還是派人叫大監察本山只一郎過來。本山家近在咫尺，不一會兒就衝了進來，惹得狗狂吠。

「這可是大事呀！」

聽渡邊和岡內說了這件重大祕密，本山好半晌發不出聲音，一副無法壓抑內心激動的模樣，儼然歷史緊要時刻本身一副脅迫者的模樣親臨土佐，且已坐在大門入口處了。

「不、不管怎麼說……」

本山道，雖無法公然禮遇龍馬，無論如何也必須將龍馬移至適當場所。如此，吸江是最合適的。吸江指的是浦戶灣北岸一帶，是公認欣賞灣內風光的最佳場所。那裡自然有許多高級茶亭。

「就選在松鼻的茶亭吧，但一定要祕密進行！」

本山道。

岡內趕緊告辭，因為他得聯絡龍馬。另一方面，渡邊及本山等人也連夜派人到各同志家，要眾人到渡邊家集合。

岡內直奔桂濱，邊跑邊想著該如何把方才參政渡邊彌久馬說的那件事告訴龍馬。

「他一定會很失望吧。」

「那件事」指的是後藤象二郎上京之事。

當初龍馬與西鄉及桂協商且後藤也答應的方式，是後藤親率兩大隊藩兵同行，而不應只拿著一紙大政奉還上京。事先讓那些藩兵屯駐在京都，萬一奉還案失敗，就馬上與薩、長共同舉兵。這是原先說好的程序。

卻聽說後藤未攜一兵一卒，隻身上京。當然，後藤曾向容堂遊說並乞求：

「京都有新選組橫行，恐將妨礙此提案，請務必准許屬下帶護衛。」
但聰明的容堂立刻察覺其背後之意而未批准。
岡內到了桂濱，發現松林中的小旅館。雖名為旅館，似乎只是漁夫的家，如有必要就讓客人投宿。
龍馬正在屋裡請人幫他烤魚，同時吃著晚飯。
「哎呀，快進來。」
龍馬揮著筷子，那毫無拘束的模樣彷彿已在這兒住了二十年似的。
「還真悠哉呀。」
岡內覺得很奇怪。「真悠哉呀」是京坂至四國一帶使用的話，用來形容小孩不哭不鬧玩得很開心的模樣。
這才發現龍馬似乎已和漁夫老夫婦及幾個女兒都成了好朋友。明明才休息了四、五個小時，這家人卻依依不捨，那模樣看在岡內眼裡實在奇怪。
「真是個怪人。」
龍馬放下茶資要離開時，十五、六歲的姑娘追了出來，問他叫什麼名字。看來連名字都不知道。
「我是巡迴四國的朝聖者呀。」
龍馬道。小姑娘以為他在調侃自己，氣得別開頭。龍馬在小姑娘的屁股使勁一拍，拍到小姑娘都要跳起來了就離開門前。岡內一路上拿著提燈。
「大致情形……」
岡內轉述渡邊參政及本山大監察的意向，接著又告訴龍馬後藤上京一事。
「長崎殺害水兵案件告一段落的消息一傳入高知，後藤立刻搭船離開高知上京去了。卻連一名藩兵都沒帶。」
「只帶一紙大政奉還案的建言書去嗎？」
龍馬的腳步慢了下來，感覺渾身力氣似乎頓時消失無蹤。
「他似乎很失望。」
岡內很怕龍馬失望。如今要將土佐自時代潮流底部救起的工作全落在龍馬一人身上，要是讓他感到氣餒那就沒指望了。

「您別氣餒呀！」

「嗯，我不會。與其氣餒，不如想想下一個計策。我就是這種人。」

龍馬雖這麼說，腳步卻依然沉重。岡內自然話多了起來。

「容堂公說，率藩兵提建言書，就好像打算利用脅迫手段使意見通過，實非男子漢之道。又說，一定要徹底透過公論進行。」

「他說的沒錯。我常說希望將世間改造為透過公論進行國事之狀態，這也是我平生夙願。」

正因如此，龍馬才會寫下船中八策以做為大政奉還案之綱領。

「不過……」

龍馬道：

「光憑口舌及一篇文章，德川氏恐將不為所動。昔日家康在馬上取得天下，而其十五代子孫憑著武力鎮壓六十餘州。容堂公竟想靠一張紙就要他交出政權嗎？」

真是大老爺啊，龍馬不禁如此暗罵。不管是頭腦多麼清晰之人，只要當上藩主似乎就會不諳世事，龍馬心想。

「乾退助在做什麼？」

龍馬問起這位武力革命派的藩陸軍總裁動向。

據岡內所言，乾反對後藤赤手空拳上京，而上前至容堂身側進言：

——昔日德川家康靠馬上征戰取得天下，而成就三百年之霸業。要以言論推翻其霸業，根本就是兒戲。唯應取決於兵馬之間。

容堂卻只是苦笑並未採納，據說還曾透露他甚至有意暫時叫這個危險的退助出國去。

吸江位在俗稱「浦戶三里」的入江最深處。若是白天，龍馬就可欣賞到「吸江十景」吧。

一走進松鼻的茶亭，發現參政渡邊彌久馬已等在裡面。

沒多久，大監察本山只一郎也與同職的森權次趕到。

他們都稱龍馬：

「坂本老師」。

藩之顯貴竟以「老師」稱呼土佐出身的一介浪人，與其說是尊敬龍馬，不如視為他們的心境，已對龍馬背後之新時勢戰戰兢兢的證據吧。

「本想備酒，但又想到如此聚會要是醉了怎麼辦，於是就準備了白酒。」

渡邊參政拿出自家釀的白酒。當然，茶亭的眾男女都已被支開。

在座眾顯官都聽過龍馬之名，但這還是第一次見到他。

「早聽說他態度冷漠且平素不修邊幅，天生卷毛而身材出奇高大，沒想到真是這樣。」

起初以望著怪獸似的眼神與半害怕半好奇的表情小心翼翼與龍馬對座，但才經過二十分鐘就被拉進龍馬營造的氛圍中。龍馬的言論稱不上雄辯，有點結巴，有時又陷入沉默，一下子卻又突然舉出似要讓眾人忍俊不住的例子來。

更令人驚訝的是，這位勤王家竟連一句勤王言論都沒提。

「姑且不提思想。」

龍馬一再重複。思想人人不同亦無妨，這類議論交給閒人去做即可。如今歷史已超越思想及感傷，在此最後階段，歷史猶如一種物理現象。龍馬如此道，他完全不使用抽象表現，而是一一具體說明，論述之主題為「利害」。

亦即對土佐藩而言，現在該採何種行動才是最有利的。龍馬早知若不以此方式說明，將無法抓住這些上士出身之高級官僚的心。他也提及世人對土佐藩的風評。

「很糟，都是瞧不起。再這樣下去，只要歷史存在，就會一直被瞧不起。」

接著舉出長州伊藤俊輔在下關港說的那句冷嘲熱諷的話：「這些槍要是土佐人不要，那麼就由長州人接收」，又引用桂小五郎的「最後階段是砲擊戲」和「老太婆工作」等話，最後導出結論：

「即使如此，土佐藩還是要繼續袖手旁觀嗎？」

接著又說：

「幾天後維新回天之日終將到來。就在幾天之後。若現在不即時奮起，就註定將淪落為敗者。歷史是不會可憐懦夫的，諸位正背負著土佐藩的未來，難道讓主君和藩都淪為懦夫或敗者也無所謂嗎？」

簡而言之就是如此論旨，但陳述每個部分時都同時舉事實佐證，故三人都心服口服，激動的模樣甚至讓龍馬都歪著脖子納悶：

「這幾個傢伙是發狂了嗎？」

三人因緊張、焦慮和憂憤而顯得坐立不安。

「龍馬。」

不知何時開始，渡邊參政就一直如此親暱地直呼龍馬之名。問題是這個呀！他說著舉起拳頭，然後向上伸出食指。

他指的是容堂。

「請你也務必見見老藩主的近臣，非改造他們不可！」

但見面地點就是個問題。

——該讓龍馬躲在哪裡呢？

關於此事，渡邊參政和本山大監察等人壓低了聲音商量。

「夠了，我哪裡都不去。」

龍馬多少有些不高興。都到這節骨眼了，還顧慮龍馬區區脫藩之罪，絞盡腦汁安排他的藏身之處，他們器量之小實在讓龍馬嫌惡。

「我自身無論如何都無所謂，我更希望諸位能將全副心思用在決定藩的方針上。」

龍馬表達此意後，他們大感慚愧道：「你說的對。」接著不知是否怕龍馬不高興，大家還不約而同地微笑起來。

最後他們還是把龍馬的名字改為：

「安藝廣島　淺野家家臣　小澤庄次」。

以此假名向藩廳提出申請，希望讓龍馬合法滯留高知城下。

「畢竟得顧慮到藩法，還得顧慮藩內佐幕派的顏面。你就忍一忍吧。」

本山大監察如此辯解。以藩之司法官立場而言，或許不得不然吧，龍馬感到有些悽涼。

「好吧。」

他豁達地道，但也深感自己對這個藩的熱情實在很難傳達。

或許是有感於事態之緊急吧，渡邊及本山等人當夜一離開龍馬，立刻去找堪稱容堂側近祕書官的西野彥四郎，告訴他龍馬回藩的事，並請他去說服容堂起兵。

翌日早晨，西野彥四郎率其他數名側近，夥同渡邊參政及本山大監察來找龍馬。

龍馬這天並未發表高論，只是將一把自長崎帶來的來福槍及一箱彈藥拿出來給他們看。他知道這具有促使土佐藩下定決心的無言說服力。

那是七連發的來福槍。

順帶一提，此時往前十多年來的歷史，正是世界性規模的步槍發達期。像日本所用的洋式步槍代表就是所謂的蓋貝爾槍。

這與火繩槍幾乎沒什麼兩樣，只是將點火裝置由火繩改為發條式燧石，子彈自槍口塞入，這點與火繩槍相同。幕府和先進諸藩就是買進這種蓋貝爾槍，以為這樣就是「洋式軍備」。長州藩這方面也同樣以蓋貝爾槍為主力火器。

沒多久，歐美方面就開發出後裝式步槍，這驚人的新式兵器也已輸入日本。子彈從槍尾裝填，故發射一發子彈的速度是蓋貝爾槍的十倍，有了這種槍，兵力即可一躍成為十倍。且這款後裝槍的槍管內側還刻有膛線，狀如橡樹子的子彈迴旋飛出，故射程更遠，命中率也極精準。在一片叫好聲之下，「後裝式膛線槍」出現後，過去的步槍就形同廢物了。

這款新式步槍僅幕府、薩摩藩、長州藩、佐賀藩及土佐藩各擁有極少數量，東日本諸藩依然是以火繩槍為主力，頂多有為數極少的蓋貝爾槍。

龍馬帶來的這些來福槍，卻是即將把那貴重的「後裝式膛線槍」擠入廢物行列的新式步槍。原來的步槍全是單發的，這把槍卻能七連發。

「只要讓一千人拿著這來福槍，就抵得過三萬名敵軍了。」

只要有這些來福槍，土佐藩就能成為日本最強之藩了。龍馬如此道。

---

龍馬拿起槍。

槍身上刻著「一八六〇、紐約州」。

「子彈是這樣裝填的。」

龍馬進行槓桿的操作，彈匣「喀啦」一聲就打開了。他進一步伸長右手將彈藥箱拉近並打開蓋子，裡面裝著一百二十發子彈。

「這就是子彈。」

龍馬以指頭抓起前端尖銳的橡實型子彈，眾人都說不出話來。說到子彈，應該是像兔子糞便似的丸狀物，可是現在夾在龍馬指頭間的東西卻與原來的印象不同。

「從圓形變成尖頭形，光是這點就足以改變世界歷史了。」

龍馬將七發子彈塞進彈匣，再進行槓桿操作完成裝填子彈的動作。就此托著槍，瞄準窗外的海面。

「這樣就能連續發射七發子彈。」

他如此道，卻未扣下扳機。眾人都說不出話來。

「唯有兼具勇氣及愛國心的人，才有資格拿這把槍。相反地，幕府已淪為日本之腫瘤，故有意支持幕府者絕不能讓他拿到這把槍。」

言下之意是，土佐若有討幕之志，那就送給土佐；若無，則反將成為損國之根源，故不送。這麼一來，若接受龍馬贈槍，就等於表示決定討幕了吧。

「意下如何？」

龍馬並未如此確認，只是懶洋洋把槍拿開，扔在榻榻米上。

接著，容堂的諸近臣便針對天下情勢質問龍馬，龍馬一一懇切回答。

他們打從心底拜服龍馬的意見，然後分秒必爭似地告辭了。一方面要向容堂報告，另一方面應該是打算在藩廳召開緊急會議吧。

告辭時，渡邊參政把岡內叫到門邊小聲問道：

「龍馬不回家嗎？」

據說方才出現在須崎港時也沒進城下，更沒回家。龍馬大概是因自己尚為脫藩之身，怕給家裡惹麻煩吧。

「幫我告訴他，說藩廳方面會給他方便，叫他暗中回家吧。這也算是報答他的好意。」

「遵命，屬下會轉達。」

岡內送他們至門口後走上二樓，轉告龍馬。

「嗯。」

龍馬點點頭並別開頭，因他突然熱淚盈眶。其實這回他也擔心會給家裡留下後患，故原本沒打算回去的。

「要回去嗎？」

他害臊地說。自文久二年（一八六二）與澤村惣之丞共謀，假稱要賞花而就此越過伊予邊境的山以來，不知經過多少年了。

「感覺好像過去很久了。」

正想著這些時，自長崎同行的大宰府三條實美密使戶田雅樂來找他。此人是為了向大宰府報告龍馬即將在京都演出的大戲進行實況，換句話說就是聯絡人。

「尾崎君（戶田之真名），要不要上我家去？」

龍馬突然道。其實是因為太想家，近鄉情怯而有些害羞。

「是，我陪您回去。」

這位年輕的京都人不以為意地說。他的真名是尾崎三良。御室仁和寺宮家的諸大夫之子，生於京都郊外的西院村，後擔任新政府諸職，獲封男爵。

這日午後自吸江叫了一艘船，朝對岸划去。

「這一帶的海水味道很好。」

龍馬把手沾濕後舔了舔。此處正是潮江川（鏡川）的淡水和浦戶灣的海水匯流處，鹹味恰到好處。

「我小時候常到這附近游泳。」

龍馬似乎一如懷念老朋友地懷念這裡的海水。放眼望去，附近海面上傘帆舟點點，靠著傘樣的帆使船前進，船上的漁夫同時拿著根釣竿釣魚。高知城的天守閣就在那些傘帆聚集處的後方。

一會兒上了岸，為了不讓人看見，刻意走在人煙稀少的川邊道路。此去本町筋一丁目的家裡大概有三公里吧，同行的只有戶田雅樂一人。

走到西唐人町時，有座大橋通往對岸的筆山。在橋頭垂釣的一名中年武士突然叫道：

「這……」

他放開釣竿，幾乎是用跳的站起身來。釣竿順水流走了。

「這不是龍、龍馬嗎？」

此人是名為島村壽太郎的鄉士，家住城下東側的新町田淵町，是已故武市半平太之弟。

「該不會是鬼魂吧……」

「噓！」

龍馬將食指抵在唇上，誇張地搖著肩膀道：「別傳出去，別傳出去。」然後就拋下目瞪口呆的島村離去。

龍馬繼續走上南奉公人町的僻靜小路，終於走到本町筋，站在家門前。大門反常地被拉開呈八字狀。

「完全沒變啊！」

龍馬又是抬頭又是低頭地張望了一會兒，這才踏進門內。

「嘿！」

是躲在門後的乙女像小孩躲迷藏般突然跳出來嚇他。龍馬忍不住爆笑，心想，一切都跟小時候一樣啊。

原來，就在半個時辰前，坂本家已接到藩廳的非正式通知而得知龍馬回來的消息。乙女說，是負責偵查的源老爹發現龍馬從南奉公人町往北折時，飛奔回來緊急報告的。

龍馬環視門內，發現四處茂密的樹蔭下，站著源老爹、姪女春豬、乳母小矢部等人。說到小矢部婆婆，竟已哭到整張臉都腫了起來。

「啊，總算回到這個沒規沒矩的家了。」

龍馬開心得幾乎要跳起來，並向大家介紹京都武士戶田雅樂。戶田雅樂似乎也被這與武家不相襯的開放家風嚇了一大跳。

「真有意思的家庭。」

簡直就像町人家。據他觀察，坂本家的本家，也就是連房子圍牆都相連的才谷屋是城下三大富商之一，這事實應該也影響了坂本家人個性的本質吧。此外，龍馬本身雖為武士，對經濟的感覺卻特別敏銳，此不可思議之情況，戶田雅樂似乎也在造訪此家庭之後終於揭開謎底。

接著戶田雅樂就和龍馬一起進內廳，向坂本現今當主龍馬之兄權平請安。

雖說是兄弟，但他與龍馬歲數差很多，幾乎可以當龍馬的父親了，故可說已是名老人。與龍馬相似之處只有骨架極大這點，權平體態肥胖，五官也較粗獷，頭髮雖已稀疏，但原本也不像龍馬那般卷曲。

「歡迎大駕光臨。」

據說他是位弓術高手，看起來卻像退休的富豪。而他一如象眼般的小眼睛早已蓄滿淚水。

這天傍晚展開了家族之宴。

正面坐著大哥權平以及客人戶田雅樂和龍馬，其他還列坐著幾位姊夫。

旁邊是春豬的招贅婿清次郎，接下來是乙女和武市半平太的遺孀富子等人，而由春豬指揮上菜。

才谷家的僕眾及掌櫃都聚集在旁邊打通的房間，源老爹等僕役長及僕人則在稍低一階的寬敞木地板房間，土間那邊的女人則由小矢部婆婆指揮，站著坐著的共約三十人，是場熱鬧的酒宴。龍馬返鄉是祕密，故只聚集這些至親。

「真是個熱鬧的家。」

戶田雅樂覺得很有趣。

大哥權平頗有酒量，自始至終保持微笑，同時不停把酒杯往嘴邊送。

這點乙女姊也一樣。平時似乎不太喝，但據說這種場合兩升（編註：一升約一・八公升）都喝得下。這位姊姊頭髮卷曲的模樣和龍馬一模一樣。

「乙女姊和坂本兄長得好像呀。」

「你是說頭髮吧？」

龍馬輕聲笑道。龍馬小時候，父親八平曾到江戶去，當時就買了一頂假髮回來，可見八平似乎很在意女兒的卷髮。

權平之女，同時也是坂本家帶家產招贅的女兒春豬大概長得像母親吧，容貌完全不同。她正如其名像隻小豬，老是咯咯笑。龍馬似乎覺得春豬很可愛，特別招手叫她過來。

「春豬，沒酒啦！」

等她過來卻反而要她喝。春豬的醉態很活潑、很有趣。

這春豬已生了鶴井及兔美兩個女兒。當然她們還小，所以沒出席這酒宴。

「兩個都取了動物的名字呀。」

「沒錯，等於是豬生了鶴及兔子。土佐人很多取動物名字的。」

龍馬道。

戶田雅樂覺得有趣的是，在座眾人並無任何人問起：

「龍馬你目前在做什麼？」

果然還是對藩有所顧忌吧。

「聽說土佐佬總是拿辯論當下酒菜，但這家人似乎不一樣。」

他們不辯論，而是各自表演拿手絕活，且個個都是箇中高手，權平兄配合春豬的三味線哼唱淨琉璃的最精采片段，乙女姊則取出一絃琴演奏一曲，春豬也在龍馬的三味線伴奏下跳舞。

「戶田大爺也得表演！」

即便是客，乙女也不輕饒。戶田只得唱了首蹩腳的歌曲，但實在不夠洗練而不適合這個歡鬧的場合。

酒宴結束後，戶田被安排睡在客房。

龍馬上了二樓，走進自少年時期起就當成自己房間的房間。自從乙女離開岡上家返回娘家之後，這房間一直是乙女在用。

乙女帶著剩下的酒上樓來，說今晚要喝個通宵達旦。

「不行啦，我又沒像姊姊那麼會喝。」

「酒量沒有進步嗎？」

乙女「砰」地坐下。她身高五尺八寸，身材之魁梧讓她打從少女時代就以「坂本家的仁王」聞名，最近又更胖，身型已大了一圈。

「姊，妳想造反的意圖打消了嗎？」

龍馬調侃道。他指的是前文提及的，乙女想出家為尼四處行腳及扮男裝參與志士活動而特地寫信來的事。

「嗯。」

乙女只是笑笑什麼也沒說。

接著姊弟倆開始痛飲，夜深時竟都醉到不醒人事。

翌日早晨，藩廳的官員及福岡家的部屬來到坂本家，當著大哥權平的面報告：

「昨夜內部已私下決定，赦免令弟脫藩之罪。」

龍馬的情況是，以藩士而言是「鄉士坂本權平之弟」或「坂本權平撫養之人」的身分，故這種時候通知都是發給大哥。

「但因是內部私下決定，故勿公然於城下走動。」

有如此附帶條件。

龍馬卻出了門。

他從高知沿海岸線往東行，要到距此六十公里名為安田村的安藝郡小鎮。

長姊千鶴嫁給鎮上鄉士兼醫師高松順藏，龍馬自少年時期起就把這兒當成自己家似地經常往來。

龍馬曾從京都寄了封信給乳母小矢部婆婆，信中寫道：

「伏見的寶來橋附近有家名為寺田屋的旅館。這房子住起來的感覺，打個比方，就像待在高松順藏家一樣。」

就是那個拿來當做「比方」的高松家。

「喂，我來啦！」

他這麼喊一聲就走進高松家，在裡頭無所事事待了大約兩個小時左右就匆忙告辭了，並無特別要事，只是去露露臉。

要離開時……

「這是伴手禮。」

龍馬放下之前那把來福槍及子彈才離開。

順藏及千鶴長女阿茂之夫弘松源治收下這把來福槍，準備日後討幕戰使用，但源治還沒加入遠征軍，戰爭就結束了。這把槍後來一直沉睡在弘松家的土牆倉庫，直到昭和之後才被發現。

龍馬似乎很忙，到高松家之後又到城外的種崎村找親戚小川龜次郎。這天正逢種崎祭典之日，幸運吃到堆積如山的美食。

「我真有口福。」

龍馬高興地享用著美酒佳餚，過了一會兒卻來了個意想不到的人。

是附近的鄉士，同時也是龍馬在日根野道場習刀時的師範代土居揚五郎老師傅。

「什麼？龍馬來了？」

老刀客很高興，一邊嚷著「在哪？在哪？」一邊進屋來，龍馬正好在屋內泡澡。

「啊，土居師傅！」

龍馬從浴室中喊道。

土居老師傅這天還帶著名叫「一」的小孫子，這孩子似乎不知在哪裡跌跤，膝蓋磨破了，正嚎啕大哭。

龍馬從浴室向這幼童招招手。

「你也來泡澡吧。」

說著就要幫他脫衣服。不料才拉起腰帶，幼童哭得更大聲。龍馬拿他沒輒，就指著自己左胸附近道：

「這是刀傷，叔叔被砍到時都沒哭呀。如果你也是男子漢，那就別哭了。」

後來就到客廳去和老刀客天南地北地聊，但幼童因為太無聊而哭得更厲害。

「好。現在叔叔畫太鼓跟公雞給你看，別哭了。」

說著掏出隨身文具筒，流暢地畫了起來。龍馬畫得很好，幾乎讓人看得入神，重點是這名幼童卻仍哭個不停。

似乎連龍馬也感到洩氣。他從懷中掏出三面玻璃製的鏡子給那孩子，老刀客這才像被孫子硬拖著似地回家。

藩廳方面依然因出不出兵而辯論大吵，龍馬在這段時間卻過著如此閒散的日子，並未再度提出論辯。

——土佐藩自己決定土佐藩的命運吧。

這是龍馬率直的想法，已經死了半條心。

龍馬與家鄉訣別，搭上震天丸離開浦戶是在十月一日。

在此前後，後藤象二郎已以容堂特使身分，於京坂四處進行大政奉還案的遊說工作。

後藤自大坂上岸時，薩摩的西鄉吉之助正好在大坂。

「先去說服西鄉吧。」

後藤，不，後藤等人於是就到西鄉下榻的旅館。之所以強調「後藤等人」是因後藤並非單獨行動，在容堂的特別吩咐下，一直有一名藩閣僚寺村左膳同行。寺村在容堂的側進人員中是極端的佐幕家，後來鳥羽伏見之役爆發時，他甚至激動地揚言：

「參戰者一律懲處！」

容堂之所以要寺村隨行，定是想藉此防止後藤獨斷行動吧。

聽說後藤來訪，西鄉拍了下大腿道：

——奮起的時刻終於到來了嗎？

他面露喜色走到客間。到了之後覺得奇怪，因為後藤竟帶著著名的佐幕家寺村左膳。

「哎呀，情況不對！」

西鄉極為失望。

「這是我藩要呈給將軍的大政奉還建言書。」

後藤說著拿了一份資料給西鄉看。

……誠惶誠恐，在此恭謹建言。

這篇洋洋灑灑的文章以此句開頭，論及時勢之推移，陳述大政奉還乃適切之方案。又說天皇政府確立之後，應設上下議院，讓庶民也享有議員選舉及被選舉權，甚至進一步提及軍事外交及學校制度。就論文而言，恐怕很少如此精闢的文章吧。

但西鄉早就聽龍馬提起此原案，故不覺得有特別珍奇的意見，他只是讀過一遍就闔上。

「寫得真不錯呀。」

接著就心不在焉聽後藤雄辯。西鄉想要的並不是土佐藩的雄辯，而是其武力。

西鄉終於受不了而打斷後藤：

「後藤爺，看樣子軍隊沒來吧？」

後藤被戳中要害，一時說不出話來，但立刻話鋒一轉：

「還在領國待命。」

「哇哈哈！還在領國待命呀！」

西鄉似乎覺得這話很滑稽。軍隊在領國待命？哪個藩不是這樣？

「既然如此，薩摩就無法贊成。」

西鄉堅不讓步，這天的會談終於決裂。

西鄉隨即送速報給京都的大久保一藏，接著又彷彿追趕自己的信似地親自上京。後藤等人也如追趕西鄉似地隨後趕往京都。

西鄉已對土佐藩失望。

「後藤之輩竟以為世間將因那張薄薄的紙片而轉動！」

他憤慨地對大久保一藏道。西鄉聽龍馬提起的大政奉還案是以武力革命為支援的，誰知道由藩正式提出時，卻只剩一篇洋洋灑灑的文章。

「那個藩，實在不成。」

大久保一藏也說，事到如今是該斷了與土佐藩聯手革命的念頭。如此一來，武裝政變的工作就只能由薩、長兩藩聯手進行了。

但後藤那邊也不放棄，再三造訪薩摩藩邸，每回都與西鄉雄辯，竭力遊說。後藤最後改變說法：

「在武裝政變的時限到來之前，請與土佐藩攜手合作。」

改由這點尋求理解。關於此論旨，薩摩藩只得答應。

當然，後藤交涉的對象並非只有薩摩藩。

還有藝州藩。

也就是淺野家。是領有安藝廣島四十二萬六千石的大藩，為長州藩之鄰藩，故就地理環境來說，很容易受其政治思想的影響。何況指導全藩的家老辻將曹對時勢所趨別具清晰之判斷力，又有靈活之膽識，故最近與薩、長十分親近。

「下個世代將成為西國雄藩的聯邦國家。」

辻如此預測。為參與他和西鄉約定的政變，他已上呈派一千名藩兵屯駐京都的建議。

後藤也試著說服這位辻將曹，照例發揮口若懸河的辯才，花了一夜終於成功說服他支持土佐藩的和平革命方式。

後藤就有如此才能。插句題外話，後藤一生中只有這時期是光輝燦爛的，維新後世局穩定，因後藤的構想都過於宏大，故百策無一中的，最後在失意中過世。不過，板垣退助雖覺得他無可救藥，卻仍如此評論：

「其風範有點讓人聯想起古代中國的大策士。日本人中應該很少見吧。」

後藤大概很適合幕末亂世吧。

當然，對即將拋出政權的幕府方，後藤也拚命向其要員不斷進行遊說。

尤其是被後藤選為對象的永井尚志（玄蕃頭）。

永井是幕閣中首屈一指的優秀人才，理解力很強。不僅如此，透過長期的官僚生活經驗，永井已透徹了解幕府的內部情況及實力。財政上也好，國內人望及對外信用度也罷，他都清楚看出往後幕府已無擔當政權的能力。

龍馬曾問永井尚志：

「那麼想請問您，今後薩、長若聯手與幕府對戰，幕府能戰勝嗎？」

當時永井垂頭喪氣回答：

「沒法戰勝。」

畢竟是秀才而不夠剛強，故眼裡所見的現有條件似乎全是悲觀的。

且永井自從將軍慶喜之謀臣原市之進遭暗殺以來，職位就不只是若年寄，已幾乎是祕書官似的地位了。若想說動慶喜就要先說動永井尚志，這大概就是龍馬的策略吧。

因此龍馬該年春天就把後藤介紹給永井，後來又說：

「城的石牆乍看之下似乎不會動，但只要拔出某處的石頭，就有可能全部崩頹。以德川慶喜的情況來說，永井尚志就是那塊石頭。」

德川幕府是大規模石頭組成的力學構造，致命點卻繫於永井尚志這名纖弱的知識份子上，這可謂是種宿命吧。因為慶喜本身是個有教養之人，相較於粗魯而死腦筋之人，自然比較喜歡談得來的知識份子。

後藤拚命遊說這位永井。後藤的策士方針是不以尊王論，而是以尊幕論遊說。

「容堂以幕府為尊，也以自己為尊。如此時勢之下，恐怕再無任何像我土佐藩主從這般的尊幕派了。即使幕府瓦解了，也必須讓德川家留存。要讓德川家繼續流傳之道，唯有大政奉還。」

論述就集中在這點上。

永井尚志不僅將後藤上呈的建言書呈給將軍慶喜，還完整轉達後藤的說法。慶喜卻不回覆。

後藤幾乎每天都到永井住處拜訪。

「在下絕無催促之意，但仍有意見要表達。」

於是照例發揮辯才之後才回去。

永井也送了份建言書的抄本給身在大坂的幕府首相（老中筆頭）板倉勝靜，後藤的種種意見也寫明了一併送去。

總之，幕府已不能無視這份建言書了。若駁回此案，薩、長必將以此為理由，宣稱：

「幕府才是朝敵。」

而發起倒幕軍吧。幕府必須避免如此情形。

想當然，即使後藤一天來訪兩次，永井尚志也不厭其煩地接見並鄭重禮遇他。

不得不如此。

一路累積客觀情勢而對幕府窮追猛打的人，其實既非容堂也不是後藤，而是後藤背後那個人。此事永井尚志十分清楚。

「是龍馬。」

他如此認為，但或許是後藤打算獨占功勞或另有其他因素吧，幕後黑手龍馬的名字完全沒浮出檯面。

「後藤這人似乎很難對付。」

永井反而由此事察覺到後藤的特異之處。

有一次後藤照例前來拜訪永井，談完要事正要回去時，永井道：

「我想讓你見一個人。」

「咦？」

後藤正納悶時，左手邊的紙門拉開，出現一位下巴寬闊眼神銳利之人，正畢恭畢敬以手支地為禮。

年紀大概三十四、五歲吧。留的是總髮（譯註：未剃月代，僅束起的髮型），梳著大髮髻，家紋是圓中兩條橫線之「引兩紋」（譯註：應為三條），身穿奢華的黑色絲綢服，膚色微黑。

「咦！誰呀？」

正當他納悶之際，對方便以恭敬的態度道：

「在下近藤勇，希望您能記得在下。」

他如此自我介紹。

後藤心裡大吃一驚。說得誇張一點，可說就像大白天碰到鬼怪般的衝擊。

當此時勢，近藤根本是比怪物還可怕的存在。只要他一聲令下，不論何等志士都要被殺，事實上死在他指揮之官設暗殺團手下的有名無名志士早已不計其數。

他率領的新選組可說就是非常警察軍。只要這位總帥想殺誰，即可不拘幕法也不必透過所司代及奉行所的手續殺人。當初身分也是浪士團且接受會津藩主代管，但該年六月十日，新選組全員正式成為幕府直屬家臣，近藤也獲得「大御番組頭取」之職，正式成為將軍親衛隊長。

近藤昨天突然來找永井，還說：

「我想見見正在策劃大政奉還的土佐藩家老後藤象二郎氏。」

永井知道近藤最近開始對政治有興趣，故欣然應允。

一方面也因好奇心作祟。

「看到近藤，後藤不知做何反應？」

看後藤這人有多大能耐，這點他有興趣，況且近藤勇與自己完全不同類型，思想頑固之程度幾近執迷不悟，故他也想試試後藤雄辯的口才對近藤勇這型的人能否奏效。

「哎呀，這真是……」

後藤坐正並點頭致意，接著自我介紹是土佐藩的後藤象二郎。

介紹完後劈頭便說：

「在下生來……」

說著指指近藤勇腰間的短佩刀。因為是當永井之面，近藤當然已先將長佩刀置於其他房間，但短佩刀還在腰間。不過這短佩刀也為預防萬一而選用長度幾乎等同長佩刀的刀。

「就不喜歡閣下腰間那長長的東西，請先取下再放輕鬆彼此暢談吧。」

他以開玩笑似的語氣道。後藤是怕談到一半，近藤或許一言不和就直接一刀砍來。

「膽識過人。」

上座的永井尚志對後藤的態度驚歎不已。就其落落大方的態度、不慌不忙的微笑以及不傷人的機智而言，京都恐怕找不出如此人才吧。不僅如此，後藤乃土佐藩重臣又是名聞天下之賢侯容堂的代理人，背景之雄厚更加重其分量。

看到後藤如此男子氣概，近藤似乎也認為：

「無與倫比。」

證據是，很少笑的近藤竟然放聲大笑，並解下腰間短佩刀，遠遠推向後方。

「這個蠢蛋！」

後藤暗中卻如此看待眼前的新選組局長，因為後藤心底對暗殺者的評價就是如此。後來英國公使帕克斯差點被刺客殺死時，後藤曾對帕克斯提出辯解：

「你不能認為日本人就是那樣，因為不管哪個國家都有瘋癲白痴之徒。」

在後藤眼裡，暗殺者之輩無異瘋癲白痴。即便是近藤勇，在後藤眼裡看來就像是瘋癲白痴的頭目。但後藤同時也怕瘋癲白痴臨時發狂，反而使出得意的東洋派道德說法以將近藤攬入自己手下，應該也認為近藤會順利上勾吧。

「了不起的人物。」

近藤竟幾近心服口服。

今日來此之前，說來近藤只將後藤視為「從事大政奉還工作的不正常之人」，但見到後藤如此風采後就漸漸覺得：

「既是如此人物所言，就值得重新探討。」

近藤來此要事之一，是想借一份大政奉還相關建言書的抄本。

「這事簡單。」

後藤將一份抄本拿給近藤並開始說明。

「這是新政府樹立案，但同時也是德川家救濟案。」

言下之意是，此案若成立，德川家即可拋開「政權」這項略嫌棘手的負擔，繼續保有八百萬石的龐大領地，而得以諸侯盟主之地位繼續生存。

「在下早聽過閣下之盛名，一向視您為國士無雙之人物。每思及日本國永世昌隆之事，就希望能與閣下共同推動此案。」

這是後藤的說服之策。將近藤推為國士，且待之如當代重要政治家，藉此滿足近藤之自尊心。

近藤終究還是名武夫吧，被聰明的後藤如此灌迷湯後，終於發出感嘆：

「哎呀，真是卓越之高見呀。」

一直在旁觀察的永井尚志，見近藤如此模樣才放下心來。

其實永井尚志也逐漸認為大政奉還是將德川家自桎梏中解放出來的天降妙案，只是無說服幕府內部之自信。現在看到也許是幕府內部最強硬派的新選組局長都大致贊同的模樣，也頓時放下心且有了自信：

「此案也許會成功。」

從這點看來，對永井而言，近藤或許就像檢測用的化學試紙吧。

這天初次見面的談話中，近藤唯獨不贊成處置長州藩的方法。

長州藩為「朝敵」亦為幕府之敵，已被褫奪公藩的所有資格。土佐藩竟打算赦免長州藩，使其恢復公藩資格，近藤堅持主張：

「絕不能赦免長州！」

後藤一一反駁近藤主張並說明世界情勢，闡明再繼續內戰日本必將亡國。又說，現若站在解救日本的觀點上，無論如何必須赦免長州。

「勇，終於一語未發。」

寺村左膳的手記如此記載。

雖然特別是在長州問題這一點上意見相左，但後藤知道近藤對此案並不是那麼反感。

「既然如此，我就不會遭新選組狙擊了。」

後藤放心了。

近藤似乎也頗欣賞後藤。

「請到我營區來參觀。」

他如此邀約。

後藤多少以為是客套話，於是隨口回答：「若明天有空一定過去。」

然而近藤到底是武州鄉下出身的武夫，竟把後藤這話當真，翌日似乎一直等著後藤來訪。

最後知道後藤不會來時，便寫了封催促的信。

一接到信，後藤也對近藤的死腦筋感到驚訝，趕緊寫了封道歉函，命己藩的下村銈太郎及望月清平兩人送去。不單是信，還要他們帶上禮物。

以後藤的角度來看，他擔心的只有：

「要是把那人惹火準沒命。」

近藤對後藤如此鄭重之態度及其人品、見識愈加佩服，便召集局內幹部，下令道：

「不可對土州的後藤下手。」

近藤這句話對在京活動者而言可說就是保命符，比任何東西都可貴。

近藤還是想見後藤，於是又寫了封信：

「若您不克前來，請容在下過去拜訪，不知您何時方便。」

後藤回信：「昨夜至嵐山遊覽染上風邪，一直臥病在床。」大概是對近藤感到不耐了吧。

然而近藤卻又寫了封慰問信：

「因昨夜遊嵐山染風邪之由而拒絕，原委悉知並感遺憾。」

卻不是單純的慰問信，近藤還進一步問道：「不知何時能見面？」由此可見其天真更應謂之可憐吧。

後藤似乎也拿他沒辦法。

終於訂下日期及時間，約在祇園的料亭。

新選組局長近藤勇這人乃是武藏南多摩的中農（譯註：介於大農及小農之間）之子，學的是以那一帶農村為地盤的天然理心流刀法。後成為其宗家之養子，進而繼承宗家家業。

在江戶也有小道場。文久三年報名參加清河八郎的新徵組，上京之後與他們斷絕關係而創新選組，經費都是透過京都守護職松平容保之手由幕府供給的。

新選組勇猛果敢且隊規嚴謹，成為日本史上最強而有力的警察軍。當然他們本是因尊王攘夷思想而成立的同志型結社，但不知不覺間，思想色彩卻漸漸轉淡而終於形成如此方向及形態，想必是主將近藤及副將土方歲三之個性使然吧。

副將土方似乎對政治思想毫無興趣，反倒對新選組組織的強化工作抱持異常熱情。但近藤就多少有些不同了。

近藤開始著手提高新選組在政局中的特異性，同時自己也試著在政局中發聲。

尤其是自元治元年晚夏長州軍於蛤御門之變敗退以來，近藤就屢次與諸藩的留守居役在祇園或島原會談，開始參與討論。

近藤本是一介刀客，就教養而言，約莫是只讀過日本外史的程度，但他或許生性聰明。

上京來接觸到各種事物後，也開始逐漸了解政治的本質。除隊務之外還臨摹賴山陽的書跡練習書法，也學習書信的寫法。近藤的書信寫得絕對不差。

上進心如此強烈的人卻有個致命的無知之點，「將軍是偉大的」這個彷彿農民信仰的信念，一向在他心底根深柢固牢不可破。近藤的出身地武藏奧多摩離江戶很近，又是將軍直轄之領，換句話說是直屬於將軍的農民之地。此地農民對將軍之崇敬心，或許還在旗本及御家人等直參武士之上。

以近藤而言，如此士氣的權威信仰已成為思想之根本，在他眼裡，長州人及勤王浪士都不過是「反抗將軍的叛徒」，是即使下油鍋亦不足以贖罪的罪大惡極之人。新選組及長州人本來明明源自相同的尊王攘夷思想，最後卻變得如此迥異就是基於此因。

此外近藤的上進心也過強。他本是以志士身分上京，卻不循志士應走的無償之道，而仰仗幕府的權力，對官爵之位極度憧憬，終於成為「大御番組頭取」之高級旗本。漸趨滅亡之政權慣用「位打」（譯註：故意給對方超出能力之權位使其自行滅亡）之手段，近藤也著了道。

近藤的上進心這下更停不下來了。光是幕府的警察指揮官還不夠，還想以政客身分與雄藩的代表者交往。他想盡辦法接近後藤象二郎也是如此吧。

與後藤第二次見面時，在酒量極佳的後藤邀飲下，近藤似乎也有些酩酊大醉了。

「我真羨慕您。」

他竟說出如此可愛的話來：

「要是生在貴藩的話，我現在就不是這模樣，應該就能為所欲為了吧。」

由此可見，如今近藤內心的想法已未必單純。對開始懂得觀察事物的他而言，站在逐漸偏離時勢潮流的幕府這邊，多少讓他感到落寞吧。

# 草雲雀

從高知到大坂，龍馬這趟航程也未必順利。

十月一日震天丸自浦戶出海，這日午後就在室戶岬遇到風暴險些沉沒。

「還是折返須崎較妥吧。」

龍馬作出決斷，立刻改變航路，駛進號稱土佐海岸最佳避風港的須崎港。

但震天丸的蒸汽機卻因這天的猛浪壞了一部分，無法出航。

因此，岡內俊太郎立即上岸向高知藩廳報告，請求提供藩船。

藩方面決定趕緊整備藩船胡蝶丸以供龍馬使用，但總是緩不濟急。龍馬此時心繫京都風雲故多少有些焦慮，卻也無可奈何。

最後，胡蝶丸終於在十月五日出航。船上有一件令人開心之事，擔任胡蝶丸事務長的是名為上田楠次的老同志。

龍馬提醒上田煤炭的事：

「京都一旦開戰，薩長及幕府的軍艦汽船都將同時發動。因此，煤炭必將匱乏，故應先行在兵庫大量採購。」

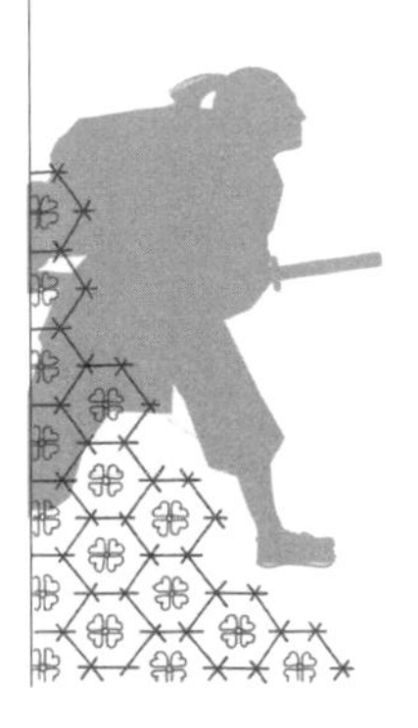

基於相同考量，龍馬也指示由石田英吉擔任船長的海援隊橫笛丸駛入兵庫港，預先要人將目前依然便宜的煤炭裝上船。

「幕末勤王之士如雲霞湧出，但連煤炭問題都留意到的傢伙就只有他了。」

上田楠次直到晚年仍如此道。

楠次之弟名叫八馬，早就一直在京都藩邸從事勤王運動，據說上月初曾在五條大橋上與十名佐幕派的會津藩士發生衝突，他迅速拔刀殺傷數人後逃離現場。

「八馬從以前就動作迅速。」

龍馬大笑道。這場惡鬥後，據說京都藩邸深怕會津藩引起糾紛，要八馬返回領國。

翌日，龍馬抵達大坂的天保山海面。

乘川船溯淀川而上，再轉進土佐堀，他走進位於薩摩藩大坂藩邸對面的該藩特約商「薩萬」。此處已成為海援隊的大坂辦事處，隊士白峰駿馬、高松太郎及長谷部卓爾等人皆駐派於此。

眾人對薩摩的動作十分清楚，認為京都隨時可能爆發革命戰因而亢奮不已，都說：

「這種生意還真沒接過。」

龍馬要他們別太亢奮，命他們萬一開戰就奔往兵庫，搭橫笛丸突襲碇泊在天保山的幕艦。然後連茶都沒喝就離開薩萬了。

與他同行前往京都的是戸田雅樂和中島作太郎兩人。

從天滿八軒家搭夜船溯淀川而上，這夜就睡在船上。

翌日早晨抵達伏見。

走進船宿寺田屋，也不進屋，就坐在門檻上要求為他送早飯來。

「京都情勢愈來愈亂了呀。」

老闆娘登勢為他擔憂，龍馬卻似乎一點也不緊張。

「伏見還是有蚊子嗎？」

說著不耐煩地驅趕群聚在手肘及胸前的蚊子。登勢忍不住笑道，伏見是釀酒屋聚集的小鎮，即使到該用暖爐桌的季節還是有蚊子。

龍馬從通稱大佛街道的本街道進入京都，然後沿市街北上，直走進白川村的陸援隊本營。

到這裡他才脫下護手與綁腿，在中岡的房間伸長手腳隨意躺下。

「總算到京都了。」

龍馬伸展著手腳道。真是的，拜長崎水兵遇害事件之賜，竟浪費了兩個多月的時間。

休息之後，中岡不知想起什麼事，突然說：

「龍馬，你看看這個。」

說著衝出走廊。走廊上掛著大約三百盞騎馬用的提燈，提燈上下都染成紅色，和海援隊同樣的設計。另外還有高掛在竹竿上的燈籠、指揮旗，甚至森然羅列著槍械及手槍漆黑一片。

「都準備好了，即使現在起義也能立刻出兵。」

他不是自豪，而是故意嘲笑，說龍馬暗中操縱後藤象二郎進行的大政奉還工作根本不切實際，達不到目的。

「我想殺了後藤。」

中岡道。中岡屬於在京的薩長起義論者，以其立場，當然受不了後藤拿著一張建言書到處晃，害得起義之日一再推遲。

「再任那種運動沒完沒了持續下去，將會喪失戰機，使士氣萎靡，更等於是給幕府充分時間備戰。要是等幕府從江戶派兵過來，那就後悔莫及了。」

「這麼說來……」

龍馬順著他的話道：

「似乎真的拖太久了呀。」

「龍馬，現在不是發呆的時候。」

「哎呀，等等。」

龍馬安撫中岡道：「現正面臨是否交出家康以來三

百年、賴朝以來七百年的武家政治。急不得呀。」中岡卻無法認同。

「後藤違背與西鄉之間的約束，竟連一兵一卒都沒帶來呀。」

「我知道，我現在就去找後藤問明事情原委。慎弟，再忍個七、八天就好，幫我安撫一下薩摩同伴，這事就拜託你了。」

「大家都焦急難耐，我已無自信能鎮住他們了。豈止如此……」

中岡眼神堅定地道：

「我連自己都快管不住了。」

「慎，這幾天的忍耐是為了日本百世之福祉呀。」

龍馬丟下這句話就起身抄起大刀，走出房間。多少有些累了吧，自高知出航以來連片刻休息時間都沒有，接下來卻又必須去見關鍵人物後藤象二郎。

龍馬走出大門，踏上白川村的村道往京都前進。此時正值夕陽西下，彩霞滿天，甚至將周遭的成排松林都染紅了。

龍馬抵達河原町藩邸時已入夜。後藤尚未返回藩邸。

「他在二本松的藩邸與西鄉會面。」

藩邸的人道。

後藤此時在薩摩藩邸。他最近每天都親自去向薩摩的小松帶刀和西鄉吉之助報告自己到幕府奔走的結果，希望藉此阻止他們發動武力。

西鄉通常不表示意見。

小松帶刀為該藩重臣，感覺上似乎挺欣賞後藤所提的和平方法論，應答上頗具善意。

西鄉則不改即時開戰論，對後藤的活動總是滿臉不悅。

後藤打算告辭時，西鄉堅持要他帶著提燈，後藤盛情難卻便借了提燈，正要走出門。

卻意外發現有人躲在門邊暗處。那人揮起大刀，眼看著就要砍過來將後藤剁碎似的。他是西鄉的崇拜者，人稱殺手半次郎，即後來的桐野利秋。

後藤舉起提燈照在中村半次郎的臉上。

「辛苦了。」

後藤丟下這句話就走開了。半次郎被震住，殺人的勁頭頓失。後藤可說是拜此提燈之賜而撿回一條命。

後藤一返回藩邸，就聽說龍馬在對面的書店菊屋等候。

「啊，真的嗎？」

後藤重新穿上草鞋走出藩邸大門。這條路是河原町通，步伐大一點的話，走個五、六步就會撞到對面的町家。

龍馬就在店頭的帳房。家裡的人都睡了，只有長男峰吉在招呼龍馬。峰吉已是個半大人了，但因膚色白皙、臉型較小，看起來只有十三、四歲。

後藤走進帳房，峰吉就閂上大門，然後拿出一個陶爐，準備要烤沙丁魚乾。

「哦？沙丁魚乾呀？」

後藤湊上前去望著烤網上的魚乾。後藤喜歡沙丁魚，在大坂的茶館冶遊時一定會點。因為京都沒有新鮮的沙丁魚，貼心的龍馬才要峰吉準備沙丁魚乾吧。

「真想不到龍馬你這麼細心呀。」

後藤開心道，接著「啪」地拍了下自己的脖子。

「剛剛差點就被薩摩的中村半次郎殺了。」

「求你多活一陣子吧，否則就麻煩了。」

龍馬拿起酒瓶。

「西鄉怎麼說？」

龍馬一問，後藤便回答「相當急躁」，並將自己對幕及對薩的交涉經過和看法一五一十告訴龍馬。從後藤的話也可看出西鄉及大久保已焦躁難耐。

「西鄉就是這樣吧。」

龍馬放下酒杯。在龍馬心目中，再無任何人之人格如西鄉般充滿魅力，卻也覺得他似乎有嗜戰的癖好。加上西鄉在藩內有許多崇拜者，個個血氣方剛，有時連為師的西鄉也無法完全鎮住他們。方才那位中岡半次郎可說就是個好例子吧。

「原來如此。」

後藤聽龍馬這麼說似乎才恍然大悟。

「大概就是因為這樣吧，難怪方才會談席上，西鄉幾乎沒表達什麼具體意見。我看西鄉大概已鎮不住藩內同志了。」

「只要射出一發子彈，事情就功虧一簣了。非趕緊讓幕府下定決心不可。」

「你說要快……」

後藤疲憊已極：

「但實在很困難。不過只要再多點時日總能有進展。」

「要是幕府無論如何都不接受……」

龍馬道：

「就稍作修改讓他們容易接受一點即可。比方說幕府一定十分在意喪失將軍稱號吧？到時就讓稱號留著也無所謂。」

「龍馬！」

後藤大吃一驚：

「這話根本是謬論呀，要讓將軍放棄稱號不正是重點嗎？」

「哎呀，稱號只是名義而已。要他們將政權還給京都，只留榮譽。不過，要留下稱號，我們也要提出交換條件。」

「什麼條件？」

後藤忍不住湊上前去。

「不，也沒什麼。那就是，留下將軍稱號可以，但也要他們立即把江戶的金座、銀座移到京都來。」

所謂的金座、銀座就是幕府的貨幣鑄造所。若將之移至京都，那麼幕府直營的金山、銀山也都將移至京都，幕府將因此而失去金銀，無法再向外國買東西。一旦不能買，便將一舉走向衰亡之途。

「他這話還真教人作夢也想不到。」

後藤點點頭。

龍馬另有行動。

武力討幕派的計畫，已在京都一角以穩定的速度暗暗進行中。

主謀即為隱居洛北岩倉村的公卿岩倉具視。岩倉受先帝之罰已解除，已可直接執行宮廷工作。

但他表面上依然維持隱居並裝做不問世事的模樣，入夜再換上武家服裝，在冒出髮渣的光頭蒙上頭套，或遁至薩摩大久保一藏的下榻處，或潛入幼帝外祖父中山忠能邸，暗中活動的效果不容小覷。

若說革命是樁巨大陰謀，那麼應無人較岩倉更具此才能。況且他未離開洛北岩倉村，照樣能從那個角落操縱著京都風雲。

岩倉有位好夥伴。

就是薩摩的大久保一藏。革命漸趨完成，現正進入作工精細的陰謀階段，此時已非西鄉展現獨特風格的領域，西鄉已將那方面的活動完全移交給大久保。大久保與岩倉聯手，兩人之間的關係簡直如血肉合一。

公卿岩倉負責的是，設法攏絡幼帝外祖父中山忠能，以取得討幕之密敕。

大久保負責的是以此密敕推動薩摩藩，西鄉則負責將藩兵投入革命之火並指揮京都的武力戰。看這三位的行動就如欣賞名人三人舞似的，彼此步調早已一致，而這支舞的節奏將逐漸加速，朝最高潮前進。

岩倉已暗中命其祕書性質的同志、名叫玉松操的在野學者，著手設計官軍旗「錦之御旗」的圖案。

既然要「討幕」，若以薩、長發起私戰，天下定無動於衷，非成為官軍不可。故一方面設法促成密敕下達，另一方面則想製作錦之御旗。

這就是岩倉的魔法。錦之御旗可謂最實際之物，史書上說，南北朝時代曾使用。

「即使查歷史也無法知道旗幟的形狀吧，只要設法讓大家都能認同即可。」

岩倉尊為「老師」的祕書玉松操如此道。日後使薩、長成為官軍的錦之御旗，就這樣在岩倉村的工作室設計出來。

錦的布料也很難拿到手。

「就用婦人做腰帶的錦緞吧。」

大久保於是拿錢要交情深厚的女人到西陣買。那女人恐怕作夢也想不到，自己買的腰帶錦緞將成為扭轉歷史的小道具吧。

龍馬從高知循海路抵達大坂那日，長州的連絡官品川彌二郎也暗中來到京都，造訪位於石藥師通寺町以東的大久保住處，與一藏見了面。

「差不多要起兵了吧？」

品川興奮不已道。品川身為祕密連絡官，任務是帶著這最後協商事項自京都脫出返回長州，促使長州藩軍大舉上京。

大久保為掩新選組之耳目，要品川穿上薩摩藩士似的服裝。

薩摩人喜穿吳絽的外褂。所謂吳絽是荷蘭語略語，指的是一種羊毛加棉麻混織的厚實布料。品川借來染黑而無家紋的外褂，再戴上押有⊕狀島津家紋的菅草笠，怎麼看都像名薩摩人。

翌日七日早晨八點，大久保就與品川並駕齊驅騎馬前往岩倉村。武力革命的最後協定，理應在這回的祕密集會拍板定案。

「時間約為午前十時。」

這位長州的祕密連絡官，即後來的子爵品川彌二郎日後曾如此道。總之到了岩倉村。

卻不往岩倉具視隱居處走去。此隱居處已受到所司代嚴加監視，故另準備同在村內的公卿中御門經之的別莊做為密會之所。經之是岩倉的忘年之交且非佐幕派公卿，自然不會洩密。

大久保及品川兩人直接騎馬進入大門。到了邸內，一下馬就發現腳邊正好有隻小烏龜走了過去。

「這真是吉兆呀。前途見龜，這不是這回起兵的吉兆嗎？」

長得一副窮酸相的品川笑道。此人雖非長州志士中的第一級人物，但還挺機靈的，當連絡官再適合不過了。

大久保大笑著點頭。

此時正當大事前夕，緊張至極之時刻，才會連人稱冷峻嚴肅一如北海冰山的大久保，也因一隻小小烏龜帶來的吉兆而開心成那樣吧。

密談開始。

沒多久，岩倉具視就取出玉松操設計的錦之御旗圖案。

「原來如此。」

兩人趴在榻榻米上看著，一會兒就談妥製作的安排。

如前所述，布料由大久保張羅，製作則由品川彌二郎負責。品川說要將圖面及布料帶回長州做。

事情就依此進行。

旗分正旗及副旗。

正旗是繪有日月的所謂「錦旗」，只做兩面，薩摩及長州各執一面。

給隨後參與諸藩用的副旗，是繪有菊花紋的紅旗及白旗，紅、白各做十面。

「只要這旗開始飄揚，幕府便立刻成為賊軍。」

品川開心到臉都擠出皺紋來了。「我會盡快趕工製作，做好後緊急將要給薩摩藩使用的送至京都。」

「對了，關於密敕……」

岩倉對兩人道。為使錦旗合法化，薩、長非取得討幕密敕不可。岩倉站起身來從不同架上的文件匣取出幾張紙來。

「這就是密敕。」

「咦！」

品川彌二郎著實吃了一驚。岩倉不僅製作了錦旗，甚至連密敕都做了。

「這、這是真的嗎？」

「你還真老實呀。」

岩倉笑出聲來。這並非真正的密敕，而是草稿。這也是岩倉的祕書斟酌文案謄寫出來的。

「不過，只要在這裡……」

岩倉以手指捺在文末留白的部分又道：

「蓋上玉璽，就成詔敕了。」

說著瞪大眼睛望著品川。品川連忙點頭。

「那件事應該在進行了吧？」

大久保道，岩倉立刻露出苦笑，似乎煞費苦心。

指的是攏絡幼帝（明治天皇）之外祖父中山忠能一事。前大納言忠能這位老公卿是公卿中難能可貴的剛毅之人，又是強烈的開國論反對者。岩倉迫不得已只好配合這老人的保守論，一再向他遊說密敕之事。要是忠能點頭同意，就能從旁協助幼帝拿起玉璽，拉著幼帝的手在這份草稿上蓋下朱印。計畫應該就是如此吧。

這回上京，龍馬換了落腳處。聽說一向投宿的車道木材行不斷有幕府探子在附近偵查，故薩摩藩和土佐陸援隊的同志已為他另覓新地點。

此地點還是面對河原町通，距土佐藩邸也很近。

可算位在四條往北之西側，也可算是在河原町通蛸藥師南。是家大型醬油店，店名叫近江屋，老闆名新助。本就是土佐藩邸的特約商店，而京都町人多數對勤王志士抱有俠氣，故新助也說：

「既是如此人物，請讓他以此為宿，即使小的得賠上性命亦在所不惜。」

他還特地在後院的倉庫蓋了間密室，以便發生萬一時可沿著梯子逃往後面的誓願寺。

即使如此，西鄉等人還是很擔心。

「土佐藩的罪名既已解除，住在藩邸不是比較好嗎？」

甚至派人向龍馬提出如此忠告。藩邸的話可享有治外法權，且戒備森嚴，只要在邸內就絕對無法下手。

「就是綁手綁腳呀！」

龍馬笑道，對此不屑一顧。與其住在大名屋敷，不如住在町區商家，這樣似乎比較合乎他的個性。

這日在藩邸和後藤討論後，就回到右側的近江屋新助這邊來。

二樓及倉庫是開放給龍馬使用的場所，有一名僕從。

這人叫藤吉。

寢待藤兵衛今年春天在大坂與龍馬分道揚鑣後，膽結石的老毛病惡化，於是在大坂的「薩萬」留書後就返回江戶了。

龍馬很想念藤兵衛，故要這回的僕從改名為藤吉。

他生於近江的大津，甚至以「雲井龍」的藝名在京都相撲界最高段的「幕內」闖出名堂來，但實力不是很強。最近在先斗町的餐館「魚卵」當送菜夥計，靠他壯碩的身體在窄小的町街道上來回奔走。海援隊文官長岡謙吉發掘他，從去年起就對他很照顧，這回龍馬上京，就要他充當龍馬僕從，一路隨侍。

「雲井龍，那不就跟我同名了？」

龍馬很喜歡他。如今就由這位藤吉為龍馬打點睡覺吃飯等生活起居。

龍馬回到近江屋，雖已是半夜，陸奧陽之助卻衝了進來。

「我聽中岡兄說了。」

接著把以岩倉村為策源地而持續進行中之密敕下達運動的祕密工作轉述給龍馬聽。

「這樣呀，的確是岩倉卿會做的事。」

龍馬不置可否。

關鍵在於，此討幕密敕何時會下達給薩、長。可能是明天，也可能是十天後。

一旦下達就要開戰，龍馬的大政奉還恐怕就會在硝煙中炸得灰飛煙滅吧。國內充斥的火藥味，三百諸侯分裂成京都方和江戶方在各地打起來，日本將再度出現南北朝的亂世，這情況不言自明。

剃了光頭的岩倉可說已點燃此導火線。火沿著導火線一路燒去，終將引爆火藥庫吧。

「必須趁尚未引爆之前要將軍奉還大政。簡直是與時間賽跑呀。」

龍馬喃喃道。

接下來幾天龍馬和後藤分頭奔走，卻一直沒什麼顯著效果。

畢竟自幕府開創以來，幕府一直是合議制組織，一到緊要關頭，完全無法掌握責任與決定權究竟在誰手上。

後藤幾度前去說服目前駐在大坂的老中筆頭板倉勝靜。以西洋說法，板倉相當於首相，卻老是想逃避首相該做的裁斷責任，後藤的遊說幾乎徒勞無功。

不過，說到「土佐藩的臉丟不得」時，板倉似乎也心動了。這是當然的，若讓土佐藩丟臉，恐怕等於將一向辛苦為救濟德川家而奔走的此藩趕往薩、長方了。板倉怕的就是這點，後藤也巧妙抓住對方如此疑懼進行遊說。

總之，從幕府的行政型態看來，要推動其官僚組織近乎不可能。

最後只能讓將軍慶喜自己決定。那就只能繼續遊說慶喜最信賴的側近永井玄蕃頭尚志。

龍馬及後藤輪流去找永井。在位於二條城北側的京都所司代通稱十本屋敷，永井租了該用地中最南端一棟名為祐筆（譯註：文書官）屋敷的房子當做宿舍。

永井被後藤的熱情打動，不僅對人說還如此寫道：

「後藤為人實在正直。」

他也同樣評論了龍馬，說他：

「較後藤更高大，說話也很有趣。」

十二日入夜後，事態有了變化。這天夜裡，二條城的使者跑遍京都街上各個角落。

「明天十三日，雖屬特例，但將軍將召集諸藩重臣至二條城，有重大事件要徵詢諸位意見。」

德川三百年間，將軍召見地位相當於陪臣（譯註：臣下之臣）的諸藩重臣，直接針對政治問題進行諮詢，實為絕無僅有。何況還明白表示諮詢內容為：

「大政奉還可行否」。

是夜，京都如沸騰般籠罩在亢奮之情中。

受召的諸藩包括派有重臣駐在京都的四十餘藩，藩名如下：

加賀、薩摩、仙台、尾張、越前福井、肥後熊本、筑前福岡、藝州廣島、肥前佐賀、因州鳥取、備前岡山、阿波德島、土佐、久留米、秋田、南部、彥根、米澤、出雲松江、郡山、姬路、伊予松山、柳川、福山、二本松、中津、宇和島、津輕、大垣、松代、新發田等。

土佐藩自然是由藩之首相後藤象二郎前往。唯獨薩摩藩，幕府特別指名要小松代刀出席，因幕府早已查知，職稱為「側役」的該藩重臣西鄉吉之助和大久保一藏除倒幕方針之外，任何方案都不屑一顧。

這天晚上，後藤在藩邸接待二條城的使者。使者回去之後，他立刻提筆寫信給龍馬。

龍馬在近江屋接到這封信時，感覺歷史的重擔彷彿一下子全壓在身上，忍不住強烈顫抖。

將軍慶喜恐怕心意早定了。雖說要諮詢意見，不過是想將其決定向諸藩公開吧。

龍馬心想，卻實在無法斷定。

「究竟是吉是凶呢？」

龍馬咬著指甲。

咬指甲是龍馬從未有過的習慣，但他自己似乎並未察覺。

「明天終於要見分曉了嗎？」

一思及此，這個外表一向滿不在乎的人也坐立不安。想出以大政奉還方式一舉收拾嘉永年間以來的幕末混亂，苦心斟酌此案之工作計畫，製作此案之架構，進一步連新政體之構想也擬好並補強，然後將此案投入時勢之中，全是龍馬一人完成的。而此案成否答案明日就要揭曉。

龍馬不過是一介處士，而非後藤般的藩重臣，故二條城那種場合他是不可能出席的。

他只能在租處等結果出爐。

龍馬若有能與將軍單獨會面的身分，就能當面說明此案之理與利，他真想告訴將軍：

「家康平定亂世並打下三百年的太平基礎，這對歷史是一項功績。如今你若親手結束該世襲政權，當場打開全新的歷史扉頁，此大功勞更在家康之上，也等於是德川家二度對歷史做出貢獻。想也知道呀！古今東西，哪有不興戰、不作亂，一心只為國為民著想而將政權拱手讓人的例子？本朝沒有，唐土沒有，西洋也沒有。就讓德川家享有率先在日本展開如此史無前例之舉的名譽吧！」

若能讓龍馬有機會說出這番話，要他當場就死也甘心。

他如此暗想。但這些話全被後藤象二郎說盡了，聰明而能言善道的後藤定已毫無保留告訴將軍了。

「可是，萬一將軍拒絕……」

他不僅心懷如此恐懼，冷靜想想，十之八九，悲觀的預測還偏強。將軍爽快交出政權的期待反倒充滿神話色彩。將軍畢竟也是活生生的人，而非出現在古代中國神話的堯、舜那類聖人。

若說有一絲希望，那就是將軍慶喜是位有教養之人。慶喜的教養基礎既是以堯、舜為理想君主形象的儒教，就可能夢想著西洋及日本德川時期之前史無前例的事。不過此夢想究竟會不會成為實際的決定，則是另一回事。

「藤吉，幫我拿硯台和紙。」

龍馬對鄰室的大漢道。

藤吉一會兒就把這些東西送了過來。龍馬是打算寫封關於明日大事的最後一封信給後藤。

「建言乙節。」

他首先如此寫道。因為是相撲出身的，藤吉磨出來的墨色特別濃郁。

「萬一不如預期進行，反正本來就抱著必死之覺悟，故千萬別下城。」

後藤也曾對龍馬說，自己已有覺悟，若奉還案不被受理，就在二條城找個房間切腹。龍馬所謂的「覺悟」就是指這個。

「若您未下城……」

換句話說就是奉還案遭拒，同時後藤也死了。到時候……

「到時就要海援隊全隊到大樹（將軍）進宮的路上等候。」

龍馬又寫道。我也將與這支海援隊一同殺入將軍的行列，刺殺將軍，自己也殉戰。應該會在地下與您相見吧。以龍馬之立場，害薩、長一再等候，他真想如此一死贖罪，同時也打算以討幕先鋒之名死去。

此文共三百八十五字，字裡行間滿是殺氣，令人震恐之氣魄洋溢其間，由藤吉送達的這封信，讓後藤讀後也不禁為之顫慄。

這天終於到來。

慶應三年十月十三日。

正午的太鼓聲才傳來不久，二條城城門就開始有大批穿著正式禮裝的武士魚貫而入。應慶喜之召而來的四十藩代表，大藩會有兩名等職之人受邀，故總人數應該有六、七十人。

會場是在城內的大廳「二之間」。二時之前眾人都已就座。

過了二時，幕府首席老中板倉勝靜出現，表情沉痛地坐到上座稍偏下之處。隨後就座的官僚是大目付戶川伊豆守及目付設樂岩次郎。

慶喜沒出席。

眾人一齊向板倉勝靜行拜禮。

「諸位辛苦了——」

板倉低聲道，然後命下屬拿了幾張預先抄寫的文件給眾人傳閱。文件上寫著將軍之語。這是議事進行之法。因將軍與陪臣身分懸殊，故不得不採如此形式。

當然，相較於這回召集之重大性，議事方式本身一點也不算戲劇化。

「那是諮詢案。」

板倉勝靜道：

「諸位如有意見，就明白說出吧。」

話才說完，大目付戶川伊豆守就拿了紙筆過來道：

「有意見而希望謁見將軍者，特准。請在此寫下姓名。」

言下之意是，有意見的話可到別室拜謁將軍。

「將軍之語」被傳閱著。大廳有些騷然，但因眾人皆為藩之重臣，熟知殿中禮儀，故無人隨便出聲。

因此，不知是吉是凶的後藤象二郎焦急得幾乎想扭動身體，但在文件傳閱過來之前實無從得知。文件總算傳過來了。

後藤一拜為禮後才拿在手上。

「啊！」

他高興得幾乎大叫，因為他看到這一行：將政權奉還朝廷，廣盡天下之公議……

「帶刀爺。」

他對旁邊的薩藩小松帶刀低聲道。小松點點頭。

後藤也點點頭。終於成功了。後藤揪住膝蓋，既是如此結果，真想早一刻通知立案者龍馬，但又不能中途離席。

「後藤爺……」

小松低聲道：

「喏，提出拜謁申請吧。就由閣下、藝藩的辻將曹以及在下，換句話說，以三藩共同申請之形式提出拜謁申請吧。您意下如何？」

「當然好啊。」

後藤礙於場合故未出聲，只是無言地用力點頭。

正如小松所言，實有拜謁之必要。此大政奉還案即便將軍如此決定，但若幕臣或會津、桑名兩藩居中阻撓必將陷入一場嚴重混亂，最後恐將不了了之。

為防止如此情形，必須即刻請將軍入宮拜謁天皇，趕緊上奏。只要獲得朝廷允諾，於法就是確定政權奉還了。必須要求盡速進行。

二條城的大廳有本間及二之間兩個房間。

「那麼，小的這就帶路。」

……

侍僧站在薩、土、藝三藩代表前道，然後徐徐走向大走廊。

這天，正好佐幕派的會津藩主及桑名藩主也登城謁見將軍，兩名藩主看到他們四人（土佐藩包括福岡藤次有兩人），不屑地道：

「真是亂世呀！」

「外樣大名的陪臣之輩竟要去謁見將軍，真是前所未聞之事呀。」

四人獲賜席位，不一會兒德川慶喜就出現了。

慶喜就座。

眾陪臣平伏為禮，額頭貼近手掌，屏息維持此姿勢不動。

「因你們也有意見想上稟，故乾脆特准直接謁見將軍。」

首席老中板倉勝靜道。

四人中席次最高的薩摩藩家老小松帶刀為了答話，特將身體轉向板倉，上半身微微抬起，然後說出感謝將軍本日之決定。因為陪臣小松並無直接向將軍上稟之資格。

板倉點頭道：

「你們應該有意見吧？提出來吧。」

「當真可提出嗎？」

「不必客套。」

這段形式上的對話之後，小松才調整姿勢朝將軍平伏為禮。

後藤、福岡及辻也同樣平伏在地。不能抬頭注視。

小松道，如今即使奉還大政，朝廷方面也無政府，既如此就不能自明日起便要其掌管大政。屬下認為在朝廷成立政府之前，外國事務及國家大事可交給朝廷審議，其他行政工作則以奉朝廷委任之形式照舊進行。

「言之有理。」

慶喜點頭道。這是他們第一次也是最後一次聽到慶喜說話。

---

過了一會兒便退下，到另一房間謁見板倉勝靜，懇求將軍立刻進宮請朝廷批准。

「立刻？」

板倉皺起眉頭。板倉雖為幕府首相，但畢竟是位大名，故不了解情勢已迫在眉睫。但四人深恐發生不測，比如，會津藩說不定反對將軍決定而掀起動亂，西鄉及大久保兩人因而率領薩軍以討伐會津之名，進行討幕革命戰之實。薩摩藩家老小松帶刀本人正因身為薩摩人而當真如此害怕。

但身為老中同時是備中松山五萬石的大名板倉勝靜，卻似乎毫無如此危機意識，即使腦袋理解了，也無法實際感覺到。

「就算你希望我現在立刻進宮，也得看朝廷方不方便吧。」

他打著官腔。小松等人不管他，拜託再三，終於讓他答應明日十四日前去徵詢朝廷，看能否讓將軍後天十五日進宮謁見。

「不過，即使獲天皇接見，朝廷若仍不批准也無濟於事。故汝等四人應事先進行周旋，以避免如此差池。」

板倉道。言下之意是要他們事先私下取得宮廷的諒解。

四人下了城，為了「進行周旋」而前往皇宮。這時已是夜裡九點。

河原町租處中的龍馬依然一無所知地等著。

這日在京的土佐系志士全集合到龍馬租處來。近江屋的樓上及樓下擠滿口操土佐腔、腰插朱鞘佩刀的男人，還有人因房間太擠而一直坐在通往廁所的走廊上。

大家都在等。

等二條城的會議結果。到龍馬這裡來，可較早得到情報。

不僅如此，萬一結果是否定的，他們打算立即擁龍馬起兵，進行討幕戰。

龍馬一直待在二樓。

吃吃茶點，喝喝茶，誰知太陽都下山了，後藤仍未傳來任何報告。

「這事終究沒成嗎？」

龍馬歪著脖子暗想，焦躁之情卻不形於色，只是叫來中島作太郎，要他：

「麻煩一下，幫我跑趟藩邸，看看象兄回來沒。」

「是。」

中島快速衝了出去，不一會兒就回來，說後藤還沒回來，聽說也不在住處。

「總之還未下城。」

「這麼慢可不是什麼好預兆呀。」

龍馬暗想，恐怕還在城內吵吧。最壞的情況是提案遭否決，後藤的三寸不爛之舌也無效，而在城內切腹了。

「龍馬，這事已經絕望了嗎？」

老志士大聲問道。

「世間沒有所謂的絕望。」

龍馬皺著眉道。已故的高杉晉作也說過類似的話，他平時就說「永不絕望」，並以此為信條。龍馬突然想起這事。

另一方面，晚上九點了，後藤才與小松、福岡及辻離開二條城。他們隨即直接拜訪二條關白，只有後藤為了緊急通知龍馬，在途中與他們分道揚鑣，先行返回住處，寫了信並差下僕送去。

後藤的信具有報導文的簡潔。

「剛下城。」

開頭如此寫道，接著又寫：「特此為您報告今日情況。」然後大筆一揮寫道：

「大樹公發下將政權奉還朝廷之號令。」

下僕跑著穿過各町區，最後停在河原町的近江屋，使勁朝大門一陣亂拍。中島作太郎出來接過信，隨即兩步作一步奔上二樓交給龍馬。

龍馬將信打開。

默然垂首讀著信，一直沒抬起臉來。

「究竟怎麼回事呀？」

眾人湊近去看龍馬膝上的後藤文章，上面不是清楚報告說大政奉還實現了嗎？

眾人鴉雀無聲。因為首領龍馬依然不發一語，只是一直低著頭凝然呆坐。

過了一會兒，大家才知道龍馬正低頭哭泣。這也難怪，眾人如此心想。大家都知道龍馬為了促成這件事，一路費盡苦心，幾乎粉身碎骨。

令龍馬感動的卻是另有其事。過了一會兒，龍馬的身體倒下來，他拍打榻榻米並翻身坐起，接著說出一段與他們想像完全迥異的話來。

龍馬所說的話及此時光景，都成了在場的中島作太郎及陸奧陽之助一生無法忘懷的記憶。他們日後把這段話轉述給旁人聽，於是龍馬當時的話就以舊式文言文持續傳頌著。因此，還是將龍馬的低語以文言文描述較為自然吧。

> 大樹公（將軍）今日內心不知作何想。好個決斷呀。好個決斷呀。余誓為此公捨命。

他顫抖著聲音道。龍馬看來似乎是因自己內心的感激而無法撐住身體。

可說再無如他此時之感動那般複雜卻又單純之物了。

龍馬自長崎出發正要奔往革命前夕之京都時，曾以激動的語氣對長州的桂小五郎道：

「據說美國總統甚至連下女的薪水都操心。這三百年來日本的將軍曾如此嗎？即便僅為此事也應推翻幕府。」

進京後，也曾對後藤象二郎道：

「萬一將軍無視於此，就領海援隊全隊在路上埋伏，刺殺將軍。」

同一個人，如今卻癱在榻榻米上呻吟說：「誓為此公捨命！」

日本因慶喜的自我犧牲而得救了，龍馬定是如此認為。慶喜竟做出如此自我犧牲，龍馬覺得這簡直是奇蹟。慶喜內心的痛楚，除此案企劃者龍馬之外，再無任何人能理解。

如今，在日本史的這個時點上，龍馬和慶喜只是兩名同志。慶喜此時恐怕還沒聽過坂本龍馬這位草莽英雄的名字吧，龍馬也不知慶喜是何長相，卻僅靠他們兩人的合作而扭轉了歷史。龍馬企劃，慶喜裁斷。以龍馬之立場而言，除對慶喜的自我犧牲覺得感動，或許也以企劃者身分，一如藝術家完成藝術作品般深感欣慰吧。況且此欣慰之情還是建立在慶喜的犧牲之上。正因如此，龍馬關心並同情慶喜內心的想法，終於連「誓為此公捨命」的話都說出口了。

龍馬此時還有一項擔憂，那就是慶喜的未來。西鄉、大久保及岩倉等人仍會無所不用其極設法陷慶喜入罪，再以討賊之名起兵攻打慶喜吧。

到時，就連江戶的旗本也勢必棄慶喜不顧。慶喜本屬水戶系，故並不受幕臣擁戴，現在又未與一般幕臣商量就獨斷地拋棄政權，此舉恐將招致他們反感吧。慶喜遭薩、長攻擊又為幕臣捨棄，雖是歷史最大功臣，最後卻可能落入悲慘命運。

龍馬有如此直覺。此時，犧牲一己之生命以拯救慶喜，就是龍馬對慶喜的私下補償了。

「哇——」

龍馬周圍響起歡呼聲，同志們手舞足蹈。嘉永、安政年間以來已犧牲數千志士的革命終於成功，終於可以慶祝了。

但夜色已深。他們三、四人結伴回去了。只剩下陸奧陽之助、戶田雅樂及龍馬。

「今晚非擬出新政府案不可。」

因龍馬如此道，兩人才留下的。明日天一亮，嶄新的日本就開始運作了。今晚必須預先擬定新日本不可或缺的政體及政府案。

屋裡的人全睡著了。

龍馬要陸奧陽之助及戶田雅樂一起到樓下的離屋房間，然後要人準備筆硯。

「必須擬定新官制。」

龍馬道。

龍馬主要的著眼點在於議會制度及富國強兵，思想上則偏重人民平等這一點，但以新政府而言，這些是無法立即實現的。為達成其理想政體，首先必須制定暫時之政體。

因為現階段三百諸侯依舊存在，不可能即刻廢止他們對土地及人民的支配權。

說到人民，農民和町民也不能指望。他們無論在知識上或政治上都尚未成熟，生活重點還停留在只知追求與天下國家毫不相干的個人利益。現在若立刻將他們編入新國家成立之綱要，恐怕過於勉強吧。

公卿方面也有問題。自源賴朝創立鎌倉幕府以來，公卿一路以政治上之失業者身分過了七百年的歲月。如今的宮廷制度也還不足以掌管國政。

如此一來，關於國政負責人選，眼前能夠指望的只有幾位賢明的公卿、大名，以及諸藩中為國事奔走之士了。

依龍馬看，首先應由他們擔任政府要員。以他們為接生新國家的產婆，再慢慢轉型為西洋式政體，這是最恰當的方式。

「官職名稱也姑且先用日本的舊名稱吧。」

龍馬道。西洋式官名尚無適當的譯語，也令人感到陌生，一般人較不反感且又帶有新意的，說來應該是古老的王朝風官名吧。若如此，也較能迎合頑固而復古之勤王思想家的感覺。

如此工作，戶田雅樂可謂最適當的諮詢對象。這年輕人是仕於公卿家的武士出身，對那些名稱及諸般制度都瞭若指掌。

「設關白吧。」

龍馬道。當然不是舊王朝概念衍生出來的關白，而應相當於西洋的首相之職。

草案終於完成。

關白　一人

由公卿中最德高望重而知識豐富者擔任。輔佐天皇，上稟國事，總裁大政。

議奏　若干人

由親王、公卿及諸侯中最德高望重且知識豐富者擔任。為國事獻替可否，為大政議定上奏，兼分掌諸職之長。

參議　若干人

由公卿、諸侯及庶民擔任。參與大政，兼分掌諸職之次長。

完成此案之起草工作時，天都快亮了。

「藤吉，拜託幫我們鋪床。」

龍馬如此命令一直在鄰室打盹的相撲手藤吉。

藤吉在一個房間裡鋪了三床被，排放了三個枕頭。

龍馬等人分別鑽進被窩時，遮雨窗外面就響起蟲鳴聲。

「哎呀，京都也聽得到草雲雀的叫聲呀。」

龍馬豎起枕頭上的耳朵。草雲雀不是鳥，是一種草蟲。天剛拂曉時分，在不見月光的幽暗中，發出鈴鐺般的鳴叫聲。龍馬小時候，乳母小矢部婆婆曾告訴他：

「草雲雀個頭雖小，卻能把天叫亮喔。少爺。」

就是這種蟲。

「我也是草雲雀呀。」

龍馬睡著了。

# 近江路

睡了兩、三個小時。

陸奧陽之助踢開棉被起身時，龍馬早已坐在外廊上。

「要出發了唷。」

龍馬轉頭道。陸奧和戶田連忙到井邊洗臉。

「坂本兄真方便呀。」

陸奧邊擦臉邊道，因為龍馬沒有洗臉的習慣。不僅如此，龍馬還直接穿著裙褲睡覺，似乎就那樣直接拉開遮雨窗到外廊去的。

「他當然快囉。」

兩人嘟囔著穿上裙褲並插上大小佩刀。

現在要先到薩摩屋敷找西鄉及大久保，接著往洛北岩倉村見岩倉具視。這就是龍馬的作戰計畫。

事情既已進行到此階段，龍馬希望把身為倒幕急先鋒的三大謀略家拉進來，更應讓他們成為樹立新政府的重要人物。若不如此，革命之洪流恐將分裂為坂本、後藤派及岩倉、西鄉、大久保派兩派。

「而我將就此撤出。」

龍馬如此道。昨夜陸奧了解龍馬如此態度後十分驚訝，竟大聲道：

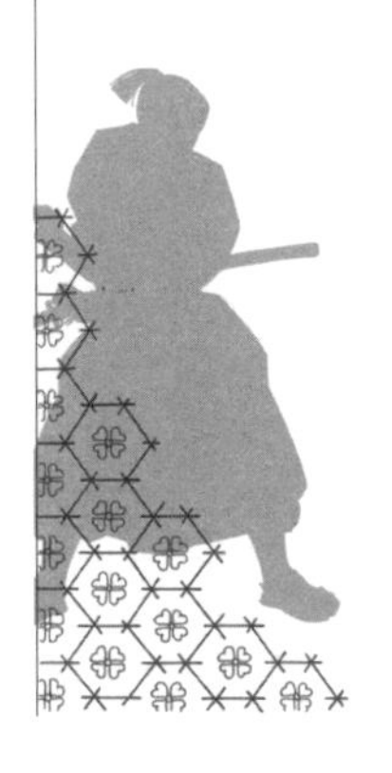

「別開玩笑！」

難怪陸奧會如此。龍馬成功促成薩長聯盟，演出大政奉還，現又擬定了新官制之案，當然應穩坐革命政府主流之寶座。

然而龍馬卻說他要急流勇退，把一切讓給岩倉、西鄉及大久保等人。

「把一切……」

「嗯，這就是成就事業之道。此新官制案也交給岩倉卿，請他研究研究。西鄉和大久保應該會比較聽話吧。」

龍馬的意思是，若不如此，岩倉、西鄉及大久保等討幕路線派會在新政府組織其他派別，與大政奉還路線派形成對立之勢。

「一定會如此。」

因龍馬和後藤樹立了維新政府，害他們功虧一簣。以西鄉而言，其功雖被奪，但絕不至於產生情緒上的變化，但周遭眾人及手下之人將採取什麼行動，又將擁西鄉做出何等魯莽之事就不得而知了。

「把一切都讓給西鄉他們。」

龍馬之所以如此決定，就是因為他已洞察機微。現在龍馬若自詡革命政府之主流而目中無人，恐怕政權甫誕生就立刻分裂成兩派，彼此相剋，終難逃瓦解之命運。

龍馬如此描述自己這段時間的心境：

「我只是想讓日本重生，並無在重生後之日本飛黃騰達之意圖。」

又說：

「若不保持如此心境，就無法成就大事業。我平時一向持如此心境，正因如此，雖區區一介處士，世人卻也願傾聽我的意見。能順利完成大事也全是拜此之賜。」

也進一步說過：

「工作絕不能全部包辦，做到八分即可。八分之前才困難，剩下的兩分誰都能做。就把這兩分給其他人做，把完成之功勞讓出去。若不如此，就無法完成所謂的大事業。」

龍馬現在正是為了讓出功勞而前往二本松的薩摩藩邸。

如此事態進行的同時，卻發生料想不到的偶發事件。

是關於討幕的密敕。

岩倉、西鄉及大久保一直暗中進行與龍馬、後藤的大政奉還路線平行的賜下密敕推動工作，沒想到就在慶喜表明大政奉還決定的當夜，密敕竟然降下了。

竟碰巧發生在同一日，慶喜早了數小時表明。故岩倉雖取得討幕密敕，卻成了無效之物。將軍既已奉還政權，幕府就消滅了，討幕名義也自然消失。岩倉等人之期待落空，密敕就此不見天日，消失於無形。換句話說就是武力討幕派被龍馬擺了一道吧。

---

事情的來龍去脈是這樣的。

岩倉早就要其私設祕書玉松操起草密敕，一直暗中遊說前大納言中山忠能，希望能讓此草案成為正式密敕。

中山忠能雖非關白也非攝政，卻因其女生了此幼帝，而在宮廷擁有特殊地位。幼帝出生後是在中山邸成長的，忠能既為外祖父，也是監護人。

「只要忠能卿拉起幼帝的手蓋下玉璽，就正式成為詔敕了。」

這就是岩倉的如意算盤，他就是為此才攏絡忠能的。

「了解。我會找機會。」

忠能如此回覆岩倉。他一直等待機會，終於在上述的十三日過午，拉起幼帝之手，在玉松操起草的文章上蓋下鮮紅的玉璽。

「完成兩份密敕了，請至私邸來取。」

忠能連絡了岩倉。

岩倉立刻派人去取，但碰巧這幾日新選組正嚴密監視中山邸。新選組並非真的察覺如此重大陰謀，只因發現連日來中山邸人員進出頻繁而懷疑發生了什麼事，姑且派一隊隊士晝夜在中山邸周遭巡邏。

岩倉有個名叫八千丸的孩子，即後來的岩倉具經，但此時還是名兩側梳著包頭的小童。派這小童過去的話，新選組隊士想必會疏忽吧。

此計畫果然成功。趁夜進入中山家的八千丸從忠能手上接過密敕，並要人將之縫在內衣背上，才從後門離開。守在後門的新選組隊士看了只道：

「怎麼，是個孩子呀。」

就放他走了。

密敕是降下給薩摩藩及長州藩的。長州藩士雖不敢公然出現在京都，但廣澤兵助早就以密使身分潛伏在薩摩藩邸。就由這位廣澤領旨。

龍馬並不知這段時間發生什麼事。不知情的他走出租處近江屋，沿河原町北上正朝著薩摩藩邸前進。

途中來到丸太町的轉角時，碰巧遇見田中顯助。

「啊，坂本兄。」

顯助道。顯助說他奉中岡慎太郎之命，正要去龍馬租處找他。田中顯助是土佐佐川人，文久三年脫藩，目前投身中岡的陸援隊，此事前文已提過。

「其實，事情是這樣的……」

他將密敕降下之祕密一五一十告訴龍馬。龍馬聽了嚇出一身冷汗。

「真可謂千鈞一髮呀。」

但這段時間內的政略，算是西鄉敗給龍馬了。西鄉的心境一定很複雜吧，龍馬心想。

西鄉吉之助人在二本松的藩邸。這天早上他召集同志進行協議。

今後該如何。

此即為主要議題。既然慶喜已親手摧毀幕府，西鄉就不得不改變武力討幕的方針了。

卻想不出任何妙案。

「龍馬現在究竟打什麼主意呢?」

他真想知道。西鄉一直將龍馬的名字讀成Ryume(譯註:應為Ryoma)。

就在此時龍馬到來。西鄉高興地與他單獨闢室對坐。

「總之,當務之急是組織新政府。」

龍馬劈頭便道。

龍馬早料到西鄉內心的想法。長久以來西鄉那麼執著且一再準備武力討幕的方針,即使如今情勢大逆轉,他也定不會輕易放棄。

「今後時勢將如何變化?」

西鄉的獨特絕技就是高明的聆聽技巧。兩人對坐後,就以乍看若無其事的表情徵詢對方意見,而對方就好似受他牽引似地知無不言。

龍馬也說了起來。以目前情況,若不將西鄉這位猶如風雲大盤商之一的人物拉進來,費盡千辛萬苦才完成的大政奉還恐怕也將隨即垮台吧。

「武力方面應該還是得事先準備妥當。地震接下來才正要發生,光這第一震恐怕還不會平靜吧。」

龍馬道。慶喜雖已奉還大政,畢竟只是他個人的決定,並未取得全體幕臣之贊同。會津及桑名這兩個激烈的佐幕藩想必不可能就此罷休。

「當然會來挑戰。到時武力將是不可或缺之一環。」

「有道理。」

「若是現在,就是薩摩和會津之間的私戰。要是等新政府成立,那就成了新政府對會津的討伐戰,大義名份自然加諸我方,大半的三百諸侯也將站在新政府這邊吧。」

「有道理。」

「既然如此,就得趕緊組織新政府。否則萬一會津藩今日就開戰,那就無計可施了呀,不是嗎?」

「有道理,應早日完成。」

西鄉已逐步接受龍馬的意見。如此一來,當務之急就是全心投入組織新政府的工作。

龍馬這時從懷中掏出新政府案給西鄉過目。

西鄉讀後點點頭。西鄉腦海中並無明確的革命政府形象，只懵懂夢想著儒教式的王道政治。從這點看來，西鄉腦海中的新政治形象，或許就如柏拉圖的哲人政治吧。

但龍馬並非西鄉那種儒教主義者，他已以歐美風的政治及社會為典範架構出革命政府像。此時若再詳細討論下去恐將發生衝突，要不就形成彼此無法理解的鴻溝吧。但在目前這階段尚無衝突之虞。

因龍馬之案還只是原則與骨架。更確切地說，並非建築物本身，而是為了蓋建築物之前預先搭的工寮。龍馬此案就是此工寮的官制。

「你沒異議嗎？」

「我是沒有，趕緊讓大家也看看吧。只是這上面必須加上人名呀。」

他指的是組成人員。

「你有腹案嗎？」

「有。」

龍馬借用薩邸一個房間，著手在此諸官制原案中，寫上應參與的人員名字。龍馬寫入的這些構成份子，應該將成為維新政府之元勳吧。

不久，愈來愈多人聚集到二本松藩邸，在幾個房間交談。小松帶刀和西鄉、大久保在書房談，中村半次郎等人在一個紙門上繪有冷泉派畫風之老虎、名為「虎之間」的房間談。

龍馬坐在二樓面皇宮小房間的書桌前。皇宮赤松上的天空晴朗得幾乎刺痛他睡眠不足的雙眼。

龍馬終於寫好名冊，他啪噠啪噠地衝下樓。陸奧陽之助直挺挺站在樓梯下。

「您完成了嗎？」

陸奧問。龍馬開心點頭道：「完成了。」接著又補充：「這一路寫來的同時也重新思考，發現幾乎凌駕古今英雄豪傑之人物多如雲霞，堪稱當代盛事。」

龍馬穿過走廊，走進書房，在座眾人都望著龍馬。

龍馬把文件拿給他們，在他們閱覽時，龍馬就到面庭院的外廊上，倚著柱子、伸長腿坐著。

這屋敷的庭院很漂亮。

薩摩藩二本松藩邸是買下近衛家別邸加以利用的，樹木也好，石頭也罷，彷彿都綻放著近衛家這個頗具代表性之日本貴族代代雕琢出的光采。

龍馬的新政府官員表也是如此。

關白

三條實美（副關白　德川慶喜）

議奏

島津久光（薩）、毛利敬親（長）、松平春嶽（越前）、鍋島閒叟（肥前）、蜂須賀茂詔（阿波）、伊達宗城（伊予宇和島）、岩倉具視（公卿）、正親町三條實愛（公卿）、東久世通禧（公卿）

參議

西鄉吉之助（薩）、小松帶刀（薩）、大久保一藏（薩）、木戶準一郎（桂小五郎，長）、廣澤兵助（長）、後藤象二郎（土）、橫井平四郎（小楠平四郎，肥後）、長岡良之助（越前）、三岡八郎（越前）

西鄉概略一覽後便傳給小松及大久保，全部看過後才再度拿回手上詳閱。

「沒有龍馬的名字。」

西鄉覺得奇怪。薩長聯盟到大政奉還的大事業都是龍馬完成的，他的名字理應出現在「參議」之列的筆頭位置才對吧。即便不在筆頭，至少也應在土佐藩人選之列。

「沒有……」

西鄉進一步考量各藩之均衡，並重新審閱。參議項中，薩摩藩人選竟多達三人，土佐藩卻只列出後藤象二郎一人。且議奏項中有薩、長、越前、肥前、阿波及伊予宇和島六位大名，唯獨不見土佐的山內容堂。容堂有天下賢侯之稱，自己也以此自詡，卻不在名單之內，這究竟是怎麼回事呢？

西鄉想了想，感覺似乎可以了解為何不見容堂之名。容堂個性稜角分明，缺少與人和諧相處之能力。以政治家而言太過固執，且缺乏協調性。不僅如此，做事老是半途而廢，從這點看，他並不具創造事物之器量，而是屬於專事批評的評論人類型。若讓容堂加入，反而可能壞事。

即使如此，土佐藩的人選還是太少了。或許這是龍馬刻意主動把己藩撤出政局的。大政奉還之大功勞的確是土佐藩所立，感覺龍馬似乎是想讓土佐藩就此功成身退，把接下來的工作交給薩、長。

西鄉看了這份名單後，如此揣測龍馬背後的意思。但不管怎麼說，龍馬自己的名字竟不在其中，這究竟是怎麼回事呢？

陸奧也在座。

陸奧陽之助以龍馬祕書身分坐在門框旁。

他不僅像是龍馬的小跟班，更具有過度尖銳的批判眼光，故一直毫不鬆懈地監視在座眾人的動靜。

「西鄉有什麼了不起。」

陸奧心中本就有此成見。

陸奧生性肚量狹小，又容易心生偏見，故隨時都有讓他抱持敵意的對象。此時讓陸奧心懷敵意的就是西鄉吉之助。敵意這詞若不恰當，不妨稱之為競爭心吧，因為陸奧認為首領龍馬比西鄉更傑出。

「西鄉為雄藩之重臣，而龍馬不過是天下獨行之士，兩人立足點有如天壤之別。但即使如此，龍馬卻依然能超越西鄉而收拾時勢呀，不是嗎？」

就是因為如此。

他一向以如此眼光看待西鄉，故內心的批判自然十分辛辣。

「西鄉心存懷疑。」

陸奧感到很痛快。西鄉那懷疑的表情之後究竟有何想法，陸奧瞭若指掌。

「坂本兄……」

西鄉扭著又粗又短的脖子朝龍馬道。坐在外廊的龍馬應聲將上身轉向西鄉。

「什麼事？」

龍馬露出如此表情。西鄉道：

「我看了這表，卻沒找到應代表土州出頭的尊兄之名，究竟怎麼回事？」

「我的名字嗎？」

龍馬道。陸奧仔細觀察龍馬的表情，發現他正極力瞇起近視眼。是聽到意外問題的那種表情。

「我不出頭啊。」

他毫不遲疑道：

「因為我不喜歡呀！」

不喜歡什麼呢？西鄉問道。

「不喜歡當死板板的官員呀！」

龍馬道。

「不當死板板的官員，那麼你要做什麼？」

「這個嘛……」

龍馬不慌不忙站起身來。接下的這段話讓陸奧終身難忘。

「就組織世界海援隊吧。」

陸奧一直到日後，只要對人提起這段往事，都說他覺得此時的龍馬實在遠比西鄉更像個大人物。

就連西鄉對此也接不下去了。一旁的小松帶刀也目不轉睛盯著龍馬。

自古以來的革命功勞者中，恐怕沒人不當新國家元勳的吧。這雖是常例，龍馬卻主動迴避。小松一向器重龍馬，正因如此，應該更為了這句話而感到欣慰吧。

「龍馬已經放眼世界啦。」

他沉穩地微笑道。

「世界海援隊」。

這詞的意思陸奧也不太清楚，是指要開始與全世界進行海運貿易嗎？究竟是指什麼呢？

「總之，從今天開始，土州將退居第二線。往後就以薩州為主軸了。」

龍馬此時最想說的定是這句話。若由藩論不統一的土州出頭，只會分散革命力量，這龍馬比誰都清楚。

西鄉已從他的沉默中了解到這點。

「了解。」

他低聲道。

龍馬還有另一件事要說。

那就是財政之事。

「新政府不靠英雄豪傑做事，但政府能否成功之關鍵在於財務。懂財務之人很難找。」

「沒錯。」

關於這點，西鄉不得不聽龍馬這位「志士中第一經濟專家」的意見。

「有沒有適合的人選？」

「薩州如何？」

龍馬試探地問道。

有五代才助（友厚）。他的確是近代式商務及產業專家，但究竟懂不懂一國政府之財政，就多少有些疑問了。

「長州如何？」

西鄉詢問正好來此的長州連絡官廣澤兵助（真臣）。

「這個嘛……」

廣澤歪著肥胖的臉想了想。木戶準一郎（桂小五郎）是位單純的政治家，那方面並不在行。山縣狂介（有朋）完全是名軍人，根本不懂金錢方面的事。井上聞多（井上馨）雖具周旋之才，財務方面卻是個未知數。

「有一個人。」

龍馬道。

西鄉點頭道：「就聽你的。」

「越前福井的藩士，名叫三岡八郎。」

在座眾人都沒聽過這名字。

「嗯，三岡八郎……」

西鄉在手上寫著，希望能記住這名字。其實西鄉發現諸官名冊中出現這個沒見過的名字，才正感到納悶呢。

「不，我記得聽過這名字。」

小松帶刀似乎努力搜尋著記憶。

龍馬忍不住笑了出來。文久三年秋天，應該曾有個越前福井藩的勤王派志士，名字很怪，叫海福雪的，到薩摩去拜訪小松。龍馬道。

「啊，海福雪！」

小松想起來了。

「就是那位海福同志呀。應該是海福到薩摩藩來時，曾提起該藩的三岡八郎這號人物，大概是那時留下印象的吧。」

「哎呀，佩服。就是那時留下的印象。」

小松一本正經答道。

「那位海福現在如何？」

「遭幽閉中呀。」

龍馬道。福井藩於文久三年秋天彈壓勤王派，海福和三岡八郎目前應該都還被幽禁。

龍馬開始說起三岡的為人。

他本待橋本左內如兄，後接受橫井小楠的理性主義洗禮。平時就批評藩財政以米穀經濟為主之謬誤，而主張應以貿易及產業為財政重心。曾奉藩命至長崎實際調查貿易情況，並設立物產總會所及長崎商務所（藏屋敷）。龍馬去見越前松平侯春嶽，向他介紹西洋公司論並商借五千兩時，就是由三岡直接接待的。

「哎呀，全權交給你吧。」
西鄉道。
龍馬點點頭。
因此，龍馬明天就得上越前福井交涉，要求解除三岡的幽閉之罰，並將他拉來京都。
總之，與大政奉還配套的新政府成立案已完全得到西鄉的諒解，並開始認真相挺這個計畫。
龍馬很是忙碌。在薩摩藩邸要求提供飯菜，接下來非得趕往岩倉村見岩倉具視不可了。
吃完後他到廚房汲水喝，正好陸援隊的中岡慎太郎自白川村來此。
龍馬在陰暗的廚房為他說明大致經過，並拜託中岡與他一同前往岩倉村。
「嗯。」
中岡點點頭。他原對龍馬的和平革命方法論多少有些不滿，但如今既已成功，就只能拋棄己見全力幫助他了。
「可是快下雨了。」
「管他刮風下雨，今晚若不去見此卿，事情將有所差池。」
向薩摩藩邸借了印有該藩家紋的斗笠、提燈及蓑衣，然後走出藩邸。
中岡帶著一名叫新太郎的僕人，是伏見街道方面一家打鐵店的兒子，這年輕人因崇拜中岡而前來為他打理身邊瑣事。
沿相國寺的水渠走到鞍馬口，再往東渡過鴨川時，日已西沉。繼續往北行。
此時主張和平方式的龍馬與原本主戰的中岡之間，意見終於一致了。
「遲早都將演變成戰爭。」
此看法雙方都一樣。
因為慶喜雖辭去將軍之職，但有四百萬至八百萬石的直轄之領，直接領有江戶、京都、大坂、堺、博多五大商業都市，甚至函館、橫濱、長崎、兵庫等直轄開放港亦屬其私有，且又擁有江戶城及二條城等要塞，以如此軍事及經濟能力，他其實就是日本的國王。

——放棄這些並奉還給朝廷！

在目前階段還不能如此要求。即使慶喜有意放棄，眾幕僚恐怕也會反對，譜代大名應該也不會答應吧。

「既然那些仍為德川家所私有，那麼即便政權轉移至京都，也是有名無實。」

中岡道，龍馬也認為有道理。大政奉還後的重要工作就是這件事。

「只要讓慶喜在新政府擔任要職，就會自動交還土地及領民了吧。」

這是龍馬的猜測。

「當然這定會引起持反對意見之幕臣及大名拔刀相向。到時，既然慶喜本身為新政府要職，那麼他自己應該就能出兵討伐。」

「事情真能如此順利進行嗎？」

「非如此進行不可。要是如此仍有堅持不接受者，再動兵。」

否則新政府將會輸給舊政府吧。在軍事上，新政府連一名親兵都沒有，舊政府卻私擁以幕藩體制為基礎的兵力。薩、長再怎麼有力，也打不贏這天下之兵。

「打得贏呀。」

中岡駁斥龍馬的看法。

但龍馬又進一步反駁。即便最後打贏了，國內也將因這場內戰而疲憊不堪，再無餘力加入歐美列強所組成的文明社會。

「不管怎麼說，往後的事還是交給掌握薩摩藩的西鄉及大久保吧，我能做的就是漂亮地完成大政奉還。要如此，必須有岩倉卿的協助。不，往後反而應以岩倉卿為中心，由我們從旁協助。應以此為方針。」

深夜才進入岩倉村，兩人用力拍打退隱所的大門喚醒岩倉。

龍馬被領進屋。

一到晚上還是有些涼意。離開高知後一直衣著單薄的龍馬覺得這岩倉村的深夜真是冷，只得把手放進懷中，以手掌摩娑肩膀和背部皮膚。岩倉大概看不過去，就借他一件襯襖。

一會兒，下僕與三進房來，把酒瓶放在龍馬面前。

「這樣身子就會暖一點吧。」

岩倉道。岩倉身旁坐著藤木右京和玉松操，在這僅三間房的狹窄退隱所，竟住著岩倉、藤木、玉松和與三四人。

龍馬說起自己對西鄉提過的意見。

岩倉默默聽著，偶爾點點頭，偶爾展顏微笑，但絕不打斷龍馬的敘述。

龍馬大約說了一個小時才說完。岩倉點頭道：

「完全了解了。」

但岩倉似乎特別針對龍馬主張讓土佐藩退出政局一步的意見無法完全同意。

「山內前少將（容堂）的確對尊王、尊幕兩道都無法捨棄，其所持之理總是晦澀而複雜，今後恐將成為時勢進展之障礙。即使如此，若要土佐藩撤出新政府，容堂說不定抑鬱之下便轉而支持幕府方。」

「他倒也不是那種人。」

龍馬道。言下之意，總之容堂只是個單純的任性小兒。

「不，姑且不論如何評論容堂，自然非讓他加入新政府不可，且也得讓土佐藩與薩、長人數相同。」

關於這點，龍馬並未繼續爭辯。一切只要交給岩倉這位稀世謀略家即可。

龍馬也要求救助慶喜。岩倉曖昧地點了點頭。

龍馬進一步為慶喜說話。他說，德川慶喜才是維新回天的最大功勞者之一。

「應該是吧。」

岩倉低聲道。岩倉認為若不打倒德川家，就無法確實恢復朝廷之權。這點龍馬也同意，但也主張必須把德川家與慶喜分開考慮，最後終於說服岩倉。

接著龍馬又向岩倉提出前文提及的新官制案，又進一步當場寫下堪稱新政府基本方針的文案。

此文案有八條。

「第一義」龍馬如此寫下，接著在下面註明「招攬天下知名人才獻策」。

第二義　選用有才之諸侯，賜予朝廷官爵，剔除現今有名無實之官。

第三義　（捨棄攘夷論）議定和外國之間的交際。

第四義　撰律令，制定全新的無窮大典（憲法）。

第五義　設上下議政所。

第六義　設海陸軍局。

第七義　設親兵。

第八義　使皇國今日之金銀物價與外國平均。

「言之有理。真是令人眼睛為之一亮的文章呀。」

岩倉似乎強忍著內心的感動，同時將兩份文件放進文件匣。後來龍馬之案幾乎直接成為樹立新政府的基礎方針。

龍馬到岩倉邸來，是在慶喜於二條城宣布奉還大政的翌日。

再翌日十五日，慶喜就進宮正式啟奏該旨，朝廷方面也受理了。故大政奉還之成立應該是在慶應三年十月十五日。

在此之前多少有些曲折。前一日，公卿第一次聽說慶喜的意思，內心為難之情還多過欣慰。

最感為難的，是位居朝廷最高職位「攝政」的二條齊敬，這位老人只是空有公卿長老身分，此外一無是處，早因無能而遭諸藩有志之士暗中瞧不起。
在二條城宣言發佈之後，薩摩的小松帶刀等人奉老中板倉勝靜之託，去見應負責整合朝廷之接受態度的齊敬，告訴他此重大事實。
「這、這真是教人為難呀。」
此即這位老公卿的第一句話。齊敬的為難之心，可說正是絕大多數公卿的實際感受。宮廷諸卿毫無擔當國政之能力，現在提出這種要求，真的只是教人為難。
「總之，我明天會召集朝廷諸員商議，然後再給你消息。」
說得一派輕鬆。
小松等人深怕再拖延下去不知將發生何種不測事態，要求他當場答覆。
「現在當場答覆？真是豈有此理。」
齊敬簡直不敢置信。小松拿他沒輒，但仍哀求他以攝政身分當場回覆，齊敬只是一味搖頭說：「沒法如此獨斷決定。」
「萬一到時……」
小松道：
「被冠以獨斷之罪，大人您只要切腹謝罪即可，不是嗎？」
「我們和武家不同呀。我可是公卿，公卿沒有切腹的慣例呀！」
「大人。」
小松重新坐正，直視齊敬並朗聲道：
「大人，若無法讓大人立即做出決斷，在下可是抱有非常之決心的。」
「咦！」
齊敬不禁渾身顫抖。小松所謂的決心想必是拔刀刺死齊敬，自己也直接在血泊之中切腹自盡吧。
「等等，我這就依你說的做。」
會談就此結束。出了二條城，與小松同行的土州福岡藤次——大概是因大功告成而亢奮不已吧——

極為輕率的拍拍小松肩膀，並問他方才說的「決心」究竟是何意思。

「哎呀，沒什麼特別意思，只是嚇嚇他罷了。」

說著低頭竊笑。連個性敦厚的小松帶刀也不得不耍這種手段，可見公卿貴族實在不可理喻。

因為有如此內情，故朝議決定受理，而於十五日午前十一時迎德川慶喜進宮，正式受理。

前文多次提及，十五日這天即為龍馬造訪岩倉邸的翌日。

此時，屯駐京都之諸藩藩士的話題全集中在這一點。尤其會津和桑名等激進佐幕派之藩對慶喜的輕率決定十分憤慨，並憎恨薩、土。

「既然如此，只好直接開戰，放火燒光薩邸，占領宮廷，並將天皇遷至大坂城，以求德川家之安泰。」

如此意見已占壓倒性多數。

不，可說整個京都皆已陷入騷動。

「黑谷的會津藩要與薩摩藩開戰了。」

如此傳聞甚至流傳到町人之間，性急者甚至已將家具物品堆上車，準備逃往鄉下親戚家避難。

此時一名身穿黑色皺綢外褂及仙台平裙褲、打扮莊重的男人，突然造訪中立派公卿三條實愛位於正親町的宅邸。這人就是新選組局長近藤勇。近藤已是反薩州政界一方之雄，在京都舉足輕重。

實愛接見他，彼此交換了情報。

「最近幕府之人都對朝廷心懷怨恨。」

近藤道。這是事實。

「應該不會怨恨朝廷吧。因為大樹（慶喜）是依自己意思奉還政權的，朝廷雖感為難但仍接受了。事實就是如此。」

「此情形小的知道，但長州不是因薩摩的奸計而獲赦了嗎？」

這是近藤等幕府之人的問題點之一。長州長期以來之罪獲赦，將以輔助朝廷之公藩地位重返政壇，甚至傳聞其大軍將在近日公然上京。

「如此一來天下情勢將如何？朝廷又將如何？原本與幕府交好的親王及公卿必將失勢丟官，而原來因受罰之身流亡大宰府的三條實美卿等人卻將重返朝廷掌握實權呀。」

的確即將發生革命。本為佐幕派之公卿即使不至於被送上斷頭台，下場也相去不遠吧。近藤如此恐嚇。

「奸佞之人包括……」

近藤直接舉出名字：

「薩摩的小松、西鄉、大久保，以及在野的坂本龍馬。一切全是這四人策畫的。」

當然近藤已傾新選組之全力偵查此四人之動靜，並準備發動狙擊。

龍馬是因自高知經大坂入京時，其風評早已如電流般流竄在京都佐幕派尖銳勢力之間。

「土佐豪俠」。

他們為龍馬冠上如此修辭。

「土佐豪俠坂本龍馬將率五千藩兵入京。」此即其風評。雖誇大，但應不是空穴來風，因為事實上龍馬已要海援隊之汽船橫笛丸全副武裝在兵庫海面待命，且命隊員陸續到大坂的薩摩藩御用商「薩萬」集合。不過，入京的卻僅有龍馬本身及幾個人。

話說……

大政奉還成立後的第三天十七日，薩摩的小松帶刀、西鄉吉之助和大久保一藏三人即整裝連袂離開京都，經大坂西行。他們預定以快速汽船到長州，共商占領京都之策，再到大宰府將五卿帶出，然後返回鹿兒島與島津久光商議制壓天下之祕策。此即他們此行之目的。

此事已傳遍京都，薩摩的「奸計」人盡皆知。

京都的會津藩在邸內有間名為「京都密事御用所」的專門房間，換句話說就是情報部。此情報部緊急發給江戶屋敷同部門的信中寫著：「十七日，薩人小松帶刀、西鄉吉之助和大久保一藏三人離京。箇中詳情不明，但恐是為將其領國內的大隅守（島津久光）請出，將大宰府五卿請出，以及將長州軍拉往京都吧。」

此三人離京後，京都的町家騷動也因認為「暫時不會發生戰爭」而平靜下來。如此的會津情報已傳往江戶。

順帶一提，西鄉一行三人離開京都後，立即有二十多名新選組隨後追趕。然而錯失下手機會，最後無功而返。

龍馬一直想著非跑一趟越前福井不可，偏因眼前的事而忙得分身乏術。

小松、西鄉和大久保等人要西行時，龍馬也派身邊的戶田雅樂和中島作太郎同行。戶田之任務是到大宰府，中島則是前往長崎。

龍馬又交代因公正要趕往高知的土佐藩吏望月清平，要他帶話回去警告母藩兩件事：派藩軍上京，以及要土佐勤王黨同志大舉入京。

再重複一次，西鄉等人西行是在十七日。翌日十八日卻生了一起小事件。

事件發生在岩倉具視的京都本邸。這天，岩倉正好在京都自邸。

「大垣藩士入谷昌長」。

有名如此自稱之人突然造訪岩倉邸，說有十萬火急之事，故岩倉雖心存警戒仍接見他。

「近日恐將發生非常事故。」

他如此道。根據入谷所言，大垣藩之藩邸有個名叫井田五藏之人，是藩中的法國傳習隊長，也是有名的洋式陸軍指揮官。但他是個佐幕家，正與會津、桑名二藩密謀，計畫趁薩摩要員不在期間襲擊薩邸和岩倉邸，再趁亂闖入皇宮，強行挾天皇移駕大坂城。

岩倉聞言大驚，入谷回去之後，立即換上武家裝束連夜趕路，直衝進白川村的陸援隊本部。岩倉對中岡實在非常信賴。

「中岡，怎麼辦？萬一發生如此情況，之前的苦心就完全白費了呀。」

不管怎麼說，在目前階段，就薩摩藩人數這點看來是定要吃敗仗吧。薩摩的增援部隊還在長州的三田尻港待命，長州軍也尚未抵達。況且若要薩摩藩兵大舉上京，也得等小松、西鄉及大久保歸藩說服藩主後才能進行。目前在京都的薩兵不滿千人，即使加上中岡的陸援隊也為數甚少。

會津、桑名兩藩有二千五百人，大垣藩有四百人，新選組有二百人，見迴組有一百五十人，若動員如此大部隊，薩摩邸根本毫無勝算。

「總之，先往薩摩藩邸商量吧。」

中岡陪著岩倉走上暗夜的街道。

終於抵達薩邸。

小松等人不在，由吉井幸輔和伊地知正治兩人代理藩務。他們立即請岩倉到內廳密議。

最後達成結論：萬一發生情況，薩摩兵及陸援隊士便棄守自邸趕至皇宮，固守皇宮諸門，只要尚有最後一人活著，就不讓天皇離開。此階段已是天皇爭奪戰，奪得天皇的一方就成為官軍。就如同將棋中的「玉」吧。

「有勝算。」

以薩摩藩頭號軍略家馳名的伊地知正治，用頗值得信賴的口吻對岩倉道。其實根本毫無勝算，只是痛下血染皇宮之決心而已。

事後才知道，入谷的情報其實是會津、桑名二藩的計謀。

他們的確有討薩之計畫，但只要散布此情報，個性衝動的薩摩人定要先發制人，率先發動攻擊吧。他們如此判斷，就讓他們先出手再加以討伐。會津及桑名兩藩就是因想出如此手段，才利用入谷某的。

龍馬翌日得知此不尋常之事，特別警告中岡，在薩摩藩軍入京之前千萬別中了他們的挑釁。

龍馬一大早就離開租處在京都四處奔波，晚上很晚才回來。

「實在太不小心了。」

薩摩的吉井幸輔等人都皺起眉頭，要他至少搬離租處。言下之意是要他搬到薩摩邸。

土佐藩的人也異口同聲提出忠告，要他最好搬到河原町藩邸。

「藩邸那種地方哪能住呀？」

龍馬每次都一笑置之。若他們仍不死心，龍馬就道：

「諸位似乎還不了解我這個人，我是個睡覺拿碗公當枕頭的人呀。」

聽他這麼說，大家也只好苦笑閉嘴。龍馬素有如此傳說，某次他住在薩摩藩邸，早晨醒來就要人把裝在提箱中的大碗早飯送進房裡，直接在被窩裡吃了起來。後來大概覺得還沒睡飽吧，竟把空碗公倒過來枕著頭睡覺。枕在碗公上的頭骨碌骨碌擺動，即使如此龍馬還是鼾聲大作。

如此任意妄為的雜亂無章之舉，在講究禮儀的藩邸是絕對行不通的。

「以一知萬，我就是這德行呀！哪能住在那種不自由的圍牆中呢！」

「那不自由的圍牆可以為兄台抵禦外敵呀！」

「若是為此，還不如死了算了。」

龍馬道。

當然龍馬也知道新選組和見迴組正傾全力要狙殺自己。

「就讓他們來無所謂呀。」

他也對人如此道。據龍馬說，只想保全自己性命的人，沒一個像樣的。

「我死時就把命交還給上天，切莫因一心攀向高官之途而貪生怕死。」

龍馬將此語錄寫在手冊中自我警惕。

「於人世中得生，就在於成大事本身。」

龍馬如此斷言人生的意義。反正遲早都是一死，應不顧死生，只關心事業，若中途死神突然降臨，也要維持推動事業之姿就死。這是龍馬一貫的主張。

龍馬整天以雙腿在街上不停趕路，這時連片刻都未想到死。

「我已將自己訓練成這樣。」

龍馬經常如此道。

某次，他離開租處先到土佐藩邸，接著立刻要繼續趕到二本松的薩摩藩邸時，正好有十來名新選組隊士站在御池的角落。

路很窄。

「那不是龍馬嗎？」

眾人突然發現，彼此使使眼色，蓄勢待發。龍馬終於走過來了。

「這位是土州的坂本爺吧？」

其中一人開口問道。龍馬並未停下腳步，只朝他瞥了一眼道：

「怎麼？我可是很忙的。」

說著的同時竟就此走了過去。他們的狠勁頓時消失，連刀都沒拔，只是目送龍馬的背影離去。龍馬大概只是想朝他們大吼「我正忙著工作呀」，也或許只是單純要卸去對方的勁頭吧。

這日傍晚，龍馬難得較早返回近江屋，便給江戶的千葉重太郎寫了封信。

「京都愈來愈有意思了，快來吧。」

信末還附帶寫著「請代問候佐那子小姐」。剛寫完，相撲手藤吉就上來說：

「有位女性訪客說要見您。」

他傳達說有人來訪。又說對方雖稍有年紀，卻是個大美人。龍馬歪著頭苦思。

終於想到這名意外的訪客是田鶴小姐。

「哎呀，糟了！」

龍馬狼狽已極地從外廊跳下去，抓住正好在那裡的一名近江屋卜女，要她先把田鶴小姐帶至二樓，自己則衝往井邊。

「藤吉，這個，快幫我想想辦法！」

他奮力洗著臉同時指著自己的髮髻。藤吉拿來一把梳子，將龍馬的髮髻解開，再用水梳開。

梳著梳著，藤吉覺得龍馬這不尋常的舉動委實可疑，心想這位客人定是非同小可，同時問龍馬這客人究竟是什麼人。

「哎呀，是位很囉唆的貴客啦。」

龍馬以單膝跪地，任他為自己梳頭。他的頭髮很難梳開。

「那麼，是大爺的意中人嗎？」

「不是啦！」

龍馬一反常態脹紅了臉道：

「這人只要看到對方的臉，就嘮嘮叨叨罵個沒完呀！」

真是太大意了。事實上田鶴小姐並未上二樓，且已來到龍馬背後。藤吉朝身後一看，嚇得不敢開口。

田鶴小姐用手指抵著唇，含笑繼續走上前來。她從茫然呆立的藤吉手上拿起梳子，一會兒便抓起龍馬的頭髮，利落地梳了起來。

當然龍馬也發現情況有了變化。

「好像總是敵不過她呀。」

龍馬縮起肩膀，但就此任她為自己梳髮。

田鶴小姐似乎很高興這回重逢的方式，她細心梳理，然後挽起頭髮準備梳成髮髻。

「好痛！」

龍馬慘叫一聲。田鶴小姐置之不理，繼續捲著髮髻，然後嘴唇靠上去，以犬齒咬斷線頭。

「啪」地發出小小的聲音。田鶴小姐常用的香囊氣味瞬間填補了現在與過去之間的空白。

「田鶴小姐，頭髮綁太緊，眼睛好像要往上吊呀。幫我想想辦法吧。」

「您就忍一忍吧。都已經一把年紀了，還那麼不修邊幅，會被人看輕吧。」

接著，龍馬就把田鶴小姐請進二樓房間。

問她為何突然自大宰府三條實美卿身邊上京來，她說是為了解京都情勢後將確切情報送回大宰府，此外也是特來將實美情況通知三條家的人。

接著又說，昨夜抵達京都，在三條家換下旅裝，並得知大政奉還已成事實，以及長州藩獲赦、五卿之懲解除之事。

「我震驚到必須以手壓住胸口。」

她感到震驚的應是時勢之變化吧，也可能是因得知此變動之始作俑者是龍馬。

「龍馬大爺也是不可小看之人呀。」

她照例調侃龍馬。

龍馬雖招架不住如此調侃，卻又不得不將正確情勢及預測告訴這位三條卿的密使。

同時又覺得其實無此必要。因為大宰府方面，與田鶴小姐錯身離京的西鄉他們應會去報告，且龍馬派出的戶田雅樂還能報告得更詳細吧。

「我明早將離開京都。」

龍馬說起自己將前往越前之事。又說，等所有事情告一段落之後，自己打算遠離時勢到海上去。

翌日早晨，龍馬穿上草鞋並打上綁腿，往越前福井出發。

隨從是藤吉。

此外，同行的還有藩之監察官，也是自土佐勤王黨時代以來的同志岡本健三郎。

龍馬的身分是「土佐藩使者」。在福井要進行的工作有二，一是請該藩藩主松平春嶽加入新政府，一是為龍馬相中並推薦為新日本財務官的三岡八郎說情，將他自前後大約五年的禁錮之中解救出來，並請他上京。

要完成這兩件工作必須有相稱的形式。無論春嶽一向多愛護龍馬，大藩藩主總不可能因一介處士龍馬開了口，就依言匆匆趕上京擔任新政府要職吧。為此，龍馬懷中備有容堂的親筆信。

出發前往越前的準備因此多少耗費了一些時日。龍馬告訴後藤象二郎，要象二郎向領國內的容堂拿親筆信。就為了送這小小一封信，藩船專程在大坂及高知間往返。

後藤又進一步暫時授予龍馬「土佐藩使者」之名義。本來若論資格，如此藩使得參政或大監察才能擔任，如今卻給了無官位的龍馬，全因凡事主張實事求是的後藤果斷。

藩使必須有監察同行，這職位就由岡本健三郎擔任。監察同行可說是三百年來幕藩體制下的規矩。好比萬延元年（一八六〇），為了日美通商條約的批准與交換工作，而被指派搭乘咸臨丸前往美國的日本政府使節中，就包括正使新見豐前守正興、副使村垣淡路守範正以及監察（目付）小栗上野介忠順。抵達美國後，當地報紙寫道：

——目付根本就是間諜，日本政府竟要間諜同行。在他們眼裡，恐怕再無如此難以理解的慣例吧。

此慣例之歷史悠久，甚至可遠溯至源平時代。源賴朝指派義經為消滅平家之司令官時，也同時指派梶原景時為軍目付。此二人在戰場上的對立成為義經個人悲劇的戲劇性要素之一，此乃日本眾所周知之事。較晚的關原之戰時，家康也曾指派本多忠勝及井伊直政為先發部隊之目付。

這些都已成為慣例。即便有名無實，也得有監察同行，使者於法之資格才算正式。

「指派一名監察給我。」

龍馬在準備中如此拜託後藤，就是為了備齊自己這使者身分的正式條件。換句話說，岡本健三郎就如同正式禮裝，是被當成儀禮用的裝飾品帶去的。

天未亮就自京都出發，抵達近江草津時已是過午時分。在此吃了午飯。

休息片刻後又開始趕路。龍馬腳程快，個子小的岡本和過胖的藤吉都追不上。

「走慢一點吧！」

岡本拚命追趕同時如此哀求，龍馬卻未放慢腳步，只像唱歌似地道：

「不快點不行呀。不快點……」

京都情勢讓龍馬腳步加速。說得誇張一點，或許是歷史在鞭策著龍馬吧。

「這回就是我分內的最後工作了。」

龍馬往前望著別名近江富士的三上山道。完成這工作，接下來就把一切交給西鄉、大久保、桂及三岡等人，然後返回海上。這就是龍馬目前唯一的願望。

一路晴朗，龍馬往前行。岡本和藤吉拚命追著龍馬的腳步，疾驅在湖畔之野。

越前福井是祿高三十二萬石之松平家的城下。往北渡過足羽川，即可望見福井城聳立眼前。此城下人家密集，街景之繁華宛若大坂。

越前松平家自春嶽這代開始，藩的財政方針就變得特別與眾不同。以往以稻米收穫為主的路線逐漸修正為類似歐洲荷蘭那樣，改以貿易及工商業為藩財政之基礎。

這應是因春嶽具有先知般的政治眼光吧，因此才會招攬肥後熊本的橫井小楠，並栽培他當藩的經濟官吏，聽勝海舟講述海外情況，又愛屋及烏疼愛受寵於橫井及勝的龍馬，贊同龍馬的「公司理論」並出資五千兩協助設立神戶海軍塾，又支援長崎的龜山社中。

故此城下並無大藩城下特有的閒寂氛圍，取而代之的是近乎熙來攘往的活絡氣氛。

龍馬走進文久三年來此時住過的山町那家旅館「煙草屋」。

隨即派岡本健三郎前往藩廳說明來意。

立刻回報說春嶽批准謁見。

「去幫我借套正式禮裝和裙褲吧。」

龍馬如此拜託女侍。因是以土佐藩使者之名謁見，若不做正式打扮穿上那些禮裝實在不恰當。

女侍跑到附近的町長家借了禮裝回來。

「家紋不同呀。」

女侍道。但龍馬毫不介意地穿上，穿上後卻嘆了口氣。

「這玩意我還是第一次穿呢。」

扇子就向旅館借。不一會兒藩廳派人來接，龍馬即同行前往。

在城內謁見。

春嶽一見身著禮裝的龍馬就如鳥叫般呵呵笑了。這身打扮在他眼裡看來似乎太奇怪了。

「龍馬你不用穿那種衣服來也無所謂呀。」

藩主好心說。

龍馬並不覺得特別好笑，開始一本正經說起京都的新情勢。右手邊坐著家老中根雪江，左手邊則是書記官，正把龍馬的話速記下來。龍馬說話不太使用漢語，習慣使用大量俗語或比喻，因此，春嶽邊聽著，又照例發出鳥叫聲似的笑聲。

後來中根雪江提出質疑。龍馬回答並盡量詳細為他說明情勢，加以分析後甚至還提出越前福井藩今後應採何走向的建議。

接著提出希望三岡八郎加入新政府之旨，沒想到春嶽卻皺起眉頭。

「那人是我藩罪人呀。」

就連如此通情達理的春嶽也不喜歡三岡的過激勤王主義。一如土佐的山內容堂，要藩主參加革命總有一定的困難吧。即便是薩摩的島津久光，雖受西鄉及大久保巧妙操縱，個性卻相當保守而無法完全脫去佐幕色彩。

「可是三岡八郎並不是新政府的罪人吧。」

龍馬道。

春嶽不得已決定赦免三岡，但手續辦完恐怕還得等上幾天吧。

旅途中的龍馬卻很急，他希望隔天就能見到三岡。

「不得已，明天就姑且放三岡出來一天吧。」

春嶽對中根雪江下令。

龍馬一切都安排好了才退下。

三岡八郎宅位於城下的毛矢町。

因正受閉門幽禁之刑，故門被釘死，窗戶也釘上木板。當然完全禁止與外界溝通。

今晚卻有藩廳的官差來到此宅並拿出一份傳喚書。

這回托坂本龍馬之福。此人提出為國家大事欲見三岡八郎之旨。是否願意請答覆。

就是如此簡短的文章。三岡讀了真想大叫。他雖為閉門幽禁之身，但對京都情勢之變也略有耳聞，可惜無法得知確實情況甚至懷疑其真實性。然而現在龍馬來了，且藩廳還給龍馬特別通融，故京都的勤王政府定已成立無誤。

翌日早晨，三岡天未亮就起身沐浴並結髮。早上七點左右，兩名藩吏就來了。因三岡帶罪在身，必須有官員同行才能見龍馬。這兩位官員堪稱藩之高級官吏，是御用人松平源太郎和目付出淵傳之丞。

「職責所在必須與你同行。」

他們態度簡慢地說，然後帶著三岡出門。大概都五年沒見過附近的景色了，對三岡而言，這回外出本身就十分令人興奮，差點就想衝出門去。

午前八時抵達山町，終於來到旅館「煙草屋」門口時，三岡迫不及待朝二樓大喊：

「龍馬——」

龍馬應聲從二樓探出頭來往下喊道：

「哎呀，三岡嗎？我有好多話要告訴你呀！」

三岡在明治後改名由利公正，歷任諸多官職並獲封子爵，明治四十二年（一九〇九）以八十一歲之齡過世，在世時曾一再談起此刻的感動。

三岡發現龍馬從二樓探出來的臉上表情開朗且聲音中充滿興奮之情，頓時了解天下大事已成。

「因我帶罪在身，所以有見證人同行。」

「哦？也請見證人一同上來吧。從今以後大家都是日本人啦。」

龍馬的語氣顯得過度興奮，這話簡直就像醉酒後說的。他自己似乎也發現這點而大笑起來。經過漫長的黑暗時代後終於重見光明的喜悅，龍馬肯定從未有過如此強烈的感動。當然，帶罪在身的三岡內心之感激更是不可言喻。

總之，一行人都上了樓。

龍馬與三岡對坐，兩名官員和岡本健三郎因職責所在而並列端坐於房間一隅。

龍馬開始說了。最初兩個小時都花在說明大政奉還為止的情勢，奉還前後幕府及諸藩之動靜，接著是奉還後到今天的大略情況。

龍馬喉嚨乾了就大量的喝水，喝了以後又繼續講。

接著三岡開始提出問題：

「那麼，今後的計畫如何？」

「這問題目前尚未決定，但總之是不打算開戰。」

「可是戰爭是有對手的。即使我們不打算開戰，他們要是來挑釁也沒辦法吧。到時候難道要逃嗎？」

「那可不成，不過……」

龍馬說起沒錢又沒兵的新政府實際情況，三岡立刻說起相應於此的一部分財政方案。

龍馬拍了下大腿道：

「全說出來！」

他開心大喊。根據三岡的記憶，龍馬當時是這麼說的：「我就知道你會這麼說，所以才專程來找你的。全說出來吧！」

三岡八郎這人的頭腦實在不可思議，他能瞭若指掌地談論國家經濟，卻出人意料地又發明了新灶。閉門幽禁期間因太過無聊而想到這個新構想並動手完成製作。此灶能較以往的灶節省燃料且火力更強。他發明的灶直到昭和十年（一九三五）都還被稱為「三岡灶」，在福井縣內受到廣泛使用。

他對龍馬說明新政府財政的基本想法應如此這般，主張發行紙鈔並以此為財政技術之一。

那就是要兌換紙幣。因新政府尚無信用可言，故應說服京都大坂的富豪，要他們充當發行紙幣的發起人，若借用他們的信用及財力，一千萬兩的錢想必也能一下子變出來吧。三岡就是此意。

「要如此，天皇陛下若無威望是絕對辦不到的。必須想辦法讓天下萬民知道天皇才是日本國之主。」

後來三岡八郎就照著這番話行動。鳥羽伏見的硝煙一平息，三岡就進大坂，召集鴻池善右衛門等十五位富豪，指派他們擔任新政府會計部門之職，又進一步召集六百五十名大坂重要町人，命他們籌措御用金。

這回新政府借來的錢和以往幕府時代徵收的御用金不同，日後會歸還且附帶利息，依籌措的金額數目還發給太政官紙幣。人心因而得以安定，且拜此太政官紙幣之賜，從零開始的新政府也有了基金，而此基金也成為東征的軍費。

這些可說全是在這「煙草屋」二樓談妥的。

與龍馬的會談從早上八點一直進行到晚上九點。途中三岡只有要上廁所才離席。

這時，監視三岡的藩御用人松平源太郎和目付出淵傳之丞也會一起去廁所。

藩之檢察官出淵在廁所前拍拍三岡骨架粗壯的肩膀道：

「你真不像話！竟然當著藩監察員面前與人討論謀反之事，真是太不像話了。」

說著揚聲大笑。其實松平和出淵在這天之前都還是佐幕派，卻因會談的駭人內容而大吃一驚，又發現時勢之轉變且罪人三岡竟是如此偉大之人，因而大受衝擊。

松平源太郎對龍馬尤其敬服，還說：

「我想以您為學習之模範。」

龍馬苦笑道：

「我不過是一介船員，天下事的指導事宜請找貴藩這位三岡呀。」

龍馬如此拒絕。但這人生性耿直，竟聽不懂龍馬如此說法，又繼續強行拜託。

松平因這一夜之緣而與新政府攀上關係，後出仕於維新政府，陸續擔任宮城、熊本之縣知事，晚年成為樞密顧問官。維新後改名正直並獲封男爵。

夜深了，三岡差不多要回家時，龍馬露出極難捨的模樣，從懷中取出信一般的東西。

「什麼東西呀？」

三岡伸手接過。原來是龍馬的相片。

「是我的相片啦。往後世事難料，若有什麼萬一，請把這當成紀念。」

龍馬道。

「這樣啊。」

三岡喃喃低語，並看看龍馬的臉。龍馬一反常態，眼角竟刻著一抹要沁透人心的微笑。三岡突然感到目眩，彷彿被一股與其他世界之人對坐似的那種莫名情感所衝擊。

翌日早晨，龍馬就出發前往京都。

將自己的相片和全新的命運種子留在三岡手邊。

龍馬五日回到京都，六日拜謁岩倉具視，請他發封委任令給越前藩，指定要三岡加入新政府陣營。

岩倉立即著手撰寫委任令，並透過越前藩京都屋敷，要求以緊急飛腳送達。

但對成立新政府一事，越前藩的佐幕派重臣原本就不高興，故刻意不給三岡看到這份委任令，佯裝不知情地過了一個多月。新政府催促此藩多達五次，藩才把這份召令拿三岡。就這樣雖多少有些波折，三岡的新命運總算就此確定。

有件怪事。

龍馬離開福井十餘日後，三岡被藩之家老岡部豐後召見。

「雖然你尚處閉門之罰中，但還是到我別館來說明你的所見所聞吧。」

身為藩之首腦，要想看清此新情勢的走向，只能盤問藩之政治犯三岡了。他應是如此認為吧。

三岡很高興受到召見，他希望藉此機會為重臣啟蒙，傍晚便離開家。出了家門才發現：

——對了，忘記帶龍馬的相片了。

又急忙跑回家。這陣子三岡把龍馬相片當成護身符般隨身攜帶，還特地以金絲錦緞做了個相片套。他放入懷中，這才到岡部豐後的別莊去。

岡部特為這個政治犯備了酒菜等著。三岡於是說起他從龍馬那裡聽來的諸般情勢，說明龍馬的新國家理想，又進一步提出今後越前藩應採之走向。

回家時夜色已深。

三岡要隨從為自己照亮腳邊，同時疾步趕路，一會兒就走過橫跨足羽川的橋。

過橋走上堤防時，原本寂靜無聲的天地間突然傳來響聲。

「那是什麼？」

平常很少受到驚嚇的三岡幾乎大喊地問隨從。隨從拱著背，並以衣袖護住提燈的火答道：

「是風呀。」

的確，風開始在天空發出響聲。但在這晴夜之中，如此現象只能稱之為異常。因十五的月亮高懸天頂，且不見一絲雲。

「應該不是風吧。」

「不，是風呀。」

隨從嘟囔著，並拚命護著提燈的火。的確，從他那模樣看來應該是風吧。緊接著三岡也立刻感受到風的力量了。一陣突來的強風吹向堤防，吹起三岡的頭髮、衣袖及裙褲，隨從手上的提燈也隨之熄滅。

三岡使勁踩住腳趾以抵擋強風。草屐的帶子斷了，他一陣踉蹌，退至堤防邊緣。

強風終於過去。

風停之後抬頭一看，月亮依舊高掛在天空中央，四周是一片難以置信的寧靜。

三岡的身體卻留下一股莫名的戰慄。就在下一個瞬間，三岡大喊：

「快點亮提燈！」

「怎麼回事？」

「我懷中的東西掉了！」

一切都不見了。布夾和那麼珍視的龍馬相片也不見了。接下來的一個小時，三岡就在堤防四處找，但終究沒找到。

三岡只好回家。

兩天後，三岡接獲報告，說龍馬和中岡慎太郎一起死在京都租處。原來那天夜裡，幾乎就在同一時刻，龍馬的靈魂飛升上天了。

龍馬回到京都後，一連多日都忙得不可開交，但十三日中午時分，突然有名身穿黑色皺綢外褂及仙台平裙褲、手持白扇的武士來訪。

「在下是伊東甲子太郎。」

他向負責傳達的藤吉如此自稱。伊東是新選組的參謀，姑且不論其善惡，的確是知名度頗高之人物。

他原是在江戶深川佐賀町主持町道場、開業授徒的北辰一刀流高手，國學素養也頗深。在新選組近藤勇的央求下，於元治元年年底，親率多名門人及朋友加入新選組，自己也成了參謀。

兩年半後，此人就升至新選組副總裁格之位，最後因機警察覺時勢轉變，而於今年慶應三年退出。不僅自己退出，甚至還邀眾多隊士一同以集團形勢退出。隨即自朝廷謀得名為「御陵衛士」之職，屬山陵奉行戶田大和守忠至手下，目前借東山高台寺的月真院做為營區。因伙食是薩摩藩暗中資助，姑且不論名目為何，總之就是實際上的討幕團體，而在新選組眼中就是叛徒。

「不知道有什麼事，不過就叫他上來吧。」

正好在場的中岡慎太郎道。

一會兒伊東就進來了。他並不是一個人，同行的還有曾在新選組以刀術出名而今成為伊東手下的藤堂平助。伊東和藤堂都是北辰一刀流千葉道場出身，與龍馬是同門關係。

「我是來給您忠告的。」

伊東抬起他白皙的臉道：

「根據某可靠消息，新選組正傾全力要狙殺閣下，請即刻遷至土佐藩邸為妥。」

他來訪之目的就在此。伊東係出此道，故他的話可以相信。

伊東為何特地來告訴龍馬這祕密消息呢？恐怕不完全是出自好意吧。倒戈改投勤王派的他定是希望預先贏得勤王派巨魁龍馬及中岡的歡心。

「感謝你的好意。」

中岡鄭重低頭致意。

令人驚訝的是，龍馬卻不低頭致意也不回答，只是別開頭不發一語。

「龍馬，人家那麼好心提供情報。」

中岡看不下去，扯了扯龍馬的衣袖。龍馬滿臉不悅地點了點頭。

「在說些什麼呀！」

龍馬心裡真想如此大罵。這幫人短短幾個月前還在狙殺勤王之士，如今卻見風轉舵，看準薩摩藩人數不足便趁虛而入，轉投這方。這種人龍馬看了就討厭。

伊東不得要領地退下。這天是龍馬死前兩日。

「要搬到藩邸嗎？」

伊東離開後中岡如此問道，龍馬只是置之不理。只因聽了伊東的忠告就慌慌張張搬到藩邸，這種事龍馬礙於自尊實在無法讓步。龍馬異常堅持。

「生死有命，如此而已。」

事實上真有所謂的命。

伊東曾向龍馬提出忠告，且果然應驗而龍馬真的去世。伊東後來聽到消息時，還向人發牢騷：

「看，我早就那樣警告他的呀！」

不料過了幾天，這個伊東甲子太郎也於十一月十八日在京都的油小路遭新選組一群人襲擊，死於亂刀之下。忠告者伊東甲子太郎想必沒料到自己幾天後的命運吧。

佐幕派的瘋狂，在大政奉還後可說達到頂點。

這部長篇小說也已接近尾聲。人終得一死。

龍馬也一定會死。死因為何與本小說之主題並無任何關聯。筆者在構思此小說時，是希望著眼於完成大事業的人所具備的條件，卻在一位名叫坂本龍馬，鄉下出生，既無身分地位也無學問，有的只是一片「志」的年輕人身上找到了。

如今主題已終結。

再詳述他的死，就超出主題之外了。

龍馬遭到暗殺。

暗殺這等事幾乎和交通事故毫無差別，即使巨細靡遺地描述暗殺者這群思想與熱情皆已扭曲的政治蠢蛋，也和龍馬一點關係都沒有。因此這部小說只點到為止地描述了他們的刀光劍影。但筆者內心還留有一路撰寫這部小說而來的餘熱。為了排解這份餘熱，我想在後記（收錄在卷末〈後記五〉）中稍微介紹一下這些人。

龍馬和中岡慎太郎死於慶應三年十一月十五日的夜裡。

這天中岡臨時有事。

前文曾略提及，去年九月十二日，有三十多名新選組隊士和八名土州之士在三條大橋的公告牌附近發生亂鬥。

此亂鬥事件相關的土佐人中，只有一名名叫宮川助五郎的年輕人被捕。宮川是在三條以南的車道不知被砍中幾刀而昏倒，才遭幕吏逮捕。

後來提交給京都西奉行瀧川播磨守並關入獄中，所受之傷並未致命。

宮川為上士出身，與下士的勤王派早就有所往來，上了京都之後也常有衝動之舉。

這回亂鬥的原因，是他們想去將三條大橋告示場「不得窩藏長州人」的告示牌撤除，卻中了預先察知此行動之新選組的埋伏而遭到圍攻。

京都守護職會津藩主松平容保特別重視宮川的上士身分，而派藩士諏訪常吉到土佐藩照會一下。

土佐藩這邊是由藩邸留守居役中村禎助負責接待。禎助為佐幕派，故對會津方伏身致歉。

這時會津方也做了讓步，打算將犯人引渡給土佐藩，幕府的筆頭老中板倉勝靜卻反對，因此宮川一直被關在獄中。

他在獄中曾多次求死，如此無懼之精神讓會津方頗有好感，會津藩的使者諏訪常吉甚至特地造訪土佐藩邸表明：

「貴藩若願領回，可將該士引渡。」

這時接洽的是福岡藤次，他因無法裁決而寫了封信給屯駐在白川村的中岡：

「藩無法領回，陸援隊若能將他領回就太好了。」

他以此信提出商量。

中岡看了信立即自白川村出發前往河原町藩邸，福岡卻正好不在。

「不如去龍馬那裡一下吧。」

這麼想著就拐了過去。這一拐，造就了中岡的死亡。

龍馬在家。

龍馬幾天前染上感冒，這天正好發高燒，故在土倉內睡覺。若在土倉接待中岡或許就不會發生事故了吧。

「土倉很熱，我們到母屋去說話吧。」

說著就請中岡到二樓。

這天寒氣逼人。

龍馬內穿鋪棉襯襖加上一件舶來棉的棉襖，外披黑色羽二重的外褂，然後上二樓的最裡間去。

二樓有四個房間。他在最後面的八疊房間與中岡相對而坐。

「發燒了，頭好昏。」

龍馬雖這麼說，但仍聽中岡說話。商量完宮川的處置事宜後，就論及新政府的官制。

相撲手藤吉隔著兩個房間，在最前面的房間做著削牙籤的副業。

夜深之後，藤吉就為龍馬點亮房間的行燈。

這時前文提及的岡本健三郎正好來玩，也想聽聽兩人談話。幾乎就在同時，菊屋的峰吉少年也來了。峰吉是因中岡派他到錦小路的薩摩藩邸去，這時正好回來報告對方的答覆。

「峰吉小老弟，我肚子餓了。」

龍馬轉頭對峰吉道：「去買鬥雞回來。」

峰吉精神奕奕地回答並站起身來。岡本健三郎也跟著說要回去。

「要去哪裡？又是去那個龜田屋嗎？」

龍馬如此調侃，岡本立刻面紅耳赤。龜田屋是河原町四條通往南一點一家賣六神丸的藥鋪，住著一位公認的美女阿高。岡本最近正與阿高打得火熱。

「不是啦。」

岡本道，並與峰吉一起離開。峰吉跑到四條小橋的「鳥新」訂了一隻鬥雞，在此等了三十分鐘。

就在這段時間，命運正一步步逼近。

數名武士站在近江屋門前，此時已是晚上九點多。他們是刺客。這幫刺客的名字在維新後的調查中大致全查清楚了，是幕府見迴組組頭佐佐木唯三郎指揮的六個人。

佐佐木獨自走進土間，朝二樓大聲說明來意。

藤吉就在二樓最外間。他放下削到一半的牙籤，踩著樓梯走到樓下一看，黑漆漆的土間果然站著一名武士。

「在下是十津川鄉士。坂本大爺在的話，我希望能拜見。」

說著把寫有姓名的紙片遞給藤吉。有好幾名十津川鄉士和龍馬交情不錯，且對方又只有一人，藤吉不疑有他，拿著那張紙片就要上樓。

「龍馬在！」

刺客一定如此判斷吧。事實上他的確如此判斷。

佐佐木不動聲色。

隨後進來的今井信郎、渡邊一郎和高橋安次郎衝過佐佐木身旁，尾隨藤吉，等他一爬上二樓就朝他背上直劈下去。

藤吉大叫。刺客想讓他叫不出聲，於是一連砍了六刀讓他當場斃命。這不過是幾秒間的事。

龍馬和中岡在二樓最裡間相對而坐。兩人正中間放著一張紙，近視眼的龍馬正趴著專心看那張紙片。

隔著一間（編註：一間約一・八公尺）距離，雖然聽到那邊很吵，龍馬還以為是峰吉回來了。峰吉平常會鬧著要藤吉教他相撲的技巧，龍馬這時大概也以為是這樣吧。

他繼續趴著專心看著那張紙片並斥道：

「別鬧啦！」

他以土佐話要他們別吵鬧。

就因為這一聲，刺客知道了暗殺對象的所在。

他們如電光般疾奔。

一衝進最裡間，其中一人就朝龍馬前額砍去，另一人砍向中岡的後腦杓。這第一刀成了龍馬的致命傷。

被砍中後，龍馬才發現事態嚴重。但他平常瞧不起刀，又老是疏忽大意，因此，手邊也沒刀。

刀放在壁龕。

他想去拿刀。腦漿都流了出來，但龍馬的體力還在。

龍馬想去拿放在壁龕的佩刀陸奧守吉行，於是迅速扭身向後轉。

刺客沒錯過這個動作。龍馬左手抓住刀鞘的同時，又被砍中第二刀。自左肩前端一直砍到左背骨，龍馬挨了一記斬斷骨頭的攻擊。

但這一瞬間，這年輕人的生命卻更加激昂。龍馬幾乎是跳著站起來的。他同時連刀帶鞘左手握住刀柄，再以右手抓住刀鞘，企圖將刀鞘往上拉開，但敵人的第三刀又不准許他如此。

最猛烈的攻擊來了。龍馬完全無暇拔刀，連刀帶鞘接下這第三刀。火花四散，鐵屑飛濺。

實在令人驚訝。敵人攻勢之猛，使得龍馬手中的陸奧守吉行從交鋒處約有二十公分的刀鞘被劈裂，裡面的刀身甚至被削去十來公分，半月形鐵片瞬間飛了出去。敵人刀法之猛烈自不在話下，但受了致命傷還能接下連鐵都削斷的攻擊，龍馬的氣魄更非尋常。

順著削斷之勢，敵人的大刀繼續揮至龍馬前額，深深橫砍一刀。

龍馬終於被打垮了。往下垮的同時還大喊：

「清君！你有刀嗎？」

龍馬口中的「清」指的是中岡的假名石川清之助。即使已到這局面，他還以假名叫中岡，由他如此設想看來，意識顯然還很清楚。以上及以後的情形，都是根據事件後第三天才過世的中岡之記憶。

中岡也無暇取刀。身上只有九寸的短刀，上面刻有「信國」二字，白柄朱鞘，雖附有刀鍔，但與其稱之為短佩刀，長度之短倒更像匕首。他以此短刀和敵人的大刀交鋒，但終於受了十一處傷而仆倒。

似乎有短短幾分鐘的昏厥，但他甦醒了。這時敵人正要撤退。

沒多久龍馬也醒過來了。這位剛強之人雖全身沾滿自己的鮮血卻仍坐起身來。

中岡抬起頭望著龍馬。龍馬把行燈拉近，拉開自己佩刀的刀鞘目不轉睛地凝視著刀身。

「真遺憾。」

仔細想想還真是如此。他曾以千葉門下高足之身分讓刀名響徹江戶，擁有如此青春時代，卻意外遭無異於鼠輩的刺客襲擊，且連刀都沒用到，想到這點定是悔恨不已。

「慎弟，你的手還管用嗎？」

龍馬問道。中岡雖仍趴著但也點頭道：「管用。」

龍馬大概是想叫中岡，能用的話就爬到樓下去叫近江屋的人吧，但似乎又認為中岡的傷比自己還嚴重。

於是龍馬自己爬，爬過隔壁房間，一直爬到樓梯口。

「新助，叫醫生！」

他朝樓下喊道，但有氣無力，根本傳不到樓下。

龍馬抓住欄杆重新坐好。

中岡也爬到龍馬身旁。

龍馬以外科醫生般的冷靜態度壓住自己的頭，讓頭上流出的體液沾到掌中，然後仔細凝望。裡面混有白色的腦漿。

龍馬突然衝著中岡笑了。一抹清澈而如晴空般明朗的微笑在中岡的視網膜逐漸擴散。

「慎弟，我被砍中腦，已經不行了。」

這成了龍馬的最後一句話。說完後嚥下最後一口氣，倒下，毫不留戀似地，他的靈魂就朝天上飛升而去。

這是天意。

以這年輕人的情況，他只會這麼想。

上天為了收拾這國家的混亂，而將這年輕人降至地上，當他的使命完成，就毫不惋惜地將他召回天上。

這天晚上京都天空雨氣彌漫，不見星星。

但時代正迴旋著。年輕人手按著那歷史的門扉，往未來的方向推開。

（全文完）

# 後記集

《龍馬行》日文版單行本共五冊，文庫本則分八冊；後者為此中文版所本。單行本分別以「立志篇」「風雲篇」「狂瀾篇」「怒濤篇」「回天篇」刊行，皆附後記。集結刊載如後。
之一原出於「立志篇」，所敘範圍為中文版第一卷〈新芽初展〉至第二卷〈風雲前夕〉；
之二原出於「風雲篇」，所敘範圍為中文版第二卷〈待宵月〉至第三卷〈京都之春〉；
之三原出於「狂瀾篇」，所敘範圍為中文版第四卷〈神戶海軍塾〉至第五卷〈流燈〉；
之四原出於「怒濤篇」，所敘範圍為中文版第五卷〈轉變〉至第六卷〈海戰〉；
之五原出於「回天篇」，所敘範圍為中文版第七卷〈嚴島〉至第八卷〈近江路〉。

# 之一

坂本龍馬被稱為維新史之奇蹟。

的確是這樣吧。活躍於該時代的所謂英雄豪傑，依此時代的制約，可分為幾個類型。即便是被稱為打破格局獨樹一格的高杉晉作也只是個性特異，並非連思想都打破格局獨樹一格。

唯有龍馬打破格局獨樹一格。

這類型在活躍於幕末維新的幾千名志士中，找不到任何相似之人。日本史上竟出現坂本龍馬，本身就是個奇蹟。因為上天若未仁慈地賜下這位奇蹟式人物，歷史或許就完全改觀。

我自年少時期起就一直想著這些事，成為新聞記者後便開始慢慢蒐集資料。

「薩長聯盟、大政奉還，這些全都是龍馬獨自完成的呀！」

勝海舟這麼說。

當然，所謂的歷史並不是那麼回事，應該不是龍馬能夠獨力完成。但要是沒有龍馬，事態之演變恐怕完全兩樣。

究竟是龍馬的何種特質辦到的？

又，一個人的魅力究竟與歷史有多大關聯？

還有，龍馬如此形象究竟是如何形成的？周遭的人對他又持何種看法？

我對這些充滿興趣。

一直想著遲早要把它寫成小說，而歲月就這樣流逝了。

終於開始動筆，是在昭和三十七年（一九六二）的初夏時分。我自己也從此開始了十多年的報紙連載。雖屬偶然，但也讓人不免感慨。

像我這等人的小說從未如本書這般受歡迎。我現在還在寫，這部小說應該再兩年多才會結束吧。

我一向懶得出門，但因為想以自己的雙腿實際確認龍馬的形象，於是盡可能四處走訪。也得到很多人的指點。

在蒐集資料的旅行中，我碰到各式各樣的幸運之事。

有幸看到千葉家發給龍馬的北辰一刀流「免許皆傳」證書一卷，也是其中之一。

此證書在明治後輾轉流傳於親族之間，終於在大正末年，因其最後所有者赴美而隨之遠渡他鄉。

這部小說開始進行時，正好有名與該擁有者相關的婦人返日，到高知縣廳請求永久保管。

「因為對我們而言沒有用處。」

正好到縣廳查索其他資料的我偶然看到這一幕。

我因如此奇緣而驚訝。

龍馬這人從年輕時代開始，就一直希望能橫越太平洋。我想或許其魂魄就寄居在一卷證書之中渡海了吧？不，別管什麼證書了。龍馬還活著，只要我們有歷史，龍馬就還活著吧。我寫下自己有感於此的心情。應稱之為福報。

昭和三十八年六月

## 之二

第二冊終於寫完，感覺有些悃然。

筆者還得同這年輕人繼續沿著這漫長的坡道往上爬。這一冊姑且命名為「風雲篇」，但尚未進入真似風雲的階段，就已耗掉八百多張稿紙。

筆者透過這個人物描寫幕末的青春群像。之所以選擇坂本龍馬，是因日本史中的「青春」，足以引起世界各民族充分共鳴的就只有坂本龍馬。筆者就是抱著如此精神撰寫的。

龍馬是位不可思議的青年。像他如此開朗、如此陽光、如此有人緣的人物很少，但他卻在暗夜中，悄悄在隨身手冊中寫下足以令人害怕的句子。

「只要祈禱擁有惡人的靈魂，通常就能得到智慧。還有，釋迦、亞歷山大大帝、秀吉、秦始皇。且策略亦將如泉湧出。」

「薄情之道、不顧人情之道切不可忘。」

「義理之類的東西連作夢都別去想。那是作繭自縛。」

「天下之物各有其主，奪一錢即稱之為盜，殺一人則人將害我。如此，地震一聲霹靂則摧毀數萬房屋，洪水一發則殺死幾億生靈。此謂天命，何必畏懼。因人類本就器量狹小。故有意撼動世界之人，胸中當懷此心。」

「若眾人皆為善，則我偏獨自為惡。天下事皆如是。」

在受到充滿儒教色彩之刻板道德律支配的當時，這些話簡直是令人不敢置信的獨創語句。

龍馬帶著稀有之親和力及善良誕生在這世間。但到了夜晚，這碩大的身軀卻似乎老是暗中希望當個壞人。一想到這點就教人忍不住微露苦笑。

總之，青春就是耀眼燦爛。這份耀眼燦爛若置於歷史的緊張時期，究竟會產生什麼作用呢？筆者將繼續思索，並希望由此架構出下一冊之內容。

昭和三十九年一月

## 之三

筆者有時會造訪龍馬的故鄉高知。

前幾天也有個鎮上的人追到機場來給我名片。

「我是從前福岡田鶴小姐家足輕的後代子孫。」

這位中年人有著茂密的黑色胸毛，完全一副土佐佬的感覺。

「我的祖母，」這位S氏說：「昭和二年（一九二七）九十多歲過世。她說維新前曾見過偶爾到福岡家來的龍馬，說他是個身材高大態度冷漠的大漢。儘管如此，祖母說，當時她還是個十三歲的小姑娘，正茫然佇立在長屋外面。這時龍馬正好經過，竟突然將她高高抱起，還說：『妳變漂亮了，將來定會是個好姑娘唷。』祖母直到過世之前，都一再反覆述說這有關龍馬的唯一記憶，然後一定會做出握著竹刀的手勢說：『龍馬大爺刀術高強。』她經常把這掛在嘴邊。」

龍馬少年時喜歡游泳的故事也還流傳於高知。有天早晨下著豪雨，其他小孩都沒去練習游泳，就只有龍馬穿蓑戴笠衝往潮江川（鏡川）。途中在街角正好被游泳教練看見而質問他：「喂喂，要去哪裡？」龍馬回答：「去練習游泳。」說著繼續往前跑。教練大聲吼道：「今天下雨所以休息一天呀！」龍馬頭也不回說：「浸水還不是會濕，有差別嗎？」

平凡無奇的故事。但這奇特少年的腦袋或許完全無法理解為何下雨就必須停止游泳練習的常識吧。

還流傳著一則說書情節般的故事。

龍馬十八歲時，城下郊區的潮江村出現一名據說能憑念力請神顯靈的修驗道者，自他治好山內家世子豐範的憂鬱症後就蔚為流行。

豐範的小姓中有個名叫公文左源太的人。

「身為一藩之世子，不該信奉如此怪力亂神。」

他如此勸諫豐範，豐範卻不聽。左源太不得已只好找城下日根野道場的友人龍馬商量。

「把那神打跑就好了吧。」

龍馬不當一回事地說。左源太嚇了一跳，但終究接受龍馬的提議，帶龍馬去找那名修驗道者，說：「如您所知，我是伺候豐範公的小姓。這邊這位是我表弟名叫坂本龍馬，他是個虔誠信徒，聽到您的大名就吵著說一定要來拜神，可以嗎？」修驗道者回答：「很好。那麼今晚丑時就到天狗台來。」

到了約定時間，龍馬就在台下平伏拜倒，沒想到真的出現一個漆黑的怪物，任衣袖翻飛地爬到台上。

「我乃石土藏王權現。」

話聲甫落，台下的龍馬就跳上去揪住那神的前襟，一把將他拽倒按在地上，朝他臉頰揮了五、六拳後說：

「神的真面目多半都是這樣！」

說完就離開了。這擊退假神的消息立刻傳遍城下，龍馬得到說書英雄般的待遇。這事不知是真是假，但龍馬的個性似乎無法容許世間不合理之事。

在神戶塾的時候，龍馬還曾替人報仇。有一天他在塾內，名叫廣井磐之助的同鄉年輕人突然一身乞丐似的裝束來找他。

問他情形，他說他父親叫大六，在磐之助十六歲時被一名名叫棚橋三郎的人殺了。磐之助決心復仇，於是到高知城下跟一名名叫三宮市藏的刀客學習長谷川流的居合術，學成後私自離開土佐，數年來走遍諸藩，但還沒找到仇人盤纏就花光了。

龍馬欣賞其志，便拜託勝海舟讓他成為海軍塾塾生，又拜託勝具名寫了一封給諸藩官員的請求信，就是說書或電影中出現的那種報仇許可書。

在下之門生廣井磐之助有父仇在身，一俟尋及上述殺父仇人後，為能順利報仇，故請下令萬事通融。

御軍艦奉行

勝麟太郎

致各藩官員

磐之助很高興地收入懷中，扮成苦力，以大坂長町（當時的貧民區）的簡陋租處為據點，每天往來於阿倍野街道。後來聽說堺的並松那邊有名叫松兵衛的工人似乎就是他要找的人。他到堺查探後，發現松兵衛是承包幕府黑鍬組工程的「時鏡之安」這人的手下，目前參與紀州藩領加太浦的砲台建築工程，負責搬土。

他覺得應該是那人錯不了，於是返回神戶塾報告這情形，並請塾方面安排。

勝立刻暗中聯絡紀州藩，幸虧松兵衛正好因為在工地砍傷人而被藩吏逮捕。

龍馬當時為求得五千兩的捐款而到越前福井藩出差，就由塾生新宮馬之助及千屋寅之助（菅野覺兵衛）等人代理，和紀州藩交涉而取得諒解。

但不能在紀州藩領內報仇。因此他決定埋伏在紀州與泉州（大坂府）邊境的山中村境橋，等松兵衛一出現就下手。

文久三年六月二日。

遭紀州藩官差追捕的松兵衛才剛走過境橋，廣井磐之助就上前問道：

「你是不是土州出生，名叫慶治？」

當時都是這樣套話的。

「不不，我不是。」

「那麼你的本名是？」

連續逼問之下，松兵衛一不小心就報上「棚橋三郎」之名。被套出來了。

這時磐之助也報上本名，並遞給松兵衛大刀、束衣袖的繫帶及纏頭巾，命他光明正大地決鬥。

松兵衛（即棚橋三郎）也認了，他拿起大刀，防守性地接住兩、三招，但功夫實在不及磐之助。他先是遭死命上前攻來的磐之助削落右臂，第二刀又被從耳朵砍進頭部，第三刀遭攔腰砍中後終於倒地。磐之助間不容髮地衝上前去，補上最後一刀。

順利取得首級的磐之助打算先回土佐，再到神戶學習海軍技術，但長期的辛酸生活已損及健康，無法再度出遠門，就在報完仇的第三年以二十七歲之齡病逝了。

這故事和龍馬並無直接關係，但也是為他神戶時代添加色彩的一段插曲，所以就記下了。

以上是我在為這部小說蒐集資料時得到的故事，想到就直接寫下來。都不是些太有趣的故事，但因這部小說的歷史要素較強，故酌情援用在後記中做為補遺。

昭和三十九年九月

## 之四

長崎是座三面環山的港都，只有極少平地。平地幾乎都成了商業區，所以住宅區都朝山頂發展。

縣立圖書館的永島先生說：

「我帶您去龜山吧。」

所以我們就乘小型車到寺町。接下來是上坡。雖是石階，但那一望無際的長度，就連讚岐金比羅神宮的石階或紀伊三井寺的石階都比不上。石階兩側有房屋和墓地。活人和死人都住在傾斜地段，在各種不同的高度俯瞰著人稱世界最美港灣之一的長崎港。

曾為龍馬龜山社中所在的房子就在龜山且已接近山頂。好不容易爬上去，石階的數目竟多達二百零七階，途中有住宅區還有樟樹林。

「這一帶的地名究竟叫什麼？」我問永島先生。他告訴我：「叫龜山的伊良林。郵遞住址是伊良林町二丁目六三六番地。」

這裡還殘留著龜山社中的建築物，是棟比想像中小的平房，即使做為個人住宅恐怕都還算小吧。建坪有二、三十坪，帶點庭院。房間數好像只有三間。

說「好像」是因為還有人住在裡面，不方便進去。況且裡面還有木工工程，正忙著把建築物拆掉。向附近的人打聽，據說「好像是要全部拆掉重建」。這建築物並未特別指定為文化財，似乎要變成什麼模樣就只能任其變成什麼模樣，不過正撰寫這部小說的我卻忍不住覺得有點可惜。

「您來得正是時候呀。」

鄰家的版畫家中山文孝大師勉強給了我如此安慰。根據這位大畫家的觀察，要是再晚個三天，恐怕就拆得精光了。

這位住在鄰家的中山大畫家在長崎十分受人敬重，已近八十高齡。骨骼強壯，體態英挺且相貌堂堂，聲音充滿魅力。聽旁邊的人說，他是松本清張氏年輕時的設計老師。

遠眺的風景很美。

「晚上就是百萬美元的夜景了。」

老畫家說。的確，從這裡一眼就能望見海灣對面的稻佐山，還可俯瞰眼前的長崎市中心。

「可是要上市中心去不方便吧。」

「不，習慣就好。」

老畫家是習慣爬坡的長崎人，一副毫不以為苦的樣子。

「要去丸山的花月玩也有些麻煩吧。」

我當自己是龍馬，這麼請教老畫家。畫家說：

「怎麼會？只要走下這兩百多階的石階再穿過禪林寺和崇源寺之間，走到寺町，接下來一路直走就到花月啦。大概走個十五分鐘就能走到思案橋的柳樹下了吧。」

到龍馬當成事務所兼宿舍的小曾根家得五十分鐘，到西濱町那個堪稱他商務用的分處辦公室土佐屋是三十分鐘，葛羅弗和哈特曼商館所在那一帶的大浦海岸則要四十分鐘。據畫家說距離大約如此。

「長崎的天氣，只要從這裡看到稻佐山，就可以預測得出來。中國東海若出現低氣壓，稻佐山就會起霧，然後出現雲冠。」

畫家這樣告訴我。我想當初做船生意的龍馬一定也曾聽當地人這麼說，而一向以稻佐山的雲冠為預測晴雨的判別基準吧。

不知第幾次到此蒐集資料時，曾投宿在長崎市中心略高處的筑後町旅館。

早晨走到西坂町一帶，試著問附近的人：

「請問這町區有沒有姓小谷野的人家？」

也試著問過警察局，但都沒有這姓氏的人家。

小谷野在幕府時代是這附近首屈一指的米穀批發商，也是大地主。據說從這西坂町走到浦上之間，可以不必踩到他人土地。

聽說幕末時期的當主叫彥三郎。勝海舟曾住在這小谷野家。

元治元年二月，列強艦隊正計畫砲擊下關，勝為了在列強根據地長崎勸慰他們而奉幕命到此。當時龍馬也同行。

這段時間勝到處住，也曾在長崎奉行的介紹下住在小谷野家，以此為基地和各國領事、船員交涉。

小谷野家的彥三郎有個妹妹，名叫久萬，一度出嫁，但這時已搬回娘家，年齡二十三歲。體態豐腴，身高似乎與勝相去不遠。只是以男人來說，勝的個子算小。

自然是由這位久萬來照顧勝的生活起居。當時，若說像這樣照顧貴人，多少都帶有一點顏色。

算起來，勝當時似乎是四十二歲。他本就給人渾身充滿精力的感覺，不過對女性似乎屬於比較中規中矩。

不過，事情還是自然地發生了。

勝的短暫停留終於結束，必須回江戶去。勝留了一封信給久萬，就此離開長崎。

「松竹助清幽」。

就這五個字。

勝並未發現自己除了這五個字，還留下意料之外的東西。久萬懷孕了。

沒多久，久萬生下一名男嬰，取名梅太郎，入籍到親戚梶家，由久萬自己扶養。

久萬生下梅太郎後，就於第三年慶應二年正月二十八日病逝。

勝在江戶得知久萬分娩的消息，但因受閉門之懲而莫可奈何。終於在明治二年（一八六九）天下安定了，才派人到長崎想把久萬和梅太郎接過來，可惜久萬早已過世。只剩梅太郎十五歲時上京，到赤坂冰川下的勝邸見親生父親，但沒多久他就病逝了，往後再無任何後續故事。

我猜這是勝這人一生中唯一的感情事件，但因和龍馬本人沒有關聯，所以本部小說中並未提及。久萬得年二十五歲，死後戒名為容譽智顏麗光女居士。由「譽」這個字看來應該是淨土宗吧。為她取這戒名的僧人一定是對她有這樣的實際印象。智慧更甚於美貌，容姿中自有一種氣質。所以才選擇「智顏麗光」這詞的吧。

昭和四十年七月

## 之五

有名隱居者。

寄身於兒子經營的鐵皮屋養老，但不久就衰老了，當發現自己來日無多時，他說：「我想懺悔。」這位隱居者名叫渡邊一郎，舊幕時代名叫渡邊篤，是名一刀流的刀客，在京都柳馬場綾小路往南一帶開了一家名為「柳心館」的町道場，維新後曾在京都府立一中、警察局和在鄉軍人會等處教授劍道。上了年紀後，就搬到在京都市松原御幸町南角經營鐵皮屋的兒子家接受奉養。

他說要懺悔是在大正四年（一九一五）的八月初。他把家人及朋友叫到枕邊，問說：「你們看到前些天京都《日出新聞》的報導了嗎？」他口中的報導，指的是有名與坂本龍馬有血緣關係的人進京都大學就讀。

「當年暗殺那個坂本氏的就是我。本想瞞上一輩子的，但看到那篇報導才知道輪迴的可怕。我想坦白說出一切，心無罣礙地離開人世。」

他的談話內容刊登在大正四年八月五日星期四的《朝日新聞》第十一版。標題是「殺害坂本龍馬的老刀客因悔恨之情折磨而辭世」。

這位渡邊一郎舊名篤，也叫吉太郎。

這篇懺悔故事大概是因老人記憶錯亂吧，有多處前後矛盾，故不算好資料。不管怎麼說，龍馬暗殺事件的餘溫一直持續到大正四年，且凶手究竟為誰仍無法確定。

當初公認是新選組下的手。

雖被如此誤解，但箇中實有無可辯解之理由。谷干城等人終其一生都如此相信。

谷干城就是土佐藩上士谷守部，後來西南戰爭時，他曾以熊本鎮台司令官之身分，成功抵禦西鄉軍的攻擊。谷是事件發生當時最早抵達現場的人之一。沒多久河原町藩邸及陸援隊的人也陸續趕到。後來，那個原為新選組參謀、脫隊後召集同志屯駐於高台寺月真院的伊東甲子太郎也趕來了。現場有凶手遺留下來的東西。是一把黑漆拋光的刀鞘。

「我記得這刀鞘，是新選組的原田左之助所有無誤。」

伊東提出如此證言，這時眾人也覺得恍然大悟。身受重傷的中岡對谷等人說，凶手之一是喊著「混蛋」同時揮刀砍過來的。他這聲「混蛋」是四國方言，尤其伊予（愛媛縣）人最常使用，而原田就是伊予人。

被認為是新選組下手的證據還有遺留在現場的木屐。木屐上有個烙印記號，是葫蘆框中一個「亭」字。這是先斗町瓢亭的木屐，瓢亭經常有新選組隊士出入。

谷干城於是以這兩樣東西為證據，向幕閣的永井尚志抗議，要求查明真相。永井立即把新選組局長近藤叫來質問。但他只回答：

「不知道。」

但土佐藩方面始終覺得懷疑，並吵著不惜與新選組一戰。

菊屋的峰吉也拚命查探情報。這名少年那天晚上買了雞肉回來時就發現情況不對。他隨即騎著未配馬鞍的馬到白川村的陸援隊緊急通報，調查凶手時也偽裝成賣麻糬的小販，設法接近不動堂村的新選組營區以便蒐集情報。

後來查出紀州藩之公用人三浦休太郎很可疑的有力情報。三浦在伊呂波丸沉沒事件中曾遭龍馬痛斥而懷恨在心，據說因此唆使新選組暗殺龍馬。

進一步調查後發現，目前正由新選組負責三浦的護衛工作。

「這絕對錯不了了。」

陸奧陽之助成了中心人物，從海援隊召集組成一支襲擊隊。共徵得十六人參加。其中包括明治時代的自由思想家大江卓等人。

十二月七日晚上九點，他們踏雪襲擊位在油小路花屋町的天滿屋。三浦正好和新選組的齋藤一、大石鍬次郎、中村小次郎、中條常八郎、梅戶勝之進、蟻道勘吾、船津鎌太郎、前野五郎、市村大三郎及宮川信吉等人宴飲。陸奧等十七人一舉殺進天滿屋二樓，激鬥到後來，誤以為已殺死三浦便撤退了。

襲擊隊這邊有十津川鄉士中井庄五郎死在現場，新選組方則有近藤勇親戚宮川信吉當場死亡，無人負傷。不過三浦等紀州藩士中卻有三人死亡，三人負傷。後來才知道這名三浦也與龍馬事件無關。

新選組在這回的龍馬事件中的立場，可說反而屬於被害者吧。

事件後沒多久就發生鳥羽伏見之戰，接著土佐藩成為東山道（中山道）鎮撫軍之先鋒，由板垣退助擔任總司令官東征，進關東接受近藤勇的投降。

就連這時候，土佐藩也質問近藤並執拗地責難：

「凶手一定是你沒錯！」

近藤矢口否認，土佐藩方卻不相信。最後竟在板橋的刑場將近藤斬首，首級送至京都並懸在三條大橋的獄門上。若以軍伍之習慣，近藤雖是敵人但也應被當成一軍之大將，他的死必須是自行切腹完成的，將他斬首且將首級懸於獄門可說太過分了。但龍馬被殺，以土佐藩的心情而言，即使殺了對方也嫌不夠吧。

維新後新政府的彈正台（譯註：監察及警察機構）仍持續搜查凶手。明治以前的殺人事件，新政府卻還傾全力搜查的事例就只有龍馬。

在新選組被稱為殺手的大石鍬次郎於甲州發起幕軍再起之舉，行動失敗後於板橋遭官軍逮捕，當時他如此陳述：

「龍馬暗殺事件不是新選組做的，是見迴組。事件發生翌日，我曾聽近藤勇等人說，見迴組的今井信郎及高橋某竟能成功殺死剛勇的龍馬，他們的功勞真值得嘉獎。這我絕不會記錯。」

從這位大石口中，第一次出現凶手的隊名及人名。

見迴組是幕府於新選組設置後的翌年元治元年四月，又在京都另設的特殊治安部隊，任務與新選組並無不同。只不過新選組的原則是浪人結社，見迴組則是由幕臣之次男及三男組成，組頭是佐佐木唯三郎。

佐佐木為講武所的刀術教授，是幕臣中的頭號刀客。文久三年四月十三日，在江戶赤羽橋謀殺清河八郎的就是此人。他出其不意襲擊爛醉如泥的清河，從背後大砍一刀，接著由六人合力殺死他。

但官軍在板橋逮到大石時，這位佐佐木唯三郎已不在人世。佐佐木在鳥羽伏見之戰中擔任先鋒，後來中彈陣亡。

只剩下今井信郎和高橋某。維新政府的兵部省著手追查這兩人的下落。沒想到函館的舊幕軍投降時，兵部省卻發現降將之中赫然有今井信郎的名字。今井此時在榎本武揚的五稜郭政府擔任「海陸裁判官」的重職，相當於海軍奉行或陸軍奉行等長官職。

他出身幕臣，刀術是跟直心影流的榊原鍵吉學的，曾任講武所的師範代。

這人的孫輩中，有位名叫今井幸彥的共同通信社記者。根據今井氏所寫的文章，信郎上京當上見迴組與力頭時，算來年紀是二十七歲，是在慶應三年的十月上旬。那正是參與暗殺龍馬行動的一個月之前，由此可見應是功名心作祟吧。

今井信郎的審問工作由兵部省移交給刑部省。當時刑部省之長官（大輔）是佐佐木三四郎（高行），他毫不容情地審問今井。今井毫不畏怯地自白：

「我本人就是行凶者之一。」

接著詳細說明當時情況，目前留有他在明治三年（一八七〇）九月二十日所寫的供述書。根據今井的供述書，他只負責把風，並未直接下手。但他這些供詞有可能說謊，這點永遠是個謎。因今井信郎宣稱自己並未直接下手，故只受輕判「從寬量刑，處以禁錮」，並被引渡至舊德川將軍家所屬的靜岡藩。

今井信郎之後一直住在靜岡縣，成了虔誠的基督徒，大正八年（一九一九）六月二十五日以七十九歲之齡過世。

暗殺龍馬的計畫似乎設想得十分周到。究竟是幕閣的什麼人下命給見迴組不得而知，但有人認為是當時幕府的目付榎本對馬守道章（此人不是榎本和泉守武揚）。勝海舟等人也如此懷疑。勝在明治二年四月十五日的日記中寫著：「聽松平勘太郎說，暗殺龍馬之行動是以佐佐木唯三郎為首，與今井信郎等人一同闖入。佐佐木應是受上司支使的吧。支使者也許是榎本對馬。」告訴勝上述消息的松平勘太郎在舊幕時代叫大隈守，龍馬遭暗殺當時是榎本對馬守的直屬上司。他的話大致上應該可以相信吧。

根據今井的供述，刺客團的成員包括佐佐木唯三郎、今井信郎、渡邊吉太郎、高橋安次郎、桂隼之助、土肥仲藏、櫻井大三郎。

本文一開始提到的鐵皮屋隱居者渡邊一郎，我想應該就是今井供述書中所說的渡邊吉太郎。

組頭佐佐木唯三郎希望行動沒有疏失，但功夫好到能殺龍馬的隊士根本沒幾個。高橋安次郎等人就是因此才被從桑名藩叫來的。渡邊一郎（吉太郎？）也不是隊士，只不過與佐佐木是至交。他是柳馬場綾小路偏南一家叫「柳心館」的道場主人，但這年二月才從見迴組領取七人份扶持米的補貼。佐佐木為人選傷透腦筋，最後只好拜託這位渡邊，特別請他這局外人加入的吧。渡邊是一介刀客，不了解天下情勢，就連龍馬的名字都不知道。就算知道，定也僅止於知道龍馬是與幕府對立之叛徒的程度罷了。維新後得知龍馬的事蹟後才感到愕然。他不過是如此程度之人。

佐佐木在暗殺這天的過午時分就集結刺客團，要桂隼之助假扮成要找龍馬的人，到龍馬租處近江屋新助家去。

「請問坂本大爺在家嗎?」

他客氣地問。近江屋的人一點戒心都沒有地回答:「現在正好出門去了。」就因這句話,他們知道龍馬人在京都。接著,佐佐木為了等龍馬回家,就到先斗町的某家酒樓一起喝酒,晚上八點才離開先斗町。途中還慢慢閒晃消磨時間,晚上九點過後才上近江屋。佐佐木拿出寫有名字的紙片,自稱是「十津川鄉士」之後的發展就如小說所述。

究竟是誰上前直接揮下大刀?這點依不同證言者而莫衷一是。今井說不是自己而是另外三人,渡邊卻說是自己下的手。真相如何不得而知,但今井應為直接加害者幾乎已成為公認說法。將刀鞘忘在現場的,根據渡邊的記憶是個名叫「世良敏郎」的人,但這人的名字完全未出現在其他資料中。又根據渡邊之記憶,撤退時四條通上來往行人很多。當時流行的街頭群舞「很棒呀」的行列正好經過,所以他們特地混在人群中,跟著比手畫腳同聲唱和,一邊撤退。渡邊如此描述,只是不知該不該相信。

還有一段插曲。

這回暗殺事件前不久,住在二條城的德川慶喜不知從誰那裡聽來的,終於知道龍馬的名字,也知道這個龍馬是大政奉還的提案者,且是反幕志士中唯一的非戰論者。慶喜反而有種找到同志的感覺吧。

「別對土州的坂本龍馬下手,預先好好提醒見迴組和新選組的掌管者。」

他如此吩咐永井尚志。

永井當然知道龍馬。心想:「這是理所當然的。」翌日早晨正準備將慶喜的話轉告掌管者而出勤時,發現桌上放著一張紙片。紙片上龍飛鳳舞,大大寫著昨夜暗殺了龍馬的內容。

——太遲了。

永井心裡一定這麼想吧。事實上龍馬要是還活著，鳥羽伏見之戰或許就不會發生了。暗殺這檔事總是這樣。

龍馬死時，阿龍住在下關的海援隊支店伊藤助大夫家。據說事變當晚她夢見龍馬渾身是血，手上還提著血刀。沒多久就接到龍馬的死訊。

後來她搬離助大夫家，由長府的三吉慎藏收留。三吉就是龍馬在寺田屋遇難時，與他同在那房間裡的青年。

三吉的藩主長府侯可憐阿龍，特別賞她扶持米。

後來海援隊士商量後，把阿龍送回高知城下的龍馬生家。為感謝三吉慎藏這段期間照顧阿龍，後藤象二郎特別送他土佐產的紙，海援隊士中島作太郎也送他一把相傳是正宗所鑄的短刀。

阿龍住進高知城下本町筋二丁目的坂本家，與龍馬的大哥權平和姊姊乙女這才初次見面。特別是對乙女，因為常聽龍馬提起，所以應該覺得不像初次見面吧。

「請把我當成親姊姊。」

「坂本家的仁王」這麼說，並慎重接待阿龍，但兩人關係卻愈來愈糟。因為乙女一向認為龍馬是自己帶大的，事實也是這樣。且自己又最了解龍馬，所以難免露出「這女人算什麼」的心態吧。乙女和阿龍有個共通點：都不會做女人家的工作，但其他也有許多不同的地方。乙女是武家之女，十分有教養，也很懂得規矩節度，習慣以自己的規矩節度判斷、甚至約束別人，因此覺得既沒教養態度又有些馬虎的阿龍實在無法容忍。

「阿龍不守家規，竟敢胡作非為。乙女怒而命阿龍離開。」

土佐有此記錄，竟然把阿龍趕出去。但明治三十二年（一八九九）十一月八日，土佐《土陽新聞》所刊的阿龍回憶錄中，卻寫著：

「姊姊有『仁王』之名，是個精力充沛之人，但對我十分親切。我要離開土佐時，陪我向鄰居辭行又送我上船的就是乙女。」

一點都不像感情不睦的樣子。看來，乙女對這個「善惡難辨」（佐佐木三四郎語）的女性，即使心裡覺得忍無可忍，表面上應該還是會保持微笑吧。但親戚對阿龍也風評不佳時，我想乙女或許就會單刀直入、乾脆地開口說「請妳離開這個家」吧。

龍馬在信中如此為乙女介紹阿龍的為人。但阿龍的個性看在龍馬眼裡雖閃爍著光芒，他人冷眼看來，她的新鮮卻只是無知，而她的大膽也只是放蕩不羈吧。阿龍的「有意思」只存在龍馬內心。

「真是個有意思的女人。」

離開高知後，阿龍就回自己故鄉京都去了。她也對旁人說要為龍馬守墓，但光守墓會沒飯吃，阿龍還要養老母和妹妹。後來又去東京，只要到東京就有龍馬的朋友在。起初她想拜託西鄉隆盛，但西鄉已因征韓論沒過關而返回鹿兒島。海援隊中的相關人員，像中島作太郎和白峰駿馬也都出國了。

流浪到最後，阿龍在橫須賀住了下來，還成了某人的妾。明治三十九年（一九〇六）以六十六歲之齡過世。大正三年（一九一四）八月，阿龍胞妹中澤光枝想為她立墓碑，原陸援隊隊士田中光顯和水戶脫藩浪人香川敬三等人都捐了大額的金錢。他們這些維新時期的三流志士全成了華族。阿龍的戒名是「昭龍院閒月珠光女居士」，墓塚位於橫須賀市大津町信樂寺門前。阿龍在龍馬生前似乎並不覺得自己丈夫是多麼了不起的人物。

龍馬寄來的信乙女幾乎毫無遺漏地收藏起來。「把這種信燒掉，可不能讓別人看見呀。」龍馬在信末如此叮囑，乙女卻沒依言燒掉。不僅沒燒掉，晚年還拿出來一看再看，懷念著龍馬。進入大正時代後，由日本史籍學會出面將那些信收集起來並收編為《坂本龍馬關係文書》兩卷。龍馬的信多使用口語及俗語，具有流暢自在的表達力，由這點看來應可說是書簡文中的傑作吧。

乙女也是個愛寫信的人。她和龍馬還有一個共通點，那就是很會畫畫。她常畫畫送給留在離婚夫家的獨子菊榮，尤其喜歡畫彩色的世界地圖。

乙女生性豁達而諸般才藝無所不能，卻時有耽溺於悲春傷秋的傾向，她的一生也稱不上幸福。明治十二年（一八七九）八月三十一日以四十八歲之齡死於壞血病。小小的墓塚建在高知市井口町丹中山的半山腰。

千葉佐那子終身未婚，維新後在華族女學校幫忙，很受學生及畢業生的歡迎。

生性好強，有時似乎會突然一整天不說話。

「我是坂本龍馬的未婚妻。」

某次她突然抓著某名畢業生這麼說，還拿出龍馬留給她當「紀念」的那隻棉質黑紋服的衣袖。她哪年過世的筆者也不知道。佐那子的名字通常寫成假名，但也可寫成漢字。她曾改名乙女，想必是為了追憶龍馬常掛在嘴邊的乙女吧。雖然在本部小說只有佐那子一人登場，其實她還有里幾子和幾久子兩個妹妹，和佐那子同樣都獲「免許皆傳」資格。

佐那子的大哥千葉重太郎除經營道場之外，還擁有鳥取藩之士籍，且受龍馬刺激而致力為勤王活動奔走。幕末他過著不似本身個性的忙碌生活，但維新後並未飛黃騰達，明治十八年（一八八五）五月七日過世，諡正五位之官位。獲追贈此官位似乎是因為他與龍馬的關係。

中岡是位卓越的評論家。他即使遇難瀕死仍對趕來的同志說了各式各樣的話。

「卑怯堪憎，剛膽堪愛。」

他如此稱讚暗殺自己那兩名刺客撤退之利落。刺客撤離二樓房間時，「其中一人還唱著謠曲。」中岡邊接受醫師的治療邊說。

從白川村趕來的陸援隊副隊長田中顯助（後改名光顯）在他枕畔大聲道：

「長州的井上聞多被砍成那樣，後來不也活過來了嗎？請振作一點！」

井上遇難是發生在元治元年九月二十五日晚上，井上離開山口的政廳走到郊外的湯田袖解橋時，突遭多名刺客襲擊，身上受了三十餘處傷而昏倒在地。沒多久，正好來找他的美濃浪人所郁太郎說自己學過醫術，於是幫他治療並縫了五十多針。田中指的就是這件事。

中岡點點頭，但表現得卻沒那麼關心，又繼續說話。他即使處於如此狀態，似乎關心自己之外的現象仍多過自身傷勢。

「敢來殺坂本和我的，一定是十分剛強的人吧。幕士平時就被譏為怯懦，沒想到也有能下定如此決心之人。不趕緊下手的話，就要反遭他們下手了呀。」

中岡直到最後仍未捨棄他的主戰論。他又說：

「今後刺客恐將更為猖狂。坂本和我平常都太不小心了，這天晚上也沒把刀放在手邊。我對此十分懊悔，你們也要多注意。」

過了一天一夜，中岡精神恢復不少，十六日傍晚突然說：「想吃炒飯。」害大家都嚇了一跳。主治醫師土佐藩醫川村榮進也准許，說既是本人想吃就給他吃吧。中岡竟然吃了三碗。

但隔天就吐出來了。他一直覺得想吐，所以還說：

「我後腦的傷恐已傷及腦部。」

中岡自己如此預言了死期。

十七日一早開始臉色就不好。中岡把在別室待命的陸援隊隊士（水戶脫藩）香川敬三叫來，告訴他：

「我今天大概就要死了。幫我帶話給岩倉具視卿，就說，爾後維新回天實行之業全憑他一卿之力了。」

這就是中岡留給岩倉的遺言。再無任何人像中岡這樣欣賞岩倉剛強且具膽略及謀才的個性。

說完這遺言後，薩摩的吉井幸輔趕來通知，說長州軍薩摩軍已乘汽船逐漸駛進攝津西宮港。

「三藩協力之京都舉兵已指日可待。」

他貼在中岡耳邊說道。中岡滿意地點點頭，沒多久就過世了。

這天，他的遺體和龍馬排在一起，在京諸藩志士都前來守夜。

這兩人的死立即傳開，造成諸方衝擊。

福井城下的三岡八郎（後改名由利公正）等人也與藩內同志設壇祭拜，大宰府的三條實美也與其他四卿共同舉行祭典。

實美的悼歌如下：

武士之魂及靈大顯威力，成神後也將守護國家吧。

十八日舉行喪禮。當然，僕從藤吉也包含在內，是三人合葬。傍晚時分，三副棺材自近江屋運出，是由海援隊及陸援隊隊士扛著，土佐、薩摩等諸藩藩士則排成列，送葬隊伍有兩百多公尺長。有情報說幕士要來襲擊送葬行列，故走在棺材旁邊的人中有的懷藏手槍，有的推開刀鍔，瀰漫著一股悲壯之氣。遺體葬在東山的靈山。這天，正好上京來的長州桂小五郎也聽說這起事變，忍不住留下淚來。

「請至少讓我為朋友的墓碑題字。」

於是就在其藏身的二本松薩摩藩邸裡揮毫。

高知藩坂本龍馬

高知藩中岡慎太郎

共十五字。

西行中的薩摩大久保一藏（利通）這時也好回京都來，聽說這起事變後立即給岩倉寫了封信。

「濫殺坂本等人之事，據聞確為新選組所為。因近日漸多暴行，可知是近勇（近藤勇）所為。實乃自取滅亡之表現。」

正如當時一般說法，近藤勇自始至終都受到懷疑。

明治四年（一八七一）八月二十日，朝廷以特旨分別為龍馬及慎太郎冊立後代。龍馬家名之繼承人是他的外甥小野淳輔，他在幕末時改名高松太郎，繼承後叫坂本直。至於中岡之後則由同姓的中岡代三郎延續香火。雙方各獲賜永世十五人扶持之祿。明治十四年將兩人合祀於靖國神社，明治二十四年四月同追謚為正四位。

龍馬的有趣之處應該在於他豐富的計畫性吧。

幕末登場的志士絕大多數都對討幕後之政體未持有鮮明的構想，唯有龍馬是鮮明的。他似乎就是有這種腦筋。

不僅是對國家大事，他對自己的一生也有著幾乎鮮明過頭的構想。他說要發展海運及貿易，以五大洲為舞台做一番事業，且自己心裡已將這兩個未來影像統合為一。讓討幕回天運動與海運、海軍實習這兩個方向，完全不相矛盾地在同一手掌中逐漸結合，就像搓繩子似的。龍馬的奇妙之處或許就在此吧。

對一心想從事海洋事業的龍馬而言，有時候革命反而是業餘工作。他在長崎監督著海援隊實務，但一旦京都風雲混沌，他就立刻上京，提出船中八策並明示討幕後之政體，同時成功讓慶喜奉還大政而一舉實現了統一的國家。由此看來，還真教人搞不清楚哪個才是他的本業。他不僅明白說出大政奉還實現後絕不擔任革命政府的大官，還說：

「我討厭做官。」

西鄉大為吃驚，一再問他：「那麼，你要做什麼？」龍馬便回答：

「就組織世界海援隊吧。」

害西鄉目瞪口呆。就連龍馬的至交西鄉都似乎搞不清龍馬有無志向。龍馬愛海勝過一切，為了能從事海上事業，他必須建立統一的國家。換個比較有意思的說法是，這名無位無官的青年為了滿足自己愛海的願望，甚至把國家也改變了。龍馬一生就是忙著在革命與海之間來回奔波。革命既已完成，自然不可能當什麼維新政府的參議。以龍馬而言當然會像獲得解放似地奔向大海。

「就組織世界海援隊吧。」

所以他才會這麼說。西鄉會對此感到意外，定是因為他對龍馬的了解尚不到此程度。

龍馬這時又說：

「我可不是為了當官才推翻幕府的。」

龍馬近乎豪爽的無私讓陪在一旁的陸奧宗光暗自鼓掌叫好，他日後曾說：

「西鄉格局看起來小多了。」這應該也是觀察者陸奧依自己性格所做的個人解釋吧。陸奧多半生性喜歡掌權的工作，正因如此才會遇到不是這樣的人就興奮得想拍手吧。陸奧喜歡比較人們的格局大小，所以就評比起龍馬和西鄉。但西鄉應該是與龍馬在其他方面較量的人物才對，陸奧這樣就想拍手叫好可說是莽撞之舉。

不過，即使抽離那些評論，龍馬的那句話也可說是維新風雲史上最出類拔萃的吧。我指的不單是他心境的颯爽。筆者在撰寫這部小說時，也時時想著他那句話，我認為這類的情況正是龍馬能夠成事的祕訣，這點西鄉也無不同。若不去除私心，恬淡為懷，人們就不會聚集過來。人們聚集過來，自然就會帶來智慧和力量。這應該是做大事者的條件之一吧。

龍馬死後留下其海運事業，尤其還留下因伊呂波丸事件而向紀州藩索來的七萬兩巨額賠償金。

伊呂波丸是龍馬向伊予大洲藩借來的，當然必須還給船主相當的金額，土佐藩從七萬兩中撥出四萬二千五百兩還給大洲藩。順帶一提，龍馬曾與大州藩約定要向長崎的荷蘭商館買一艘要價二千六百兩的雙桅帆船當做沉船的補償，卻因龍馬過世而未能實現。龍馬考慮以此船進行載運北海道及北陸的物產至大坂的事業，故與大洲藩如此約定，但這也因龍馬的死而不了了之。

從維新政府樹立開始到藩因為「廢藩置縣令」而遭廢止之間，土佐藩的財政已不是簡單的出現赤字而已，根本是完全破產。光是積欠外國商館的主要債務就高達三十多萬兩，看來是無論如何都還不了。

這時後藤象二郎被逼急了，竟將土佐藩的船、大坂藩邸和長崎土佐商會等全部無償送給岩崎彌太郎，但相對地也將藩的債務全轉到岩崎個人身上，竟以這種方式重整。這可說是頗有後藤之風的草率做法。

岩崎接收的土佐藩船包括六艘汽船，兩艘曳船，庫船、帆船、腳船各一艘，共十一艘。岩崎彌太郎希望用這些船，以他自己的方式繼續龍馬未竟之事業。他有資金，龍馬自紀州藩強行要來的七萬兩。雖說其中一部分已還給大洲藩，大約還剩三萬兩。在與後藤取得默契後，他以此做為新事業的資金，在大坂西長堀的舊土佐藩邸設置名為「九十九商會」的海運貿易商社，沒多久就為了脫離負債而改名三川商會，接著又改名為「三菱商會」。後來更發展為三菱公司。而其基礎可說是龍馬海援隊奠定的。

龍馬可說是最早的股份公司構想者、近代商社之祖，同時也被奉為日本海軍之祖。他的妻子阿龍窮到後來死在橫須賀時，許多海軍士官因為知道她與龍馬的緣分，都參加了她的葬禮。還有，昭和三年（一九二八）在龍馬故鄉高知市郊外的桂濱建了龍馬銅像，揭幕式不但選在五月二十七日海軍紀念日，當天海軍還特別派遣驅逐艦到桂濱。這位奇人在幕末時期曾於長崎創立私設海軍且企圖與幕府海軍對抗，而其英姿至今仍受桂濱海風的吹拂。

維新後，理所當然，生者享風光，死者遭遺忘。龍馬的名字也不例外，除一部分土佐人之外已很少人知道。

此時已是明治三年，說到幕末，卻感覺像遙遠的往昔似的。

「時勢終於煥然一新。但諸君能有今日，全是拜幕末維新風雲中犧牲的那些志士所賜呀。」

竟有人如此向岩倉具視進言，由此也可看出一絲端倪。

岩倉具視有感於此，便於明治三年正月六日，在東京日比谷的自宅召集昔日同志，舉行整晚的酒宴。來的人不全是維新政府的受惠者。岩倉對這點特別費心，在邀請函中特別事先聲明：「敝人並非因成了富貴之身而設宴邀請諸位，只是期盼與諸位延續往年之交。」他如此聲明是因不得不顧慮到反對聲浪吧。這天來的有十多人，薩、長之士一個都沒有，全是草莽出身者。玉松操、香川敬三、大橋慎三、松尾相永、柴田昌長、山中獻、北島秀朝、宇田淵、田中光顯、三宮義胤、樹下茂國、原保太郎、海部閒六及藤村紫郎等。宴會開始前，岩倉先祭拜坂本龍馬及中岡慎太郎之靈，然後將祭祀金捐贈給京都靈山的墓園。

「把坂本和中岡兩位介紹給我的是誰誰誰。」

岩倉提起一些懷舊的話題，但龍馬之名頂多偶然出現在這種私人場合而已。

只有土佐人或土佐系浪人出身者每次對薩、長政府感到不滿時，朋友彼此之間就會說：

「要是龍馬今天還活著……」

此外，陸奧宗光等人也氣焰高張地說，要是龍馬還活著，定要讓當今內閣諸公垂頭喪氣吧。但那也與數計亡兒之齡的愚蠢行為沒兩樣。

龍馬的名字日漸為人淡忘。他的名字突然又在世上出了名，是在死後三十多年，日俄戰爭開打時。

明治三十七年（一九〇四）二月四日，針對日俄交涉問題召開了最後的御前會議（譯註：天皇也出席的重要國策會議）。六日，日俄兩國正式斷交，東鄉平八郎率領聯合艦隊自佐世保軍港出發，到外洋巡弋。

無論從任何角度看來，每個人心裡都覺得應無打敗俄國陸海軍的勝算，故舉國蒙上憂色，宮中尤其嚴重，皇后（昭憲皇太后）甚至精神衰弱。陸軍還能靠戰術和士氣來彌補兵力上的差距，勉強達到勢均力敵的狀態，但海軍是以機械力和數量決勝負的，自然眾人都很擔心。具體說來就是，每個人都覺得俄羅斯的波羅的海艦隊航至極東時，國家命運將如何可說顯而易見。皇后最擔憂的也是這點吧。就在日俄斷交那天二月六日，皇后正好在葉山別邸避寒，而這夜她作了個夢。

夢中出現一名白衣武士，據他自稱：

「微臣乃維新前為國犧牲之南海人，名曰坂本龍馬。」

皇后沒聽過他的名字。那位白衣武士又說：「我自當時就熱中於海軍之事，故這回與俄國之糾紛，我雖已身亡，但魂魄仍繫於國之海軍，故將略盡綿薄之力。勝敗之事還請放心。」說完突然消失。

「坂本龍馬是何方人物？」

第二天早晨皇后問宮大夫子爵香川敬三。香川敬三雖是水戶脫藩浪人，但後來隸屬土佐的陸援隊，因此也算土佐系志士出身，與龍馬自然交情匪淺，也曾致力追查凶手，當然認識龍馬。

他簡單為皇后說明龍馬來歷。但皇后並未說明為何要打聽龍馬。然而就在隔天七日晚上，同一位白衣武士又出現了，她終於向香川敬三坦白這件事。香川覺得不尋常，而聯絡了東京的田中光顯。往年曾是陸援隊副隊長的田中這時已陸續擔任過宮中顧問官、宮內次官等職，現為宮內大臣。他迅速找到一張龍馬的相片寄給香川。香川透過女官將相片預先放在皇后房間一角，沒想到皇后連忙召見香川說：

「就是這人。」

眼神銳利，皺著眉頭，面容削瘦，頭髮也凌亂而蓬鬆。皇后說，因這人長相奇特，所以絕不會錯。接著又補充，連肩下的桔梗紋也一樣。

這事以「皇后的奇夢」刊載在都內所有報紙上，世人都議論紛紛。宮中某位御歌所參侯還以這段插曲為題材作了一首長和歌，發表在時事新報上，杉谷代水則寫成琵琶歌請人表演，柏木城谷也寫了首長詩發表在報紙上。龍馬的名字突然紅了起來。

這場奇夢究竟是否為事實不得而知。以龍馬個性似乎不會想進入人家夢中並站在枕邊，但田中光顯直到晚年仍堅持真有其事，並詳細描述當時情景。

若不懷好意從其他角度來說，或許是想以如此形式改變罹患「恐俄病」（當時的流行語）的國民吧。若再更不懷好意而言，擔任當時宮中相關顯職的多為土佐系人馬。如前文提及的香川敬三、田中光顯、佐佐木高行（舊名三四郎）及土方久元等。他們被排擠在薩、長派之外，換句話說是被打入冷宮。不僅如此，要評論維新前後人物，薩、長人自然也多會誇大西鄉、木戶、大久保的事蹟及人品吧。如此洩憤行為說來雖如孩童一樣，但至少可以懷疑是宮中關係者為了提高土佐系的地位而杜撰的吧。

總之因為這故事，龍馬總算免於幾乎被人遺忘的命運。京都東山靈山的龍馬墓旁之所以立了塊大石碑，也是在這奇夢盛傳之後的結果。且進入大正時期後，出版了許多龍馬的傳記，龍馬也開始出現在電影及戲劇中，可說都是因夢枕事件被當時大眾傳播媒體大肆報導的緣故。世間諸事說不定都是如此。這位可能是奇夢的導演伯爵田中光顯仍堅持：

「不，真有其事。」

而於昭和十四年（一九三九），第二次中日戰爭期間，以九十六歲高齡過世。

越前的由利公正（舊名三岡八郎）在福井聽到龍馬死訊，立即找來龍馬至交、同藩的海福雪等三人私下為龍馬進行神道式祭典，以慰其在天之靈。

不久，一如龍馬生前的預先安排，朝命傳到這個福井幽禁之所了，命三岡上京加入新政府行列。藩的罪人一夕之間成為新政府之顯官，由利連忙做好旅行的準備。雖說是準備，卻連刮鬍子或剃月代的餘暇也沒有，衣服也早在幽禁期間變賣完了，只剩沾有污漬的條紋粗棉衣。他在外面加上高衩外褂，就乘快轎自福井出發了。時為慶應三年十二月十五日，越前的山野正因雪而道路封鎖。由利勉勵轎夫，終於翻過下著大雪的愛發嶺。

為君趕路，翻越愛發嶺，無暇拂去衣上雪。

他詠了這首和歌。連夜趕路，後來中途遇見自京都返來的藩飛腳。說將軍慶喜搬離二條城，遷往大坂。換句話說，戰爭即將爆發。

由利十七日即已進京，立刻前往拜謁藩主松平春嶽，結果春嶽皺起眉頭叫他：

「去把月代剃一剃！」

他趕緊整理頭髮，隔天便進宮謁見天皇。

接著，由利就忙著重整毫無分文的新政府財政。據說光是新政府成立的兵荒馬亂時期所需的皇宮餐費及其他花費就積欠了二十六萬兩，且為了與舊幕府決戰，目前還需要三百萬兩。由利公正開始過著有生以來最繁忙的日子。

由利在這段期間曾暗想：

「新國家之國策必須向國內敵我雙方及國外發表才對呀。」

一想到這點，就回到住處以石筆（鉛筆）寫在草紙上。這就是宣布維新黎明到來的所謂「五箇條御誓文」。

一、廣興會議，國家萬事應取決於公論。

二、上下一心，應盛行經綸。

三、官武一途，迄至庶民，各遂其志，要使人心不倦。

四、打破舊有陋習，應以天地之公道為本。

五、向世界求知識，應大振皇基。

這篇誓文在由利起草兩個月後，慶應四年（明治元年）三月十四日，明治天皇公開在皇宮南殿以對天地神明起誓之形式向內外發佈。

內容與由利公正最初寫在草紙上的詞句多少有些不同。由利把那張草紙拿給土佐藩出身、參與新政府工作的福岡孝弟看，並說：

「你比較有學問，幫我看看假名拼寫法有無錯誤。」

福岡一看，完全想起當年龍馬從長崎前往京都途中，在船上起草寫成後交給後藤象二郎的新國家綱領，即所謂的「船中八策」的思想。

福岡將詞句作了修正，在鳥羽伏見之戰後，拿給處理完長州藩藩務後便上京來的木戶孝允（舊名桂小五郎）看。木戶樂得猛拍大腿，親自拿筆修整內容，最後作成前文中的定案。

關於龍馬的船中八策，小說中已提過，最前面三項是：

第一策。使其將天下政權奉還朝廷，政令應由朝廷發佈。

第二策。設上下議政局，置議員，使其參與國家萬事，國家萬事應由公議決定。

第三策。招攬有才能之公卿、諸侯及天下人才為顧問並賜予官爵，原本有名無實之官應撤職。

與此對照，也可看出五箇條御誓文是以龍馬的船中八策發展出來的吧。

「其用語直接影響了一八六八年的御誓文，且此公約也成為一八七四年板垣及後藤開始推動民選議院設立運動時的請願論據。」

《坂本龍馬與明治維新》作者馬利亞斯・詹森氏（美國普林斯頓大學教授）也如此認為。

龍馬在船中八策的後記中寫著：

「以上八策乃體察方今天下情勢，並徵之於宇內萬國。捨之無其他濟時之急務。苟斷行此數策，可挽回皇運，擴張國勢，與萬國並立之事亦絲毫不難。僅伏願，基於公明正大之道理，以一大英斷將天下更始一新。」

龍馬在船中起草這八策時，大概覺得這思想定將成為新日本的光源吧。而這思想在慶應四年三月十四日，借由利、福岡、木戶的筆，以五箇條御誓文的形式獲得公開發表。龍馬的意思可說已充分表達了。

明治二十二年（一八八九），有人問已獲封子爵並擔任元老院議員的由利公正，龍馬特地到福井找他時的情形。他說完感想後寫成文章，文章最後寫著：

「第四天，君回京。嗚呼一訣已二十三年。往事不堪回首。」

並寫下一首追憶龍馬的和歌。

種種思念浮於硯海，無法寫盡的是淚。

無功我身今長壽，豈能不愧對世間及世人？

由利公正已過著奢華的生活，這天突然想起二十三年前風雪交加的時刻而追憶著龍馬時，懷念之外也忍不住慟哭吧。這份懷念，維新後倖存的顯官在夜深時分心裡應該都會湧現吧。或許近乎一種內疚感。

# 推薦跋

# 學習龍馬勇於改革的奮鬥精神

台灣龍馬會名譽會長　李登輝

明治以後的日本文學史上，有三個人被推崇為國民作家，分別是夏目漱石、吉川英治與司馬遼太郎。夏目漱石一連串的作品都非常出色，其中《心》一書表達明治時代的終末，明治的精神衰亡，同時個人的生命也要結束，換句話說，這部以時代的精神為中心的作品，象徵明治時代國民的生活心得、感情和思想，正是國民文學的代表。

吉川英治在二次大戰前，於《朝日新聞》上連載的《宮本武藏》，則是描寫以野性之劍為社會、國家奮鬥的人物，成為引起國民關心、促進軍國思想的最有人氣小說；戰敗後，吉川又寫了《新・平家物語》抒發敗戰國民的無常觀念。這兩部作品奠定了吉川英治國民作家的地位。

國民作家第三人就是司馬遼太郎。他不像吉川英治經歷戰爭，寫出「軍國日本的精神是軍人的靈魂」這樣的作品，他面對戰後的日本，反省戰爭，促進經濟發展，追尋國家復活的時代精神。這就是一九六二年開始連載的《龍馬行》，該小說的主人翁坂本龍馬是近代日本的先驅者，明治維新的開創者，司馬認為龍馬的革命熱情與追求理想的精神，鞭策出明治時代的進步性。

其後，司馬另寫《坂上之雲》，以日露（俄）戰爭為背景，表現當時日本國民的國家意識，在經濟高度成長的一九六〇年代也應有存在。鼓勵「每一位國民都有其任務，必流血流汗，創造歷史」的時代精神，這是司馬被稱為國民作家的原因。

遠流出版公司把司馬遼太郎著的《龍馬行》翻為中文出版，我認為有相當的時代意義。這部小說內容除了許多有趣的故事，最重要的是坂本龍馬追求理想的精神與開拓的性格，完全展露在故事裡面，我本人仰望這一偉大人物，總認為真可用「天降奇才」來形容他，龍馬可說是揭開日本近代發展序幕不可或缺的重要人物。在德川幕府時代末期，日本處於反對、支持幕府兩派的紛爭，及各藩國分據中。當時，在倒幕派與開國、鎖國等事件，薩摩、長州兩大藩國分裂等紛亂中，居間調停並拯救日本免受戰火之擾的奇人就是坂本龍馬。

龍馬的精神不朽地存在於思考著現今日本課題的人們心中，歸功於司馬在《龍馬行》中，描寫從離開土佐藩，成為勝海舟的門生到被暗殺的五年之間，龍馬歷經有如環遊世界一般，走過海洋與陸地的旅行。他非常地忙碌，為了締造新的國家而將全部心力貫注其中。例如，反對幕府的薩摩與長州兩藩間相左的意見必須加以協調。

在此期間，他從事的政治活動不勝枚舉。其在政治上所留下最重要的功績是使薩摩藩和長州藩達成同盟、促進政權奉還，而且在從長崎上京的船上，早就想好以「國是七條」作為藍圖，重新塑造國家新樣貌，就是有名的「船中八策」。其目的是要讓幕府將軍了解這個建國策略後，願意將政權還給天皇，那麼日本將因此避去內戰的發生，國家也才有改革與現代化的希望。龍馬的人生雖然僅有短短的三十三年，但他的偉大成就可說是明治維新成功的關鍵。

俗話說：「時勢創造英雄，英雄創造時勢。」確實言之有理。坂本龍馬對日本封建政治體制具有非常迫切的改革使命感，他用全部生命的力量，投入日本近代史上最具規模的政治改革運動明治維新。他所扮演的成功推手角色，終於留下不朽英名，成為日本青年愛國典範，受到高度尊敬，所以我們可以說：「坂本龍馬成就了明治維新，明治維新成就了坂本龍馬。」

坂本龍馬所以能夠成為日本明治維新的風雲人物，從他的成長背景與經歷過程，所呈現的特質與行為可以獲得答案。

第一點：坂本龍馬出身土佐藩的鄉士，鄉士屬下士階級，長久以來受到上士階級武士的壓迫和蔑視；這樣不公平的社會，對一位熱情追求自由的人來說，是一種不能接受的束縛，這可由後來龍馬演出兩度「脫藩」（一八六二和一八六四年）的行動得到證明。

第二點：一八五三年美國海軍馬休．培里提督所率領的「黑船」來到日本浦賀外港，驚動全日本。此事件使坂本龍馬深刻體會到想要在新時代中取得國際競爭的勝利，日本不能再依靠武士刀的銳利，必須擁有現代武器和新戰艦，日本已經面臨國家發展的新困境，非大破大立，無以跨越難關。

第三點：一八六七年坂本龍馬與土佐藩參政後藤象二郎一同由長崎坐船前往兵庫時，提出日後成為新日本政治綱領的「船中八策」，後來藉由政策的實踐，徹底改變了日本的命運，證明「八策」的正確性。所謂八策包括「大政奉還」、「議會開設」、「官制改革」、「條約修正」、「憲法制定」、「擴張海軍」、「設御親兵」、「通貨政策」等；要特別提出報告的是，「船中八策」中的部分主張，也是登輝在一九九六年當選民選總統之後，進行我國政治改革的重要參考。

第四點：龍馬是日本第一個提出「日本國」概念的歷史人物，足見其思維之先進。

第五點：坂本龍馬是一位心胸寬大，成功不必在我的志士。正當大政奉還之際，西鄉隆盛託龍馬提列新政府主要官員名冊時，龍馬並未將自己列在名冊中；這種大公無私的表現，深受日本後人欽佩。

二〇〇九年九月，我接受「東京青年會議所」的委託，在東京日比古公會堂，以〈龍馬的「船中八策」與我對青年之建言〉為主題發表演講。之後，想著無論如何也要前往高知縣桂濱向龍馬致敬，於是隔天九月六日便前往高知，造訪龍馬紀念館，向龍馬致敬。

龍馬只活了三十三歲，實在令人惋惜；但在他短暫的生命中，卻將生命的意義發揮到最高點，影響日本國家發展至深且鉅。我和龍馬沒有絲毫交集，但是在十二年間的總統任期中，龍馬的「船中八策」這個想法對我確實有很大助益。

讀《龍馬行》一書對龍馬一生固然會有一定的了解，然而個人認為紀念龍馬先生最重要的是學習龍馬勇於改革的奮鬥精神，尤其是當前亟須改革的台灣，特別需要一位具有龍馬精神的領導者，台灣才不會失去前進方向。

二〇一二年十一月十一日

遠流出版公司王榮文董事長了解本書的時代意義，並翻為中文，供讀者廣泛有機會閱覽此書，登輝甚為欽佩。以此作為推薦的序言。

# 坂本龍馬的造型與變形

政治大學講座教授　陳芳明

坂本龍馬被害時，日本明治維新時期才正要展開。他來不及參與日本社會的現代化改造，如果他活得長一點，歷史地位與評價是否能夠如此崇高，似乎令人懷疑。千古艱難惟一死，如果坂本龍馬壽命短一點，也許來不及介入幕末時期的政治風雲；如果長壽一點，也很有可能捲入明治時期的政治鬥爭。他被暗殺時，尊王攘夷的思考已經成熟，但是明治天皇的前景，似乎還是陰晴未定。他在今天被尊崇被膜拜，甚至演變成為近乎神話的故事，或許是因為他死得其時。他的死是那樣悲慘，而他的理想與懷抱也來不及實現，但是他的志業卻被後人繼承並發揚光大，這正是坂本龍馬的生命最迷人之處。

歷史往往是被解釋出來的，像是一粒種籽埋進土裡，卻因為接受陽光與空氣的召喚，慢慢蜿蜒延伸出錯綜複雜的枝葉。被埋在日本土壤的坂本龍馬，在明治維新成功之後，開始接受後代歷史家的召喚。不同的筆鋒，鏤刻出不同的坂本龍馬形象。他的歷史地位遠遠超過參與明治維新的西鄉隆盛，原因無他，完全是拜賜於歷史家的追憶、形塑、改寫、詮釋。他被暗殺，來不及涉入日後連綿不斷的權力鬥爭，從而使他生前的形象相當潔淨而完整保存下來。但是歷史家的筆，永遠及不上小說家的豐富想像。坂本龍馬能夠在二十世紀，甚至跨越到二十一世紀，不斷被日本人懷念，必須歸功於司馬遼太郎撰寫的歷史大河小說《龍馬行》。

這部歷史小說撰寫於一九六〇年代，那段時期日本漸漸從戰敗的廢墟復甦過來。從明治維新以降的帝國榮光，完全是依賴一次又一次殘酷戰爭的勝利累積起來。一九四五年被迫投降時，日本人的士氣可謂降到最低點。他們需要尋找一位可以效法的歷史人物，重新點燃暗藏在內心的希望。司馬遼太郎撰寫的歷史小說，使傳說中的坂本龍馬又起死回生。妙筆生花的技法，歷史知識的純熟，彷彿賦予抽象人物生動的容貌與豐富的情感。小說中充滿青春氣息的坂本龍馬，躍然紙上，幾乎打動每一位國民的心。他的狡黠，他的機智，他的抱負，帶給挫折中的民心士氣一股非凡衝擊。當時所捲起的閱讀熱潮，不能不使人相信，如果沒有司馬遼太郎，日本國民記憶中就沒有坂本龍馬。

司馬遼太郎最成功之處，就在於他非常尊重歷史事實的先後發展次序。對於已經發生的事件，在小說裡絕對不會輕易挑戰。但他從來不會被史料所綁架，在事件與事件的縫隙之間，注入極其生動的想像，虛構出場人物的情緒流動。但是最為關鍵的秘訣，就在於他行雲流水的文字，使段落與段落之間膨脹著飽滿的戲劇效果。凡是坂本龍馬登場的地方，就一定出現引人入勝的畫面。最有趣的是，司馬遼太郎在敘述時，突然停筆，以現身說法的姿態交代史實；彷彿電影在進行時，驟然停格，導演會出來解說歷史事實。文字是平面的，故事發展的速度或快或慢，可以由作者隻手操縱。讀者閱讀之際，或啞然失笑，或會心微笑，不能不佩服作者出神入化的巧妙技藝。

在二十一世紀的今天，能夠完整閱讀這部歷史小說，不能不使人感嘆台灣作家的歷史想像還猶待開發。坂本龍馬在生前所嚮往的現代國家圖像，與日後的歷史發展可能有所落差。但是他有關日本國家的想像，包括尊王攘夷、國家統一、君主立憲，都在他的「船中八策」釀造了雛形。後來的歷史走向，似乎與他的船中八策銜接千絲萬縷的關係。歷史家便是根據這樣的因緣關係，重新建立坂本龍馬的形象。由於經過再三解釋，他的人格就越來越龐大。司馬遼太郎在他的作品裡，使這條歷史主軸維持不變，卻依賴想像描繪出開枝散葉的故事。

台灣歷史從甲午戰爭以降，歷經殖民時期與戒嚴時期，必然也埋藏著相當豐富的人物傳說。自一九七〇年代以降，台灣歷史小說撰寫蔚為風氣，卻無法造成閱讀風潮。由於受到僵硬史料的綁架，作家往往困頓於歷史事實的重建，使小說人物無法掙脫時間空間的框架，因此就很難到達司馬遼太郎那種揮灑自如的境界。掩卷之餘，對台灣歷史小說的期待就更熾熱了。

# 超越藩士、劍客格局的一代國士

政治大學外國語文學院院長　于乃明

江戶幕府末年動亂期是一個英雄輩出的時代。在眾多尊王倒幕豪傑中，像彗星般在剎那間綻放光芒，而又影響後世深遠的當屬坂本龍馬。這也是龍馬能成為日本影劇、小說寵兒的原因。

龍馬雖出身土佐藩下級武士，但他卻能跳脫藩士須為藩主效死的窠臼，而是以整個日本國家為念，投身將日本轉型為近代化國家的大業。他促成薩長兩藩結成同盟關係，在倒幕激烈鬥爭中，奠定成功的武力基礎。

龍馬投身尊王倒幕運動並非是為政權更替的權力鬥爭，而是想終結落後的幕藩封建體制，讓日本成為一個中央集權的近代國家。

一八六七年龍馬提出其有名的「船中八策」，內容包含還政朝廷，設兩院制的議政局，建立內閣制度、廢除治外法權、擴張海軍、創建近衛師團、恢復關稅自主。而這些無一不成為後來明治維新施政的張本。

龍馬雖具有小栗流和北辰一刀流劍術最高段資格，但他卻能體認到手槍比武士刀厲害，而「萬國公法」更比手槍能振興日本，可謂不墨守成規，侷限一格，而能走在時代尖端的劃時代人物。

# 坂本龍馬教我的那些事

資深部落客／歷史旅遊愛好者　工頭堅

當您看到這篇文字的時候，或許代表您已經跟著司馬遼太郎的筆，跟著龍馬的成長與隕落，走過了他短暫而波瀾萬丈的一生。我「認識」龍馬甚早，主要是從漫畫、電影、戲劇的描寫，反倒是後來才認真從頭到尾閱讀了司馬的《龍馬行》；甚至因為這樣，展開了追尋龍馬足跡的大旅行，造訪和龍馬生平有關的城市，主要是出生之町——高知、騰飛之地——長崎，以及斷魂之所——京都。

《龍馬行》固然算不上一部適合帶著旅行的書，因為它是共有八本的大部頭；但無論在閱讀當中、或讀完之後，確實會令人產生「起而行」的熱血。這不僅是因為坂本龍馬其人生平事蹟的魅力，也是因為司馬遼太郎平實中隱藏著蠢蠢欲動的理想與號召精神的書寫功力；使得這部一九六二年～一九六六年在《產經新聞》上連載的小說，歷經五十年而人氣不墜，不僅多次被改編成戲劇，也塑造了日本人心目中永遠的龍馬形象。

嚴格說起來，目前我們在漫畫或戲劇中看到的龍馬形象，可以說是多半由司馬遼太郎型塑出來的；畢竟《龍馬行》是司馬先生早期賴以成名的代表作，一九六八年就曾被改編為大河劇（由在《篤姬》中飾演勝海舟的北大路欣也演出），司馬版的龍馬（以及相關人物）的形象深入人心，至於和真實歷史上的龍馬究竟有多少相符，我難免存疑，卻不致影響觀賞或閱讀的樂趣。

或許正因為司馬伯把這個人物寫得太好、太有血有肉，穿插了青春的困惑、和平的渴望、理念的辯證，以及胸懷世界的夢想；使得跨越兩、三個世代的日本人，紛紛把龍馬當成人生的榜樣。還有一種說法，是龍馬其實代表了戰後高知人（更擴大到日本人）自尊的失落，所以必須找一個感情投射的對象；常常有人說，如果龍馬不死，日本就會如何、如何，變得更好云云。

確實，龍馬在那個時代，扮演了協調、整合的角色，卻逃不過被暗殺的命運；也因為在明治維新大業完成時，土佐、長州、薩摩的優秀人才幾乎凋零殆盡，後來獨撐大局的桂小五郎、西鄉隆盛、大久保利通，又在明治初年病死、切腹、被刺；剩下的伊藤博文、陸奧宗光等勉強只能算二流角色，再加上長州派軍閥一意孤行，最終走上軍國主義的道路，導致二戰後幾乎亡國的破局。

你說，日人怎能不懷念，既不弄權、又不尚武的坂本龍馬？

讀著《龍馬行》、以及重新瞭解坂本龍馬這個人物的過程中，難免有許多個人的感悟。

人，尤其是心胸開闊的年輕人，原本就應該對世界充滿了好奇與熱情。不必覺得難為情，也不該認為別人這麼想，就不對。可是，你該有更全面、客觀、持平的思維；你不會只看好，而不看到壞；你不會為了維護自己的利益、立場或優越感，就舌粲蓮花，把黑說成白，就要把別人鬥臭鬥倒、踩爛踩死。你也不會回過頭來，砍殺自己曾經的同伴。

在幕末那個動亂的時代，龍馬是心胸開闊的、是富於感情的，是思想柔軟的，是願意從各種不同角度去看事情的。但他又有堅定、富於行動力的一面。

在他推動「大政奉還」的時候，固然對德川慶喜寄予厚望，希望以和平不流血的方式改變日本政體；

但他同時也立下誓願，倘若幕府堅不交出政權，他就要率領海援隊士與一眾志士殺入二條城，一死以報長久共同奮鬥的同志。至少，司馬的小說中是如此描述龍馬心境的。

如果，世界局勢就是如此，如果，有一天，開國是唯一的選擇，那麼，也不該是由幕府來代表。因為，他們充滿了優越、充滿了陳腐、充滿了太多利益糾葛；而其實真正庶民與下士的心聲與需求，立場與感情，他們不僅無法理解，甚至扭曲、打壓。倒幕、維新，或至少大政奉還、重組政府，再由這個由志士組成的、維新後的新政府來執行開國大業，才是龍馬心中所願。

在堅定自己道路的過程中，一定會有很多人來嘲諷你、打壓你，舉出千百個負面的例子來動搖你；沒有關係。不是說思想不能改變，有許多過去曾經的誤解或偏見也該被修正；但無論如何，都不能忘卻自己曾經身為一個土佐下士、脫藩浪士的身分；謙虛而不自卑，只為了更大的理想而前進。只要心胸夠寬廣，根本沒有人能打倒你。

這，就是坂本龍馬教我的那些事。

司馬遼太郎在《龍馬行》的最終章，寫道「上天為了收拾這國家的混亂，而將這年輕人降至地上」，這一段我不知重讀了多少遍，每每都還熱淚盈眶。在這個平凡庸碌的時代，讀一部《龍馬行》，再走一趟「龍馬之旅」，彷彿自己也歷經了幕末維新的激動歷程，獲得了身心的莫大感動與充實。

# 喜新獵奇的坂本龍馬

日本歷史作家　洪維揚

不少人或許聽過以下這則與龍馬有關的逸話：

龍馬某次和同屬土佐勤王黨的志士檜垣清治碰面，檜垣腰上插的是當時大多數武士配戴的長刀（太刀），龍馬卻反其道而行配戴短刀（脇差）。檜垣清治問其理由，龍馬回答：「實戰時短刀較占上風。」一陣子後，兩人又見面了，檜垣清治將新配戴的短刀拿給龍馬看，龍馬卻說道：「刀已經是過時的東西了，從今以後需要的是這個。」說完從懷裡拿出一把短槍。又過了一陣子，兩人再度碰頭，檜垣清治很得意的將費盡心力才到手的短槍拿給龍馬看，這次龍馬卻從懷裡拿出一本名為《萬國公法》（*The Law of Nations*，Henry Wheaton著，也叫做《國際法》）說道：「從今以後必須認識這個世界，因此需要這個。」

開頭已有提過，這是一則與龍馬有關的逸話，正確說來，應該是一則與龍馬有關的虛構逸話——儘管有部分的日本人認為這是事實，甚至認為是神話——這則虛構逸話想要表達的內容無非是：龍馬是個對新奇事物具有極高接受度的人。

以上這則逸話也許會有人說，在幕末拿手槍防身的又不只龍馬一人，只以此則逸話便說龍馬對新奇事物有高接受度似乎欠缺說服力。這種說法當然言之有理，龍馬的手槍是在他促成「薩長同盟」之後，為保護其人身安全，長州藩的領導人高杉晉作特贈一把短槍給龍馬作為自衛的防身武器。雖然龍馬並非出於對新奇事物的好奇心而主動擁有短槍，卻不能因此否認他對新奇事物的接受度。

例如這則逸話有提到《萬國公法》，龍馬接觸《萬國公法》的時間比許多幕末洋學者要來得晚，但龍馬卻是最早將《萬國公法》活用在實際生活上。一八六七年四月發生的「伊呂波丸事件」（請參照《龍馬行》第七冊），若依幕府的法律，脫藩浪人組成的海援隊絕對不敵幕府御三家之一的紀州藩，但是龍馬卻搬出《萬國公法》硬是從紀州藩身上取得多達八萬三千兩的賠償金（在龍馬遭暗殺前一個月，龍馬與紀州藩交涉確定最後的賠償金為七萬兩）。試看幕末時期有多少蘭學者、洋學者捧著《萬國公法》苦讀，但唯有龍馬將其應用到真實的生活中，龍馬以《萬國公法》擊敗幕府御三家之一的紀州藩（附帶一提，在此事件的前一年剛去世的十四代將軍家茂便是出自此藩），迫使其妥協賠償船隻、物資的損失費用，這遠比今日小蝦米擊敗大鯨魚更令人動容！「伊呂波丸事件」不僅讓龍馬在歷史上留名，最後的判決也成為此後日本船隻意外相撞時責任釐清的典範。

龍馬現存的獨照大概有四到六張左右，當中最有名的一張是龍馬於寺田屋遇襲後，在長崎養傷期間在該地上野彥馬開設的照相館留影（附帶一提，《仁醫二》也有提到這張照片，只是旁邊多了個南方仁）。這張照片可能很多人忽略了龍馬腳底下穿的其實是雙皮鞋，穿皮鞋拍照在二十一世紀的現代，對男性而言與其說是新奇不如說是禮節，然而在龍馬生存的年代這可是不得了的大事。二〇一〇年NHK大河連續劇《龍馬傳》的片頭有三個鏡頭針對龍馬腳上的皮鞋特寫，會特別將鏡頭特寫在皮鞋上，適足以說明穿皮鞋在那個時代是鳳毛麟角，而龍馬正是那鳳毛麟角的人物！

幕末時期的日本人（活到明治時代的不算在內）終其一生大概只有一到兩張照片，龍馬的照片就筆者見過的至少有四張，另外還有三到四張左右是與海援隊成員的合照。換言之，光筆者見過的龍馬照片至少有七張，這個數字遠遠超過同時代的人，這個數字說明，龍馬要不是醉心於拍照，要不就是認為這種新奇事物會是未來時代的潮流，顯而易見，龍馬應當屬於後者。

綜合以上所述，我們不難建構龍馬的形象：能夠分析、整合並活用從別人處聽來的新知識（這點和桂小五郎、高杉晉作相同，但龍馬更勝於這兩人），追求時代的流行並走在最前端。如果龍馬活在當下，他很有可能是個充滿點子的CEO或是引導潮流的時尚大師。不過可千萬別以為龍馬只有這樣的能耐，不同人從不同角度透過深層的分析就可以得出不同的龍馬形象，日本史上像龍馬這樣的人物大概是絕無僅有，透過遠流出版公司的翻譯出版，能夠將這麼一位出眾的日本歷史人物介紹到台灣來，我認為這是很有意義的事！誠摯的期望有更多台灣人可以認識這一位目前台日政壇都甚為欠缺的英雄豪傑！

日本館・潮 J0257

# 龍馬行八

作者……司馬遼太郎
譯者……李美惠
主編……吳倩怡
特約編輯……陳錦輝、陳巧宜
行政編輯……高竹馨
美術編輯……吉松薛爾
封面繪圖……林繪

發行人……王榮文
出版發行……遠流出版事業股份有限公司
104005 台北市中山北路一段十一號十三樓
電話……(02) 2571-0297
傳真……(02) 2571-0197
郵政劃撥……0189456-1
著作權顧問……蕭雄淋律師

初版一刷……二〇一三年一月一日
初版三刷……二〇二二年十一月十六日

售價三〇〇元

ISBN 978-957-32-7116-1

國家圖書館出版品預行編目（CIP）資料

龍馬行 / 司馬遼太郎作 ; 李美惠譯. 一 初版.
一 臺北市 : 遠流, 2013.01-
冊 ; 公分. 一 (日本館.歷史潮;J0257)
ISBN 978-957-32-6888-8(第1冊 : 平裝)
ISBN 978-957-32-6914-4(第2冊 : 平裝)
ISBN 978-957-32-6945-8(第3冊 : 平裝)
ISBN 978-957-32-6983-0(第4冊 : 平裝)
ISBN 978-957-32-7001-0(第5冊 : 平裝)
ISBN 978-957-32-7018-8(第6冊 : 平裝)
ISBN 978-957-32-7051-5(第7冊 : 平裝)
ISBN 978-957-32-7116-1(第8冊 : 平裝)

861.57 100021093

ylib 遠流博識網
http://www.ylib.com
www.ebook.com.tw
e-mail: ylib@ylib.com

RYOMA GA YUKU <8> by Ryotaro SHIBA